ノスタルジア・ワールド・オンライン
Nostalgia world online
首狩り姫の突撃《とつげき》
あなたを晩ご飯!
著 nagi
画 夜ノみつ
TOブックス

CONTENT

プロローグ 004

第一章 011

番外編　女子会 385

あとがき 398

GOHAN!

《 Nostalgia world online 》

KUBIKARI HIME no Totugeki! Anata wo

BAN

Illustration：夜ノみつき
Design：AFTERGLOW

プロローグ

木々が生《お》い茂《しげ》る深い森の中、４匹の熊が餌を求め徘徊《はいかい》している。しばらくすると森の中を彷徨《さまよ》う１人の少女の姿を見つける。

４匹の熊は餌が見つかったことに歓喜し、ゆっくりと近付いていく。しかし、その内の１匹が我慢できず、勢いよく飛び出し少女に襲いかかる。

少女も近づいてくる熊に気付いたのか、熊が向かってくる方向へ身体を向ける。しかし、向かってくる熊との距離は既に10ｍを切っていた。

熊は少女の眼前で止まり、移動のための四足歩行から襲い掛かる為、立ち上がった。少女は恐怖したのか、はたまた混乱しているのかその場を動こうとしない。

熊はその自慢の爪で少女を切り裂こうと右腕を振り上げた。熊の右腕が振り下ろされる数秒後には熊によって切り裂かれる少女の姿が映し出される。熊はその右腕を振り降ろし、少女を切り裂《さ》いたはずだった。

しかし、右腕を振り降ろした先に少女の姿はなく、右腕は空を切った。それと同時に、カチャッという音が小さく響いた。

熊はその音がなんなのかわからず、辺りを見回すがその音の元凶を見つけることができなかった。

すると熊の視界に異常が現れた。次第に視界が下へと下がっていった。

視界が下がる原因がはっきりした。熊は頭が無くなった自分の身体を逆さから見上げ、その身体の横に立っている少女を見た。そこで自分は『狩られた』ということに気が付いたのである。そして自分を『狩った』のは『少女』ではなく『狩人』ということを。

熊は少女が餌ではなく、自分たちが獲物だったということを改めて理解し襲い掛かる対象を誤ったことを後悔した。しかし、そのようなことを悔《く》いる時間もなく、熊の意識は闇に沈んだ。


「まずは1匹っと……」

少女は獲物を狩ったことに対する喜びを上げることなく、残りの3匹の熊に目を移した。

「んー……少し警戒してるかな……？」

少女はこちらを警戒するように取り囲む残り3匹の熊を見つめながら、腰に差している脇差の柄に手を掛け深呼吸を行う。

「――【集中】スキル発動……目標、周囲のエアストベアー3匹……」

スキルを発動した瞬間、彼女は3匹の中で他の2匹と離れていたエアストベアーに襲い掛かった。

エアストベアーもただではやられない。しかし、向かってくる彼女に向かって右腕を振るが彼女は動きが早く、最初に襲い掛かったエアストベアーと同様に右腕は空を切る。一瞬で狩られた同胞の姿を思い浮かべたのか、エアストベアーは次第に攻撃が大振りとなっていった。

大振りになっていったため、エアストベアーの態勢が崩れ一瞬動きが止まった。その瞬間を彼女を見逃さず、攻撃に移った。

エアストベアーはこっちに来るなと言わんばかりに左腕を振るが、彼女には当たらなかった。攻撃を外したのもつかの間、態勢を崩したエアストベアーも彼女によって首を刎ねられた。

首を刎《は》ねられたエアストベアーは重力に逆らわず、そのまま首から血を吹き出しながら大きな音を立てて倒れ込んだ。残った２匹のエアストベアーの目には、彼女によって狩られた同胞が１撃で首を狩られたように見えた。あの少女はやばい、と本能が危険信号を発し、この場から逃げようとした瞬間、同胞を狩った少女が何かを口ずさんだ。

「『ハートの女王、タルトつくった……♪』」

何かの歌だろうか、エアストベアーは後ろに下がりながらゆっくり近づいてくる彼女をじっと見つめていた。

「『夏の日、１日中かけて……♪』」

次第に近づいてくる彼女の口元がゆっくりと口の端を歪ませていく姿を見て、２匹のエアストベアーは後ろを向き全速力で逃げ始めた。

「『ハートのジャック、タルト盗んだ……タルトを全部もってった……♪』」

エアストベアーが後ろを向いて逃げ出した瞬間、彼女も歌いながら全速力で２匹を追いかけた。彼らにとっては、彼女は自分たちの首を刎ねる死神に見えているだろう。攻撃も当らず、たった１撃で自分たちを死に追いやる無慈悲な死神。

事実、彼らのステータスには【恐怖】というバッドステータスが出ている。そのため、２匹の内１

匹の動きが鈍り、少し離れてしまう。

その離れたエアストベアーに狙いを定めたのか、周辺の木を蹴って加速した彼女の蹴りが遅れを取ったエアストベアーの背中に直撃する。彼女の蹴りを食らったエアストベアーは地面に倒れ込む形で動けずにいた。彼女はそんな哀れな獲物の背に乗り、首に脇差を構え歌を続けた。

「『Off with his head《この者の首を刎ねろ》……♪　Off with his head《この者の首を刎ねろ》……♪』」

歌を歌い切ったのか、彼女は倒れ込んだエアストベアーの首を刎ねた。刎ねられたエアストベアーの表情はどこか、恐怖しているようにも見えた。

「……出ておいで……レヴィ」

彼女が何かを呼ぶと、服の中から1匹の小さな蛇が出てきた。小さな蛇は彼女から降り、倒れ込んだエアストベアーに近付いた。

「逃げたもう1匹追いかけるから、戻ってくるまで処理はお願いね？」

彼女は拘束用の縄をいくつかアイテムボックスから取り出し地面に置いた。小さな蛇は彼女の言うことを理解したのか、小さく頷き彼女を見上げた。その様子を確認した後、彼女は残る1匹を追いかけた。


残ったエアストベアーは必死に逃げた。ただ闇雲に森の中を駆けた。あの死神から逃げるため、狩られないために。同胞すら置いてただひたすらに逃げた。

しかし、どこまで逃げればあの死神から逃げ切れるだろうか、そんなことを考えていると後ろの方からあの死神の声が小さく響いた。

「『かーごめかーごめ……♪』」

エアストベアーはまだ逃げ切れてないと悟り、全速力で森を駆け抜ける。

「『籠《かご》の中の鳥は……♪』」

しかし、死神の声は遠くなるどころか次第に近づいてくる。後ろなど振り向きもせず、必死に駆ける。

「『いーつーいーつー出ーやる……♪』」

この瞬間、後ろから聞こえていた声が右の方から聞こえ始め、咄嗟《とっさ》に左に方向転換した。

「『夜明けの晩に鶴《つる》と亀がすーべったー……♪』」

しかし、今度は左の方から声が聞こえた。そしてつい、恐怖から足を止めてしまった。その瞬間。

「『後ろの正面だぁーれ……♪?』」

真後ろから声が聞こえ、つい後ろを振り返ってしまうが、そこには誰もいなかった。そして、そのままエアストベアーの頭と胴は離れ離れとなった。

そんな件《くだん》の彼女はエアストベアーの正面に立っていた。そして彼女は最後にこう口ずさんだ。


「『あぁ残念、もう狩る首がない……♪』」

彼女は発動したスキルの停止のキーワードを言い、刃に付いた血を拭き取り武器を仕舞った。

「さてと。まずはレヴィのところに戻りながら血を抜かないといけないから……よっと！」

彼女はエアストベアーの頭をアイテムボックスに入れ、全長2ｍを越すエアストベアーを軽々と逆さにして持ち上げる。逆さにしたことにより、首から血がより零れ落ちていく。彼女はその様子を見て「よしっ」と頷き、置いてきたレヴィの元へと戻る。

レヴィの元に戻ると、先に狩った3匹のエアストベアーが縄で木に固定され逆さ吊りにされている姿が見えた。

「レヴィ、血抜きと洗浄は終わった？」

「キュゥゥ」

「これからやるのね？　じゃあこっちも吊るしちゃおうか」

彼女はレヴィが首を振っているのを見て、これからやるのだろうと考え、先程狩った残りの1匹を同様に縄で木に固定し逆さ吊りにした。エアストベアー4匹全てが固定されたのを確認し、レヴィは口から水を勢いよく吐き出し、吊るされたエアストベアーを洗っていく。しばらく洗浄し血抜きもできたなと考え、彼女は吊るしたエアストベアーをアイテムボックスの中に収納した。

「じゃあレヴィ、取り分は私たちでそれぞれ1で残りは売っちゃうってことでいいよね？」

「キュゥ！」

「じゃあ街に戻ろうか。今日のごはんはどうしようかな？　熊鍋？　焼肉？　どうしよっか？」

レヴィは彼女に飛び乗り、今日狩ったエアストベアーの調理をどうしようかと彼女と相談しながら帰路に就《つ》いた。

これは、VRMMORPG-Nostalgia《ノスタルジア》 world《ワールド》 online《オンライン》-において【首狩り姫】と呼ばれる少女の物語である。

第一章

２０２５年４月15日。

私、雨宮愛梨沙《アマミヤアリサ》は大学にあるテラスで食堂のおばちゃんが焼いた出来立てのパンを食べながら、これから来る友人を待っていた。それにしても……やっぱりおばちゃんが焼いたパンは美味しいなぁ……。

「おっすアリサ。待たせたか？」

「講義がちょっと長引いて遅くなっちゃってごめんね？」

私がパンをむしゃむしゃと食べていると、爽やかそうな男性とおしとやかな女性の２人組がやってきた。彼らは私の友人……というより幼馴染で、見た目爽やかそうな男性の名前は雲雀正悟《ヒバリショウゴ》で、おしとやかな女性の名前は土屋鈴江《ツチヤスズエ》という。

２人とは幼稚園からの付き合いで、家も近所でよく遊んでいた。大学も比較的近い場所にあり、各々の学力に合っていたため、３人一緒に同じ大学へ進学した。

幼稚園から大学までずっと一緒だと恋愛事とかないのか？　と聞いてくる人もいたけど、私たちは特にそんなことはなく、もし２人が付き合っていたとしても別に嫉妬とかそんなものは私は持ち合わせていない。

実際、高校のころは2人はそれぞれ別の異性と付き合ったことがあったのだが、私たち3人の仲を見ている内に2人の相手が「あの2人（男）に勝てない……」とよくわからない理由で1ヶ月も持たずに別れたのだ。仲が良いというよりは、お互い兄妹的な感じで接しているのが彼らにとっては諦める理由になったのではないかと思うけど……。ちなみに私は特にそんな浮ついた話はないです。いや、私がきづいてないだけで実はあったのかもしれないけど……。

まぁ私は恋愛事より美味《お い》しい物の方が好きなので食べる方が優先です。

「大丈夫。パン食べてたから待ってないよ」

「いや……飯食ってるから待ってないっていうのはおかしいだろ……」

「アリサももう少し他のことに興味持ってくれたらいいんだけどね〜……」

「何をおっしゃいますか。だからこそＮＷＯを購入して登録したのではないですか」

「口調変えてドヤ顔するのはいいけど、理由がリアルっぽくて美味しい物が食べられそうだからじゃないっけ？」

「そうともいう」

再び私はパンをムシャムシャする。

体感型VRMMORPG——Nostalgia world online——通称ＮＷＯ。五感をリアルに再現し、実際にゲームの世界で自由に動き回ったりすることができる体感型のゲームである。でもクオリティなどを現実に近づけた分、モンスターの出血や身体の損傷も同じようになるということで、購入及び登録には年齢制限がかかっている。

基本15歳以上で、13歳以上15歳未満——つまり中学生には親の同意書が必要とのことである。まぁ中学生に実際に血が噴き出すようなゲームをさせていいかどうかのための同意書だと思うんだけどね。

「んで登録したってことは名前も既に登録してあんだろ？　名前先に教え合っとこうぜ」

「私は【アリス】にしたよ～」

「私は【リン】にしたわ。被る前に登録できてよかったわ」

「俺は【ショーゴ】にしたぞ」

「『そのまんまじゃん（ね～）』」

「うっせーよ！　わかりやすい方がいいだろ！」

まぁ私のキャラ名もアリサを少し変えてアリスにしたようなものだからあんまり変わらないんだけど……。

「まぁしょーごのセンスは置いておいて、ログイン後はどうする～？」

「俺は前々から知り合いとギルド作るっていう話になってるからそこら辺のと一緒に動く予定だが……2人はどうする？まだ先になるが俺たちちんとこのギルド入るか？」

「私は遠慮しておくわ。ゲームの中くらいずーっと一緒じゃなくてもいいもんね」

「私もパス～。しょーごの知り合いって絶対男ばっかでメシマズ系だもん」

「アリサお前偏見持ちすぎだろ……仕舞いには泣くぞ……」

「はいはい、アリサもあんまり正悟をいじめないの。私のことを考えて断ったってわかってるから」

う～……。だって他に断る理由が思いつかなかったんだもん……。鈴が他行くなら私も他行かないと鈴が1人になっちゃうし……。

「まぁどう動くかはともかく、フレンド登録ぐらいは済ませておきたいわね。初日は絶対混むだろうから2日目にどこかに集まりましょうか」

「じゃあ初日が終わったら全員がわかる場所に集合っていう形でいいか」

「はーい」

ということは初日にある程度探索しないとダメなのか。……美味しいご飯屋探さないと……。ってそろそろ運営からのお知らせ兼説明の生放送が始まる時間だ。Wi-Fi付けて……。充電器付けて……。よし、大丈夫。

「お？　もうそんな時間か」

「アリサ悪いわね。わざわざ準備してもらって」

「気にしない気にしないー」

時間はちょうど12時10分。放送が始まった。


生放送が始まり、NWOを開発したアヴニール社の社長の姿が現れた。

「皆様、初めまして。アヴニール社で社長をしております藤堂《トウドウ》真志《シンジ》です。この度は、弊社《へいしゃ》が開発したNWOを購入していただきありがとうございます。色々とお礼の言葉を言いたいのですが、お昼の時間のためお忙しい方が多いと思いますのでさっそく本題に移らせて頂きたいと思います。

まず、サーバーオープンはホームページに記載しているように今週土曜日のお昼の12時としています。また、ゲーム内での時間はこちらの3倍となっております。もしかしたら時間感覚がわからなくなり混乱する方もいると思いますので、ゲーム内でこちらの時間がわかるようにしております。とまぁ前置きはこれぐらいにしておいて、皆様に注意しておきたいことがありますので今回この生放送を行っております」

コメント欄には「なんだ？」「注意することなんてあんのか？」などというコメントが無数に流れた。

「ご存知の通り、NWOはリアリティを追求したゲームとなっております。そのため、ゲーム内のNPCはほとんど私たち人間と変わらないようになっております。これがどういうことなのかおわかりになりますか？　そう！　つまりNPCも『生きている』のです！　そのため、物流も存在します。また、NPCが事故などで亡くなった場合、そのNPCはいなくなります。同様に、NPCともめたりするとそのNPCがプレイヤーに対して冷たくなったりと実際の人間関係のようなことが起こります！」

その瞬間コメント欄には「コミュ障のワイ……終了のお知らせ」や「PK《プレイヤーキル》とかもできなくなんのか？」などと様々なコメントが流れる。

「コメントにもありますが、他人と話すのが苦手な方もいると思います。ですが、NPCはプレイヤーのしたことを良くも悪くもきちんと評価してくれます。口下手な人がNPCに対して厚意を持って接すれば、口下手な人だけど良い人だと判断してくれます。また、PKも禁止されているわけではありません。しかし、PKをすることでNPCに悪印象を持たれることもあります。ですが、行動によっては様々な印象を持たれることもあります。それらを踏まえて、NWOをもう1つの故郷としてプレイしていただきたいと思います。

説明としては以上となりますが、まだ時間がありますので質問をコメントから拾いたいと思います」

コメント欄には「ギルドについてはどうなってるんです か?」などとプレイに置いて必要だと思われるコメントが流れる。藤堂社長は比較的書かれているコメントについて回答を行っている。

「ギルドについてはギルドホールというところがありますのでそこで詳しく聞くことができます」や「他のスキルについてはある条件をクリアーしたりスキルレベルを上げることで解放されたりします」などと答えてくれている。そこで私は1つコメントを打ち込んだ。取り上げてくれるかわからないけど、どうしても聞いておかないといけないと思った。

「では次で最後にしたいと思います。では最後の質問は……『モンスターも生きているのですか?』にしましょうか」

コメント欄では「他にもっと聞くことあんだろ!」「そんなのどうでもいい!」などと批判的なコメントが流れた。

「アリサ……大丈夫……?」

鈴が心配しているが、私はNPCが生きていると言ったことからこれは聞いとかなければいけないと感じた。すると藤堂社長が口を開いた。

「面白いことを聞く方がいますね。私としてはどうしてこの質問をしたのか聞いてみたいですが、コメントを見る限り答えてもらうのは酷な話でしょうからやめておきましょう。ですが、もしよろしければ答えて頂きたいと思います。1分程待ちますのでその間に答えて頂ければ幸いです。では伊藤君、先程のコメントの方以外一時的にコメントが流れないようにしておいてね」

藤堂社長が発言して5秒ほどすると、コメントが一時的に流れなくなった。

「おいアリサ！　コメントすんのはやめとけよ！」

「そうよ！　無理に書く必要ないんだからね？」

2人は心配して私にコメントを書かないように言ってるが、私は既にどうするかを決めていた。私は2人に「ごめん……」と言い理由を打ち込んだ。

「おや、コメントが流れましたね。えーっと……『NPCも生きてるならモンスターも生きていると思ったから』ですか」

藤堂社長はそのコメントを少しの間じっと見つめ、口を開いた。

「まず初めに、コメントをしてくださりありがとうございます。私としてはコメントしてもらえないと思っていたので嬉しいですね。ではこの質問について回答したいと思います。質問してくださった通り、モンスターも『生きて』おります。モンスターだけではなく、植物や他の生き物も『生きて』おります。それではモンスターなどが狩りつくされるのではないかという心配もあります。そのため、自動でモンスターや薬草等が湧くダンジョンが存在しております。ダンジョンの場所についてはNPCに聞けばわかるものもあれば、自分の足で見つけるものもあります。だったらダンジョン行けばいいだろという意見もあると思いますが、モンスターも『生きている』ため繁殖や村や街に降りてくるといったこともあります。

運営はそのような事件には基本関与致しません。皆様の行動で様々な事件が起こりうる可能性やそれを未然に防げる可能性もあります。我々運営は、皆様の行動でNWOがどうなるか楽しみにしております。以上で放送を終わりに致します。よきNWOライフをお楽しみください」

生放送が終わったため、私はWi-Fiの電源を切り携帯を手元に寄せた。

「まったく……アリサってたまに驚くようなことするよな……」

「こっちがどうなるかドキドキしちゃったわよ……」

２人には心配かけちゃったかな……。私がしょんぼりとして下に俯いていると、鈴が席を立ち私のことを後ろから抱きしめた。

「アリサ……そんなに落ち込まないの。アリサったら美味しい物優先とか口では言うけど、ホントは私たちのことを気にかけてくれる優しい子っていうのはわかってるから……。私はアリサが食べ物を美味しそうに食べてる表情が好きなんだからそんな顔しないの」

「すずぅ～……」

「ほらほら～。さっさと元気出す～」

私は後ろから抱きしめてくれた鈴の手を軽く握って頭を上げて鈴を見上げた。

「んー……。女の友情はいいんだがギャラリーがいる場所でそれは……」

「ん？」

「え？　あっ……」

なんか変なことしたかな？　周りに意識を移してみると「──同士の百合もなかなか……」や「キマシタワー」という声が薄っすら聞こえたけど……。キマシタワーってなんだろう？　鈴はどうなって……って顔少し赤くなってる？　なんで？

「鈴大丈夫？」

「えっえぇ、大丈夫よ」

「アリサ……そこは触れないのが優しさだ……」

「うん？」

よくわからないけど触れない方がいいっていうならやめとこう。それにそろそろお昼休みの時間も終わりだし、次の講義の部屋に移動しないと。

本日の講義も全て終わり、私たちは帰路に着いた。NWOの初期スキルも公開されたことだし、何を取るか決めないといけない。2人はどうするんだろ？　そんなことを考えていると正悟が提案をしてきた。

「NWOのスキル公開されたことだし、これから俺の部屋でページ見ながら相談しないか？」

「あら～？　女の子2人部屋に連れ込んで何をするつもりなのかしら～？　ね～奥さん～」

「あらあら奥さんー。あたし怖いわー」

「もう、アリサったらそこはもう少しノリノリで言わないとダメよ～？」

「ノリノリ……？」

「漫才はいいからさっさと行くぞ。取得できる初期スキルの数によっては決めんのに時間かかるからな」

正悟の部屋かぁ……。そういえばここしばらく2人の部屋に入ってないから久しぶりだなぁ。

「正悟～今日のお菓子は～？」

「なんで用意してもらえると思ってんだ？」

「えっ……ないの……？」

「大丈夫よアリサ～。帰りに何か買っていきましょうね～」

「鈴……アリサに甘すぎだぞ……」

正悟がなんか言ってるけどそんなの気にしない。人間の3大欲求の中に食欲があるように。また、衣食住の中にも食べることが入ってる。つまり食べ物こそ正義。ってことで今日は何を食べようかなぁ～。


「はい、アリサ。あ～ん」

「あ～ん」

鈴がお団子をばらしてその内の1つを箸で私の口に持ってきてくれる。うん。やっぱりお団子と言えば餡子《あんこ》だよね。餡子にもこしあんと粒あんがあるけど、私としてはこしあんの方が好きだな。みたらしとか醤油《しょうゆ》、それに三色団子とか色々あるけど、私は餡子のお団子が一番好き。でも同じのを何本も食べると飽きることをわかってるのか、鈴はみたらし、醤油、餡子、ゴマの4種類をそれぞれ2本ずつ買ってくれた。もちろん私もお金を出して買った。

「アリサ。美味しい？」

「美味ひぃよ～」

「あ～……やっぱりアリサは可愛いわぁ～。はい、アリサ。もう1個あ～ん」

「ふぁ～ん」

「お前ら一旦食べるのやめろ」

「もう～正悟ったら～。あ～んしてほしいなら言えばいいのよ？」

「言わねーよ」

正悟もお団子食べたかったのかな？　そう思った私はゴマ団子を1つ取って正悟の方へ持ってった。

「正悟。あ～んして？」

「いや、だから別に俺は……」

「あ～んするのと口移し、どっちがいい？」

「あ～んでお願いします」

「それでよろしいのです」

正悟は観念して口を開けたので、私は正悟の口にゴマ団子を入れる。鈴がその様子を羨《うらや》ましそうに見てたので、みたらし団子を1つ取って、正悟と同様にあ～んさせて鈴の口の中に入れる。

「うん。アリサがくれたみたらし美味しいわ～。でもアリサ、あ～んか口移しかなんて私たち以外に言っちゃだめよ？」

「？　うん、わかった？」

「俺にはよくわかってないように見えるんだが……。ともかく、さっさと取得可能スキルについて話し合うぞ」

正悟は、ＰＣとは別にタブレットをこちらに寄越した。画面にはアヴニールのＨＰが映っており、メニューの中に『初期取得可能スキル』の欄があった。『初期取得可能スキル』の欄にポインターを合わせると、武器スキルや魔法スキル、それに生産スキルに補助スキルと大まかに4種類にわかれていた。一先ず武器を決めないことにはどうにもならないと思ったので、武器スキルをクリックした。

武器スキルには、【刀剣】【槍】【斧】【棍棒】【格闘】【投擲】【弓】といった基本的な物の他に、【鞭《むち》】【鎌】【鉄扇《てっせん》】【楽器】といった少し特殊な物まであった。

「えーっとなになに……。『武器スキルはスキルレベルを上げることでさらに細かく分類がわかれます。なお、分類が細かくなるにつれ、補正が上昇致します』だってさ。つか、これはこれで面倒だな……」

「何で面倒なの？」

「例えば、最初に刀剣スキルを取ってたとする。だが途中で棍棒《こんぼう》といった棒術方面に移りたくなった場合、棍棒スキルを1から上げないといけないんだ」

「別に1から上げればいいんじゃないの？」

「そこでさっきの後半の文が影響してくる。おそらく、刀剣スキルってのはそれに含まれる種類の武器に対しては補正が掛かるが、その分補正値は小さいということだろう。逆に、その刀剣スキルの中で細かい分類の内の1つの場合、それしか扱えないが補正値は高い、ということだろう」

「つまり多芸と一芸の利点と欠点と言ったところね」

「そういうことだ。最初に方向性をミスると、修正に時間がかかるってことだな。ったく、運営もこういうことならもう少し早く情報出せよな……」

方向性かぁ～……。美味しく調理するためには包丁による加工が必要だから……刀剣スキルかな？あとは調理する台やフライパンとかが必要だから木工や鍛冶とかそこらへんがあれば取得して……。

「ねぇねぇ、私刀剣スキル取る～」

「……アリサ、ちなみに理由は？」

「包丁が必要だから」

私が答えるなり、いきなり正悟が頭を抱えたけど……私何か変なこと言ったかな？

「ねぇアリサ？　アリサは生産職をするの～？」

「戦闘職やるつもりだけど？」

「……え、えっと……刀剣スキルを取得したとして、武器はどうするの？」

「刀剣スキルだから刀剣だよね？」

今度は鈴が頭を抱えたけど……変なこと言ったつもりないんだけどなぁ……。

「アリサ……刀剣スキルってことは刀と剣ってことなんだ……」

「うん」

「刀と剣だと少し性質が違うってのはわかるか？」

「えっと、刀が日本刀とかで剣が西洋のって感じでいい？」

「まぁそれでいい。でだ。さっきも言ったが、スキルレベルが上がるにつれて細かく分類されるわけだが、お前が刀剣スキルに中でどんな武器を使いたいかによって、今後目指すスキルツリーが変わってくるわけだ」

「ってことは……今のうちに最終的に使いたい武器を決めろってこと？」

「そういうことだ。確かにミスっても修正はできるが、その分時間も取られることになる。それが同じ刀剣スキルとかだった場合はいいが、違ってた場合は更に時間が取られる」

あ～……それは嫌だなぁ……。

それにしても自分が使いたい武器かぁ……。と言っても、槍とか斧とか弓はなんか扱いにくそうだしなぁ……。

私は自分の携帯で、刀剣に何が含まれるのか確認すべく調べ始めた。すると、刀には日本刀の他にも中国刀やサーベルといった物があったが、イマイチわかりにくかったので、刀は日本刀ということにした。

次に剣の方を調べてみると、クレイモアといった大剣やダガーといった短剣が含まれていた。刀と剣の違いについて大まかに調べてみると、刀は片方に刃がついてて、剣は両方に刃がついているらしい。

「日本刀に普通の剣に大剣に短剣かぁ～……。どれがいいかなぁ～？」

「俺としてはアリサが大剣背負って戦ってる姿は想像できないんだよなぁ」

「漫画じゃないからねぇ～。女の子の背丈ってのもあるけど、大剣持つ程の筋力があるかっていう問題もあるものね～」

「短剣やレイピアは嫌なのか？」

「小っちゃい分扱いやすそうだけど……なんか短剣だとダメージ低そうだし、レイピアだと突くだからなんかちょっと合わなそう～」

となると……日本刀か普通の剣ってところになるけど……。そういえば2人は武器どうするんだろ？

「私のことはともかく、2人は武器どうするの？」

「俺はそうだなぁ……槍か剣で迷ったけど、剣士っつー方が俺には合いそうだからロングソードの予定かな？」

「私は魔法職がしたいから杖が含まれるっぽい棍棒スキル取るつもりよ～」

ほえ～……2人とももう決まってたんだ～……私も決めないと……。でも正悟と被るのもよくないしなぁ……。

となると、日本刀だけど……えーっとなになに？　日本刀は大まかに、太刀・打刀に脇差、短刀と長さでわかれてるっと。ん～……あんまり長すぎるのも嫌だけど短すぎるのも嫌だなぁ～。ってことは脇差ぐらいの長さがちょうどいいかな？
「じゃあ私日本刀の脇差にする～」
「アリサが脇差を差してる姿……若武者っぽくてちょっといいかも～……」
「おーい鈴ー、戻ってこーい」
なんか鈴がうっとりした目で妄想してるっぽいけど、まぁ置いておこう。んでスキルは初期に10個取って、あとはスキルレベルを一定まで上げるとSPスキルポイントが貰えるって書いてある。武器は決めたからあとは魔法に生産に補助の中から取るのを選ぼっと。
魔法スキルにはえーっと……【火】【水】【土】【風】【雷】【光】【闇】があって、ある方法で他の属性が派生したり修得できたりすることができる、って書いてある。あっ、特徴も書いてある。なになに……。
【火スキル】：継続ダメージや他の物に燃え移らせることができる。
【水スキル】：水を様々な形に変化させ操ることができる。
【土スキル】：地面を操作し地形に干渉することができる。
【風スキル】：最も発生が早く、切り裂いたり自身の周りに展開することができる。
【雷スキル】：最も貫通力が高く、地形障害を無視できる場合もある。
【光スキル】：攻撃よりも回復やデバフを打ち消すような技が多い。
【闇スキル】：攻撃よりも戦闘を有利にするためのデバフ系が多い。
んー光と闇がそれぞれ打ち消し合ってるような感じで、他の属性は相性としては火⇓風⇓雷⇓土⇓

水⇒火、って感じなのかー。

「正悟は魔法は取るの？」

「魔法かぁ～。今んところ魔法剣士ってよりは、普通の剣士方面で考えているから取る予定はないな」

「私は雷とあと１つは風でも取ろうかしら～」

「あっ、戻ってきた。雷と風の理由は？」

「なんか雷と風って２つ使った時に相性で派生しそうだし、弱点属性とぶつかっても２つ持ってれば対応できそうだからね～。それに相性ってあるけど、たぶん陰陽五行のように相克はあっても火力が違ったらそこまで関係ないと思うのよねぇ」

鈴はたとえ話として、マッチの火が風が強いと消えちゃうとか、大火事がコップの水で消えないのと同じ。と説明してくれた。確かに相性が良くても、限度っていうのがあるから私はその説明に納得した。

ついでに風と雷についても推測の説明してくれて、空気が絶縁体だからその相性になってるんじゃないかとのことらしい。

「まぁまだ魔法については焦らないでいいんじゃない？　余裕が出てきたら取るって形にすればいいと思うわよ」

「んー……じゃあ候補だけは決めとくー」

鈴が風と雷だから残りは火、水、土、光、闇かぁ～。火はなんか暑苦しそうだから遠慮するとして、光も回復職はなんか大変そうだからパス。となると、水か土か闇かになるんだけど、私が水を使ってる姿が想像できない。鈴だったら絵になると思うんだけどな～。ということで水もないっと。

ということで、

「消去法で土と闇になった～」

「お前の消去法が凄い気になるんだが……。まぁ魔法使うなら2種類は持ってれば色々対応はできそうだな。それ以上持つと扱い切れずに器用貧乏になりそうだな」

とは言ったものの、土と闇って相性いいのかな？

「さて残りは生産と補助スキルだが、俺は特に生産取るつもりないから、補助スキルで良さそうなの探してるわ」

「私も生産スキルといってもねぇ～。特にやりたいことっていうのが思いつかないから、取得は当分先かなぁ？　だから私は正悟の方で補助スキル先に見てるから、アリサはゆっくり生産スキル見てていいのよ～」

ってことは生産スキル取るのは私だけなのか～。えーっと生産スキルは……【料理】【鍛冶】【木工】【調合】【裁縫】【醸造】【合成】【錬金】【装飾】【栽培】【道具】【家具】【石工】と言った具合だった。

流石生産スキル……数が多いな～……。料理スキルは取るとして、包丁とかの調理器具は道具か鍛冶のどっちに含まれるかわからないからなぁ～……。醸造《じょうぞう》スキルも何かわからなかったから調べてみると、発酵《はっこう》に関わるスキルとの説明があった。ということは、調味料は醸造ってことでいいのかな？

んーそうなると醸造スキルもほしいけど、最初から材料が手に入るってこともないだろうしなぁ～……。最初から死にスキルってのも嫌だから後々取ることにしよう。

「生産スキル何取るか決まったよ～。それで補助スキルは何かいいのあった～？」

「まぁステータスUP系はもちろんのこと、釣りや乗馬といった趣味系のスキルとかもあったな」

「他にも各種魔法耐性もあったわよ～。こうなると特化か満遍なく取るかってことになるのねぇ」

「こんなん装備できるスキル10個じゃ足りねえだろ！」

「敵に合わせて装備スキルを変えるか、どんな敵でも自分のスタイル通りに闘うかってことねぇ～」

敵に合わせてスキル変えるって大変そうだな～。でもスキル変えたところで勝てない時は勝てないし、相性悪いのは仕方ないしな～。今のところ私の空き枠は8個だから、戦闘補助系やステータス補助をいくつか見繕わないといけないなぁ。

ＮＷＯでのステータスとしては、

ＨＰ
ＭＰ
ＳＴＲ（筋力）
ＡＴＫ（攻撃力）
ＤＥＦ（防御力）
ＩＮＴ（賢さ）
ＭＧＲ（魔法抵抗力）
ＡＧＩ（素早さ）
ＤＥＸ（器用さ）
ＬＵＫ（運）

といった、10のステータスからなっているらしい。

私は近接で攻撃型なため、HP、ATK、DEF、AGIといったのを取ればよいのだろうか？　と言っても、そんなに数は取れないと思うので、取って3個か2個といったところだろう。悩ましいので、ここは正悟の意見を聞くことにした。

「正悟～。ステータス補助系はどう決めればいい～？」

「あ？　ん～そうだなー。まずは自分がどういう役割でやりたいかを考えるってのだな」

「役割？」

「あぁ。例えば、忍者だったらATK－AGI型にして高機動高威力で1撃離脱タイプとか、タンクでHP－DEF型で物理防御型とかだったりな」

ほほぉ～。そう考えると、私の武器は脇差ということだから、攻撃力と素早さで相手を翻弄するようなスタイルがいいのかな？　というと、忍者みたいにしゅばばばって移動してズバって斬る感じになるのか～。これで4だから、残りも決めないとな～。

結論からして、私の初期取得スキルは、【刀剣】【料理】【ATK上昇】【AGI上昇】【DEX上昇】【採取】【察知】【忍び足】【鑑定】【収納】を取ることにした。最初はステータス上昇スキルを2つにするつもりだったが、料理を最初から取っているならば、【DEX上昇】も一緒に取った方が効率がいいと思ったからだ。

【察知】と【忍び足】については、モンスターがどこら辺にいるのかを探るためと、足音をなるべく立てないで気付かれないようにしたかったからだ。

意外に必要なのは【収納】だった。【収納】とは別にアイテムボックスはあるので、要らないと思っていたのだが、【収納】は重量関係なく入れることができるらしい。

そもそも、ＮＷＯではＳＴＲ（筋力）による重量制限があるらしい。変なところまでリアルにしてるが、それを考えると、食料を調達して食べるタイプの私にとっては、ドロップしたアイテムですぐ重量制限を越えてしまいそうな気がした。【収納】はスキルレベルが上がれば、入れられる量が増えるらしいので、積極的にレベルを上げよう。

「さて、全員何取るか決まったことだし、あとは当日を待つだけだな」

「合流は２日目だから、ゲーム内で３日経つことになるけど仕方ないわねぇ～」

「それまでにそれぞれ情報収集と、狩りの練習でもしてりゃいいだろ」

「ＮＷＯの食べ物ってどんな感じなのかなぁ～」

「アリサ～、美味しいお店見つけたら教えてね～」

「わかった～」

「俺の方はフレと先に合流するから、２日目に紹介するわ」

「あっアリサ。先に言っておくけど、知らない人についてっちゃダメよ～？　あと食べ物で釣られないようにね～？」

「子供じゃないから大丈夫～」

「俺はすごく心配なんだが……」

失礼な。いくら私が美味しい食べ物が好きだからって、そんなほいほい釣られないよ～。

「正悟こそ綺麗な女の人に付いて行かないようにね～」

「誰が付いてくか！」

「えっ……正悟ってもしかして男に……」

「だから私たちのことにも興味がないのかしら～？」

「いや！　なんでそうなるんだ！」

「じゃあ私たちに興味あるのかしら～？」

「それは……まぁ……お前らには興味がないわけでも……」

あっ、正悟の顔がどんどん赤くなってる～。正悟はこういう話になると弱いんだからなぁ。私は2人のこと好きだから言われても大丈夫。

でも、鈴は一見余裕そうに見せるけど、実は顔に出さないだけで結構照れてる。右手で頬を抑える仕草はその証拠。正悟も私たち2人とも養ってやるぜ、ぐらい言ってくれたらカッコいいんだけどね。でもまぁ、一夫多妻制が認められていないから無理なんだけどね。

「まぁ正悟がちゃんと私たちに興味あるってのもわかったし、いじるのはこのぐらいにしよっか」

「お前ら覚えてろよ……」

「うん。ちゃんと覚えておく」

私は正悟の瞳をじっと見つめた。でもしばらくすると、正悟は私から目を逸《そ》らした。正悟が目を逸らしたのを確認し、私は近くに座っている鈴の膝に頭を乗っけた。

「あら？　アリサどうしたの？」

「ちょっと眠くなっただけだよ～。それにもう結構いい時間だしね～」

気が付けば既に夜8時を過ぎていた。明日も大学で講義があるし、まだ晩御飯も食べていないしお風呂も入らないといけない。流石にこれ以上のんびりしてると、明日の予定に支障が出てしまう。時間も時間なため、私と鈴は正悟の家からお暇《いとま》することにした。

さて、初期スキルも決まったことだし、オープンが楽しみだ。私は食事の後にお風呂の湯に浸かりながら、オープン後にどんな食べ物が食べられるか思い耽《ふけ》ていた。

2025年4月19日、午前11時55分。

私は購入したVRヘッドギアを装着してベッドに横たわった。実はこのVRヘッドギア、正悟たちに簡単そうに購入したと伝えたが、購入できたのは正悟たちのおかげである。そもそも正悟がNWOの情報を教えてくれた時、初期生産台数が1万台だったのだ。ゲーム大好きな正悟がNWO公開の数時間後に登録を私たちに勧めてくれたおかげで、初期の登録組に入ることができたのだ。

初期登録では連絡先だけでよく、本登録はその後になってもよかったため、購入を考えていたプレイヤーたちは先に初期登録だけを済ましていた。その後、本登録においてVRヘッドギアなどのお金がかかるため、そこで親との話し合いで実際に購入するかどうかを決めているプレイヤーもいた。私たちの場合は、親に説明してちゃんと了承も得ているので、あとは購入代金だけであった。お金に付いては、貯めていたもので十分賄えたので問題はなかった。

といった具合に、購入するための競争もあったことと正悟に感謝することを忘れないようにしないといけない。

さて、開始まであと少しである。お手洗いも済ましたし、軽い軽食も既に取ってあるので、晩御飯まで大丈夫なように準備はした。あとはヘッドギアの横に付いているスタートボタンを、時間になったら押すだけだ。ゲームでは3倍で時間が進むということなので、晩御飯までの7~8時間はゲームできるということなので、ゲーム内で丸1日程度遊べることとなる。と言っても、まずは街を回りたいので冒険は少し先になりそうかな？　それに、チュートリアルもあるとのことなので、色々と聞いておきたいところである。

すると、12時を知らせるアラームが鳴ったので、アラームを止めた後ヘッドギアのスタートボタンを押した。

ログインIDについては、購入時に指定された機関に行き、脳波とヘッドギアをリンクしてあるので、盗難にあったとしても他の人は使えないようになっている。もしヘッドギアが故障した場合は、運営に報告をして故障品を持っていけば直してもらえる。ただし、修理費は安くない値段がかかる為、大切に扱うことが前提となっている。と、そんなことを考えている内に、キャラクター作製の画面へと移った。

基本的に素体の性別や身長のデータは変えることができないらしい。おそらくこれは、本登録で記載した物と違いがないようにするための設定なのだろう。確かにリアルに近いとは言ってたけど、まさかここまでとは……。

しかし、肌の色や瞳の色、髪の色など性別や身長以外のデータは変更ができるらしい。私としては髪や瞳の色だけ変えればいいかなと思ってる。もう1つの故郷と言っているのだから、素体をそこまで変更する必要はないと考えてる。

なので、まずは髪の色の選択だ。色は単純に色の指定でもできるが、RGBを調整することで細かく変えることができるらしい。でも髪の色が変えられるなら、最初から銀色にすると決めていた。瞳の色はそのままの黒でもよかったんだけど、ゲームの中ぐらい好きな色にしてみようと思ったので水色にしてみた。

水色に関しては少し透明度が足りなかったので、RGBを頑張って調整して少し透けるぐらいの水色にした。後は初期服だけど、タンクトップかTシャツとショートパンツが初期服となるようだ。私としてはあんまり派手すぎるのはあれなので、白のタンクトップに青のショートパンツにしよう。

これで自分のキャラクターができたので、決定を押して次に進んだ。

すると、今までの客観的な視線が自分で見るような視線となった。手を動かしてみると、きちんと思った通りに動いた。私はVR世界の中に入ったんだと実感した。

「ようこそプロエレスフィへ」

後ろを振り向くと、10代ぐらいの褐色肌の少年が立っていた。

「私の名はタウロス。黄道12星座のおうし座を司《つかさど》る者です」

「初めまして。私はアリスです」

「さっそくですが、初期スキルと武器の選択をお願いいたします」

んー少し事務的な感じがするな～。まぁ初対面の人に対してなんてこんなものだよね？

「あの、武器に脇差ってありますか？」

「脇差ですね……大丈夫です、ちゃんと初期武器の選択として存在しております」

「それで初期スキルについては、【刀剣】【料理】【ATK上昇】【AGI上昇】【DEX上昇】【採取】【察知】【忍び足】【鑑定】【収納】をお願いします」

「かしこまりました。なお、初期武器に関しましてはここで試すことができますがどうなさいますか？」

「じゃあ試してみたいのでいいですか？」

「畏まりました」

　すると、私の腰に脇差が装備された。脇差の長さは大体60㎝程で、重さとしては意外に重くはなかった。

「意外と脇差って軽いんですね」

「初期武器の重さについては、本登録の際のデータを参考にさせて頂いております。重さの調整は現時点のみとなりますので、もし合わないようであれば今のうちにお願いいたします」

　んーあんまり重すぎても振れないし、軽すぎても体が追い付かなさそうだしこれぐらいがいいかな？

「大丈夫そうなので、少し振ってもいいですか？」

「えぇ、もしよろしければ訓練用の案山子《かかし》もご用意いたしますがどうされますか？」

「せっかくなので用意してもらってもいいですか？」

「畏まりました」

　目の前に案山子が用意されたので、私は脇差を抜いて斜めに1振りしてみた。しかし、刃は案山子の途中で止まったため、1度引き抜いて今度は横に一振りしてみた。すると、今度は途中で刃は止まらず、案山子を切断することができた。

「んー大丈夫そうかな？」

「試し切りの方はよろしいでしょうか？」

「はい、大丈夫そうです。それと……1つ質問いいですか？」

「どういったご質問でしょうか？」

　この中が既にゲームの中だとしたら、彼は社長が言ったように……。

「タウロス君……ってこの世界で生きてるんだよね……？」

「それは……お答えする必要がございますでしょうか？」

あぅ……やっぱりこういう質問はしない方がよかったのかなぁ……。

「っくっく……アハハハハッ！」

「っ⁉」

「あー失礼、そんなことを聞いてくる方はいませんでしたのでつい。それに、創造主がきっと面白い子が来るとおっしゃってましたが、アリス様がそうなのですね」

「え？　えっ⁉」

彼はニッコリと笑みを浮かべ、さっきの私の質問に答えてくれた。

「回答としましては、我々黄道12星座の者たちは創造主に造られ、そして生きている存在です。主な役割と致しましては、皆様異邦人の方々への案内と対応を行っております」

「GMってことではないの？」

「えぇ、我々は管理者ではありません」

GMが管理者に変換されたってことは、NWOと向こうを一致させないように、NWOの人たちには変換されるようになってるってことかな？

「ってことはもう会えないってこと？」

「私にはわかりませんが、創造主や管理者様が催すイベントに駆り出されるといったこともあるかもしれませんので、一概に会えないということは言えないと思います」

じゃあイベント時には会えるかもしれないのか。でもスタッフって感じだから忙しいよね……って⁉

「こんなに話し込んで他の人の対応って大丈夫？」

「そのことならご心配なく。我々には【分体】【多重並列意識】【高機能情報処理】といったスキルがあり、オリジナルを基本とし能力はそのままにして複数の私を召喚できるので、同時に多くの異邦人の方々の対応が可能なのです」

「へぇ～……ってことはタウロス君って結構強いの？」

「そうですね……12星座の序列で言えば私は戦闘型なので上位に入るとは思いますが、我々で競ったことはないので細かい序列はわかりませんね」

「ほぇ～……」

戦闘型なのに情報処理系スキル持ってるのかぁ……。それに牛なのに脳筋じゃなくて知能派で強い……。戦争系シミュレーションゲームなら是非とも登用したい武将ランキングに入りそう。

「まぁまた会えるってことだし、長くなっても迷惑になっちゃうからそろそろ終わりにしようっか」

「いえいえ、あまり質問してくれる方もいらっしゃらなかったので新鮮でしたよ」

「私としても色々実感できて楽しかったよ。それに……」

「どうしました？」

「やっぱりこの世界の人たちも『生きてる』んだなって改めて思ったから」

色々話しててやっぱり思った。彼は機械的な回答をするだけのＮＰＣじゃない。そこには感情があった。私たちと同じように、喜びも怒りも悲しみも楽しみもある１人の人間なんだ。

そう考えると少し不安になるところもある。私はそこまで口がうまい方じゃないって思ってる。だから私の言動で傷付けた人も少なからずいた。そんな私がこっちの世界の人たちにも同じことをしてしまうのではないかと、そういった不安がある。

そのようなことを考えている私の手を、タウロス君は優しく握ってくれた。

「アリス様。私にはあなたの胸の内について知るようなスキルはございません。ですが、あなたが我々プロエレスフィの民のことを思って行うことは、きちんと皆に伝わるはずです。ですから、どうか怖がらずに、この世界を楽しんでください」

ホントもう……この子は……。NPC相手に感情移入とか気持ち悪い、とか言われても気にしない。

私は、私がやりたいことをするだけ。正悟の誘いで始めようと思ったこのゲーム。最初は食べ物のことしか考えてなかったけど、タウロス君と話してて感じた。

いつまでも2人に甘えてちゃダメだって。2人と離れることになったNWOだからこそ、私が変われるチャンスなんだなって。

「タウロス君。私、頑張る」

「えぇ、頑張ってください。では名残惜しいですが、そろそろ送りますね」

そう言うと彼は握っていた私の手を離し、送還の用意をした。すると、私の足元に魔方陣のようなものが現れた。突然現れた魔方陣に驚いたけど、彼なら大丈夫だと信じてるから不安はなかった。

「あなたに星の加護があらんことを」

そしてついに私はNWOの世界へと足を踏み入れた。


眩《まばゆ》い太陽の光に咄嗟に目を閉じ、手で顔に影を作りゆっくりと空を仰ぐ。空は晴れ晴れとしており、少し涼しい風が身体を通り過ぎる。

「来たんだなぁ……」

私は呟くようにこの世界、プロエレスフィに来たことを実感した。少し周りを見渡すと、石やレンガで作られた街並みが見られ、ところどころに露天が立ち並んでいた。周りの声を聴くと「ダンジョンの場所教えてください！」「ＰＴ募集中です！　近距離の人も遠距離の人も大歓迎です！」といったのが聞こえた。やっぱり皆さっそくレベル上げかぁ。でも私は、まずはこの街について知りたいから情報を集めよう。

……美味しいご飯が知りたいからじゃないんだから……ね……？

しばらく歩いて街の人に話を聞いていると、この街の名前は『エアスト』というらしい。地理的にはこの街は大陸の東南地方にあるらしく、南には港町があって魚がいっぱい獲れるらしい。でも今は港町への街道にモンスターの縄張りがあって危険で、通行止めになっているとのこと。

なるべく早く解放できるようにしないと！　美味しいお魚料理のため……じゃなくて街の人たちのために！　そして２時間ぐらい色々と歩いていたせいか、満腹度が少し減少しているようだ。

満腹度はこのゲームのシステムの１つで、時間経過や活動状況に応じて減少していくもので、活動が活発であれば減少度が大きく、逆に活動が少ないと減少も少ない。回復方法としては、何かしらの食べ物を食べたり飲んだりしないと回復しないといった自然回復がないものである。満腹度が４分の１まで減少するとステータスが低下し、満腹度が０になるとＨＰが徐々に減るといったことが起きる。

まだ１割を超えるぐらいだが、結局自然回復しないのでご飯を売っているところを探す必要がある。

そこで、街の人に美味しい食事や食べ物が売っているところを聞いてみた。何人かに聞いてみると、大通りのお店が安いとのことらしい。でも大通りってことはプレイヤーも多いってことなので、売り切れといったこともあり得る。それにまだ始まったばかりなので、料理スキルも育ってないためプレイヤーの作った食べ物は期待できない。

そこで私は、大通り以外で美味しい食事や食べ物が売っているお店を探すことにした。そして何人目かのおばあちゃんから、美味しいパンを売っているお店を知っているとの情報を得た。場所は居住区の方で、大通りからは離れていたためプレイヤーの姿は見られなかった。

「ここかな……？」

私はおばあちゃんに教えてもらった情報を頼りにお店を探した。そして居住区をしばらく歩いていると、教えてもらった情報の特徴があるお店を見つけた。流石に居住区でプレイヤーは見かけなかったため、混んでる様子はなかった。

「失礼しまーす……」

ＯＰＥＮの看板も掛けてあったし大丈夫だよね……？　私はお店の中に入り、中を見渡した。店内はそのままお店の中で食べられるように席がいくつか置いてあった。

「おやまぁ。可愛らしいお嬢さん、いらっしゃい」

店内の奥から優しそうなおばちゃんが出てきた。なんか大学の食堂のおばちゃんに雰囲気が似てる気がする。

「あの……美味しいご飯がここで売ってるって聞いて……その……」

「あらあら嬉しいわねぇ。ちょうど出来立てのパンがあるから食べてみるかい？」

「出来立て……！」

私はすぐさまカウンターへ近づき身を乗り出す勢いでコクコクと頷いた。

「フフッ、そんなに食べたいのかい。今切ってあげるから待ってるんだよ」

おばちゃんは少し笑いながら出来立てのパンを切って何かを塗《ぬ》っている。香ばしいパンの匂いとこれは……クリームチーズと蜂蜜《はちみつ》の匂い！　おばちゃん…出来立てのパンにハニークリームチーズとは……！　おそらく私に尻尾が付いていたらブンブンと振っていたであろう。おばちゃんはクリームチーズと蜂蜜を塗り終わり、私の目の前にその出来立てパン置いてくれた。

「い……いただきます！」

ハムッ！……美味しいー……幸せぇー……。この濃厚なクリームチーズと蜂蜜の組み合わせ……シンプルだが美味しいのだ！　それに出来立てのパンのサクサクモチモチ感！　教えてくれた街の皆さん、グッジョブ！

「おやおや、そんな美味しそうに食べて貰えてこっちも嬉しいよ。気に入ったのなら買っていくかい？」

「!?　是非ともお願いします！」

「1つ20Gだけど何個買うかい？」

1つ20G……ってことは1G10円感覚ってことでいいのかな？

この味で200円……そして今の私の【収納】に入る個数が20種類……。

「おばちゃん……何個まで買って平気……？」

「そうさねぇー。流石に買い占められちゃうと他の客が困っちまうからせいぜい10個ぐらいまでにしてくれるとありがたいねぇ」

「じゃあ10個お願いします！」

私たちプレイヤーは初期資金として1万Gが渡されている。これで防具や道具を買ってそこからお金稼ぎを始めるのが基本となっている。私はウィンドウから10個分の２００Gを実体化させ、おばちゃんに渡した。おばちゃんから出来立てのハニークリームチーズパンを受け取り、【収納】の方へしまった。【収納】の中では時間経過もしないので、いつでも出来立てのパンが食べられるのだ。ちなみにスキルが増えて【収納】を控えにしても中身がなくなったりはしない。取り出す時に【収納】がメインにあればよいのである。


「ふふっ」

「どうかしたの？」

「いやさね、異邦人ってのはこんな感じなのかと思ってね」

「んーどうなのかなぁ？　色んな人がいると思うから一概に言えないと思うよ」

「そうかいそうか。そういや名乗ってなかったね。私はマールっていうんだ」

「私はアリスって言います」

「アリスちゃんか。またこの『マールのパン工房』をご贔屓《ひいき》に頼むよ」

「うん！　あっ……今度友達とか連れてきても平気……？」

「構わないよ。まぁあんまり多すぎても店に入りきらないから宴会とかはやめてもらいたいねぇ」

「そこまで友達多くないから大丈夫！　じゃあマールさん、またね」


さて、食料も確保したし次はどうしよう？　とりあえず回復アイテムを買っておこうかな？　となると大通りに行かなきゃいけないのか……。あんまり人ごみは得意じゃないけど……タウロス君との

約束のため頑張らないと！　そして私は大通りを目指して歩き始めた。脱コミュ障愛梨沙！

と思っていた時期が私にもありました。こんな人多いところとか無理無理。タウロス君やマールさんと話せたからって他の人と話せるかもしれないけど、コミュ障を舐《な》めないでほしい。タイマンなら多少はいけるけど人多くなるとびびっちゃうの。しかもこんな大勢の初対面の人たちに見られながら喋るなんて緊張して口がうまく動くわけがない。私はなるべく人が少なそうな回復アイテムの露店を探そうと動こうとした瞬間。

「あっ⁉」

「ったく！　ババア邪魔だ！」

私の少し後ろでプレイヤーらしき人がおばあちゃんとぶつかって、おばあちゃんが地面に倒れてしまった。プレイヤーの方は特に悪びれることもなく、悪態をついてそのまま去って行った。

「おばあちゃん大丈夫？」

私はすぐさまおばあちゃんに近づき、様子を伺った。

「あぁ……でもちょっと腰を痛めちまったようだ……いたたっ！」

「えっと……」

周りを見渡してみるが、誰も我関与せずといった様子で誰も助けようともしてくれなかった。この状態のおばあちゃんを放置するわけにもいかないため、私はおばあちゃんをお家まで運ぶことに決めた。

「……よし！　私が今からおばあちゃんを背負うからちょっとだけ我慢してね？」

「あんたなんで……わかった、ちょっとだけ我慢してやろうじゃないか」

「3つ数えて一気に背負うから私の首に腕をかけて」

私はおばあちゃんの腕が私の首にかかるように側でしゃがんだ。

おばあちゃんは可能な限り私の首に腕をかけた。

首に腕を掛けたことを確認して、私はおばあちゃんの腰を軽く掴んだ。

「いくよ。1、2の3！」

「うっ⁉」

少し痛んだようだが、ちゃんとおばあちゃんを背負うことができた。私の身長が150㎝でおばあちゃんが140㎝手前な感じだから、ちょっと私の姿が後ろからだと見えない感じになって不気味になってるけど、今はそんなことを気にしてる場合じゃない。早いところおばあちゃんを運ばないと。

「おばあちゃん、お家はどこにあるの？」

「家ならそこを真っ直ぐ行って……――」

家までは5分ほどで移動できる距離だったが、人1人背負っての移動だったため、倍の10分程時間がかかってしまった。おばあちゃんの家の中に入り、ベッドにゆっくりとおばあちゃんを降ろした。

「手間をかけさせちまって悪かったねぇ」

「別に気にしなくていいよ」

「そうかい」

「……」

「……」

き……気まずい……。とりあえず運んだからもう大丈夫だよね…？

「じゃ……じゃあ私はこれで……」

「……ちょい待ちな」

おばあちゃんは帰ろうとした私を引き留め、何かを言おうとしている。

「悪いがちょっと頼まれごとを聞いてくれやしないか？」

「頼まれごと？」

「あぁ。ちょいとな、薬草を取ってきてほしいんだ」

「薬草を……？」

「薬草は街を西から出てすぐの森にたくさん生えてるからすぐ見つかるだろう」

これはクエストなんだろうか……？　でも特にクエストのウィンドウが出る様子もないから、本当にただの頼まれごとなのだろうか？

「お前さん異邦人だろ？　ならポーションがほしいんじゃないか？」

なんですと!?　た、確かにほしいけど……。私は小さくコクンと頷いた。

「お前さんが薬草を取ってきてくれたらポーションを作ってやるよ。あたしもこの腰の痛みを無くすために薬草が必要なんじゃが、この痛みじゃロクに動けないからねぇ」

「えーっと……おばあちゃんって薬師なんですか？」

「元、になるがの。今は引退した身じゃ」

確かに家の中を改めて見渡してみると、それらしい跡が見受けられる。

「じゃあ私が薬草を取ってきてくれればポーション作ってくれるんだよね？」

「同じことを言わすんじゃないよ。まぁ作っても10個ぐらいだがねぇ。まぁ数はある程度あれば作れるから適当に取ってきな」

つまり薬草を取ってくればタダでポーションが10個も手に入るということ……！

「では行ってきます！」

「そう急《せ》くな。そこの引き出しに入ってるポーションを一応持っていきな。もしものためだ」

おばあちゃんが近くの引き出しを無理がない程度に指さした。その引き出しの中には初心者ポーションが3つ入っていた。

初心者用ポーション【消耗品】
回復量：15％

「ビンは消耗品じゃないから捨てんじゃないよ。中身が空いてるなら追加でそれに入れてやるから」

「おばあちゃんの腰の痛みってこのポーションじゃだめなの？」

回復するんだからこれじゃダメなのかな？

「そこら辺のこともわからんのか。仕方ない子だねぇ……。いいかい？　ポーションは傷を癒すもんだが、腰の痛みといったもんはポーションでは治せないんだよ。そういったのは薬草をすり潰した塗り薬じゃないと利き目が薄いんだよ。塗り薬の作り方は取ってきた時に教えてやるからさっさと行ってきな」

「うっうん！」

私はおばあちゃんに急かされる様に街の外にある森へと向かった。

私はおばあちゃんに言われた通りに西から街を出て森へ向かった。その間に何人かのプレイヤーとすれ違ったが、彼らも薬草を取りに行った人たちなのだろうか。ということは入り口付近の薬草はなくなってるって考えた方がいいかもなー。それにおばあちゃんがポーションを持たせたってことは、モンスターが出てくるってことだよね……？　初戦闘が平原じゃなくて森の中での戦闘ってハードルが高い……。まぁ【察知】と【忍び足】があるからモンスターが来ても大丈夫だよね……？　そんなことを考えている内に森へ到着した。

「それにしても随分大きな森で……」

これはもう西全体に森が広がっているのではないかというぐらい大きな森に見えた。また、入口付近から周囲に柵が刺してあった。

「これは……森が街まで来ないように除草とかするための基準にするためかな？」

意図はやった人しかわからないので、深くは考えずに森へと入った。5分ほど奥へ向かい、周辺の草を【鑑定】で調べてみた。

『雑草』『雑草』『毒草』『雑草』『雑草』『毒草』『雑草』『雑草』

雑草多すぎ……って毒草が普通に近くに生えてるって……末恐ろしい森だことで。とりあえず毒草は取っといてっと……。私は毒草だけを取って違う場所に移動した。

『雑草』『雑草』『雑草』『雑草』『雑草』

移動しながら【鑑定】を使って薬草の場所を探すも、まったく見つけられない。

「んー……すれ違った人がほとんど取っちゃったのかな……？」

もっと奥へ行ったらあるかもしれないけど、下手したら迷子になって出られないってこともあるしどうしよう……。とりあえずこの辺りで見つけないとなぁ……。

『雑草』『雑草』『雑草』『薬草』『薬草』『薬草』『薬草』

ここら辺も雑草……おぉっ！　薬草見つけたぁぁ！　しかも結構生えてる！

私は見つけた薬草を取り、アイテムボックスに収納した。アイテムボックスに収納した薬草の数を数えると16枚。

「これだけ取れれば大丈夫だよね。さて帰ろうっと」

踵《きびす》を返そうとした瞬間、【察知】スキルが反応し背後から警報が鳴った。私は後ろに振り返ろうとした瞬間、何かにぶつかったような衝撃に襲われた。

「がっ⁉」

何かに吹き飛ばされた私は、吹き飛ばされた先にあった木に背中を思いっきりぶつけた。ぱっとHPゲージを見ると、およそ4割程減っていた。そして前を見ると、灰褐色の毛皮をした犬が見え、あれは狼なのだろうと悟った。とっさに脇差を抜くが、うまく立てない。ステータスを見てみると、『打撲』の文字が見えた。

そして、私はこれがおばあちゃんが言ってたことの意味だと理解した。怪我だけどポーションでは治せないダメージ……。少なくとも今の私には治せないということはわかる。

狼は私が脇差を抜いたからか、警戒をしながら様子を伺っている。私は初心者ポーションを1つ飲み、HPを少し回復させた。『打撲』状態のせいか、まだうまく立つことができないため、私は座ったまま脇差を構えた。

狼は私がまだうまく動けないと悟ったのか、後ろに回った瞬間勢いよく飛び掛かってきた。私は咄咄嗟に横に倒れて回避するが、狼は着地し体勢が崩れた私に再び襲い掛かった。私は脇差を利き腕の右手に持ち、左手を前に出した。その私の左腕を狼は噛みついた。狼の噛み付きにより、私のＨＰはどんどん減っていく。

私も脇差で狼の横っ腹を突いては抜いて、突いては抜いてを繰り返すが、私のＨＰが尽きるのが先にわかった。

「このままじゃ……！」

私はさっき取った毒草をアイテムボックスから取り出し、狼の鼻に押し当てた。

「キャゥン⁉」

狼は毒草の匂いで咄嗟に口を離した。私はその動きを見逃さずに、狼を押し倒し脇差を首に突き刺し続けた。

「はぁっはぁっ！」

狼は次第に動きが鈍くなり、ＨＰゲージも無くなって消滅した。私は狼の返り血でところどころ真っ赤に染まった。アイテムボックスを開いてドロップアイテムを確認すると、狼の毛皮と狼の牙が手に入ってるのが見えた。

「さて帰らないと……っ⁉」

帰ろうと立ち上がろうとするが、うまく立ち上がることがわけずに倒れ込んでしまう。ステータスを見ると、『打撲』の他に『出血』『出血多量』というのが追加であった。おそらく倒した狼の牙には出血を誘発する効果があったんだろう。もしくは怪我を負うと出血する仕様なのかもしれない。

やばいと思って私は初心者ポーションを取り出そうとするが、もう既にＨＰゲージは１割を切っていて手も思った通りに動かなかった。そのまま私は地面に倒れこんだまま意識を失った。

「こ……ここは……？」

目を覚ました私は、大きめの台座の上に横になっていた。身体を起こして周りを見ると、広めの空間に複数の台座や何かの像、それに結婚式等で見るような横長い椅子が多く見られた。

「礼拝堂……なのかな……？」

「お目覚めになりましたか？」

「……誰？」

振り返るとそこにはニコニコした神父さんが立っていた。

「私はここの教会の神父です」

「はぁ……」

「異邦人の方は亡くなられるとこちらで生き返るのですよ。周りにいくつも台座が見られるでしょう？」

「ってことは私は死んだからここに来たってことですか？」

「えぇ、そうなりますね」

じゃああの後出血で死んだってことになるのか〜。一先ずアイテムやお金を確認したが、特に減っている様子はなかった。ヘルプを見てみたが、デスペナはステータスが1時間ダウンするとのことだ。

ただし、スキルLvが10を超えているのが5個未満の場合はデスペナがないとのこと。また、ＰＫ

――プレイヤーに殺された場合は、所持金の半分とアイテムボックスの中身をランダムで取られるらしいので気を付けないと。

「じゃあまたお世話になるかもしれないのでよろしくお願いします」

「あなたに神のご加護を」

あの神父さんはいい神父さんのようだ。どこぞの漫画やアニメみたいに、神の代理人を名乗って銃剣で異教徒を絶滅させたりとかはしないっぽいね。私は教会を出ておばあちゃんの家に向かった。

「随分待たせたから怒られそうだなぁ……」

私は怒られるのを覚悟して家の中に入った。

「……遅かったじゃないか。何かあったのかい？」

「えっと……薬草取った後に狼に襲われて……」

「怪我は……してないようだね」

「あー……実は狼を倒した後、出血多量で死んだっぽくて……それでさっき教会で生き返ったんだけど……」

なんかおばあちゃんが難しい顔をしている。やばい……怒られる……。しかし、口を開いたおばあちゃんの言葉は違った。

「悪かったねぇ……。入り口付近なら何もないと思ったからお願いしたんだがねぇ……」

「あっそれは違くて！　入り口付近で薬草が見つからなかったから、私が奥に進んだせいでこうなったわけで別におばあちゃんが悪いわけじゃ……」

ああぁっ⁉　空気がどんどん重くなっていく⁉　えーっとなんとかしないとっ⁉

「えぇっとおばあちゃん！　塗り薬作るから作り方教えて！　ってでも私【調合】スキル持ってないからどうすればっ……!?」

「……っふ。まったく仕方ない子だねぇ……。塗り薬なら特に必要なスキルはないから安心しな」

「よかったぁ……」

わけあえず暗い雰囲気は直ったからよしとしよう。

「まずはそっちに置いてあるすり鉢《ばち》を持っておいで」

「これでいいの？」

「あぁ。それとその近くに小瓶があるから、その中に水を入れて持ってきな」

「うんっ！」

「まずはすり鉢で1枚薬草をすり潰しな。すり潰した後、水を少しだけ入れて混ぜるんだ。水を入れすぎると固形化しないから注意するんだよ」

私はおばあちゃんに言われたことを注意しながら塗り薬を作製していく。

すると。

塗り薬【消耗品】
使用回数：1回
打撲や炎症といった傷口を伴わない怪我に使う

「できたー！」

「じゃあさっそく腰に塗ってもらおうか」

「じゃあ……失礼しまーす」

私は横になってるおばあちゃんの服を少しめくって、腰の部分に先程作った塗り薬を塗っていく。

塗り薬は薬草をすり潰したため緑色だったが、肌に塗っていくうちに浸透《しんとう》しているのか徐々に肌と同化していく。

「塗り終わったよー」

「助かったよ。と言ってもすぐ効くわけでもないから、待ってる間にもう2つぐらい作ってな」

「わかった」

実際、待ってる間暇だったので塗り薬をせっせと薬草をすり潰して、塗り薬を2つ完成させた。私が塗り薬を作り終わったのを待っていたのか、おばあちゃんは作り終わった私の側に寄ってきた。

「多少動けるようになったからポーション作ってやるよ。んで薬草は何枚残ってるんだい？　それと持ってったポーションは何個残ってるんだい？」

「えっっと……3枚使ったから13枚残ってて、ポーションは2個残ってるよ」

「じゃあ持ってってったポーションと同じの5つとその上のポーション3つの計8個、残った薬草2個は塗り薬にして持っていきな」

「うん……」

初心者用ポーションの上ってことは、普通のポーションなのかな？

それになんで塗り薬なんだろう……？

「おばあちゃん、何で塗り薬なの？」

「お前さんはおっちょこちょいそうだからすぐ怪我しそうだしね。ポーションの他に塗り薬も持ってりゃ、どっちの怪我しても治せると思ってそうしようと思ったのさ」

「おばあちゃん……」

確かに狼と戦った時、塗り薬があれば『打撲』を治せたと思う。もしかして私が死んだことを気にしてるのかな……？　しばらくするとおばあちゃんは初心者用ポーション5つとポーション3つ、塗り薬2つを作り私に渡した。

ポーション【消耗品】
回復量：35％

「お前さん、店売りされてる初心者用ポーションと普通のポーションの回復量は10％と30％というのは知っとるか？」

「えっ？」

でもおばあちゃんが作ったポーションは回復量が15％と35％だけど？

「いいかい？　店で売ってるようなポーションはな、楽に作ろうとお湯で薬草を煮てるだけなんだ。だから回復量が下がってるんだよ」

おばあちゃんのだと回復量が違う理由は薬草をすり潰したから？

「じゃあ草関係の物はすり潰した方がいいの？」

「一概には言えないが、粉末にしてから混ぜた方が上がることが多いね」

「へぇ～」

さすが元薬師。と言っても私は【調合】持ってないからポーション作れないんだけどね。

「……あたしは異邦人は好きじゃないがね、お前さんのことは嫌いじゃないし色々助けてもらったからね。そのお礼さ」

「やっぱりあの時のことが原因？」

「そうさね、向こうがぶつかって来たにもかかわらずさっさと行っちまった。それにお前さん以外だーれも助けるどころか見向きもせんかった。あれで好きになれという方がおかしいんじゃ」

これは結構やばいかも……。もしこの調子でプレイヤーが街の人たちと衝突し続ければ、下手したら物すら売ってもらえないかもしれなくなる……？　1度悪いイメージを持ったら、それを覆すのはかなり大変だし……。

「そう暗い顔するんじゃない。お前さんは優しい子ってことはちゃんと言っといてやるから安心しとき。そういやお前さんの名前聞くのを忘れていたねぇ。あたしはナンサっていうんだよ」

「えっと……アリス……です」

「アリスね、覚えたよ。色々世話になったね」

「いえいえ、こちらこそポーション作って貰えたし助かりました」

私はペコンとお辞儀をした。

「もし困ったことがあったらうちを訪ねな。もしかしたら手助けできるかもしれないからねぇ」

「ありがとうございます。では、もし何かあったら伺います」

私は手を振っておばあちゃんの家を出た。そして、プレイヤーと街の人との間に起こりそうな確執に不安を覚えずにはいられなかった。

―ステータス―
SP：0
【刀剣Lv2】【料理Lv1】【ATK上昇Lv2】【AGI上昇Lv2】【DEX上昇Lv2】【採取Lv3】【察知Lv2】【忍び足Lv1】【鑑定Lv3】【収納Lv1】

―INFO―

薬師から調合の方法を教わったため【調合】スキルがSP不要で修得可能になりました。

調合のコツを教わったためメモに記載されます。


ナンサさんの家を出たころには、もう既に日は暮れており時刻はGT《ゲームタイム》19時を過ぎていた。死亡するとHPやMP、状態異常は回復はするが、満腹度は回復しないようだ。マールさんのところで買ったパンを食べようかと思ったけど、夜だし少しガッツリ食べたいところなのでそういったお店を探した。しばらく大通りを歩いていると、一際賑やかなお店を見つけた。

「酒場……？」

そのお店はレストランなどではなく、西部劇とかに出てきそうな酒場っぽいお店だった。満腹度ももう半分を下回っていたので、私はその酒場に入ることにした。酒場に入ると料理やお酒を飲み食いしながら騒いでいる人たちが目に映った。

「1名様ですか？　カウンターで大丈夫？」

咄嗟に酒場を出ようとするが、受付っぽい女性に声を掛けられてしまい、出ように出られなくなってしまった。

「は、はい……」

「1名様ご案内ー」

私は観念して受付の女性について行きカウンター席に座った。

「これがメニューだからね。決まったら声かけてねー」

「はい……」

わけあえず渡してもらったメニューを開いてみる。お酒はもちろんのこと、お肉やお野菜の料理もいくつもあった。しかし、お魚の料理だけは紙で出せませんと書いてあったので、やっぱり南の街道が開通しないと仕入れられないのかと考えた。

「えーっと……お肉何にしよう……。エアストピッグのハンバーグにステーキ、エアストベアーのステーキにエアストベアーの肉と野菜の煮物と色々あるけどどうしよう……」

私としてはハンバーグよりステーキが食べたいけど、エアストベアーのベアーって熊ってことだよね？　熊肉と野菜の煮物も捨てがたい……。よし……！

「すいませーん」

「はいはーい。何にするんだい？」

「えーっと、エアストピッグのステーキにエアストベアーの肉と野菜の煮物お願いします」

「……えっと……その2つでいいの？」

「はい」

「か、かしこまりましたー……」

さて、料理が来るまでどうしよう……。とりあえずご飯食べた後はどこへ行くかを考えとこうかな。

といっても、どこ行けばいいのかが全くわからない……。ギルドホールってところに行けばクエストとか受けれるのかな？

「はい、エアストピッグのステーキとエアストベアーの肉と野菜の煮物だよー。お代は食後でいいからねー」

そんなことを考えていると、注文した料理ができたようだ。おーとっても美味しそう。

「いただきます」

私はまずはナイフとフォークを使って、エアストピッグのステーキから食べ始めた。口に入れたお肉は噛むと肉汁がジュワっと出てとっても美味しい。そんな調子でステーキをぺろっと食べてしまい、もう1つの煮物に手を伸ばす。煮物のお肉はしっかり煮込んであるようで、とろとろで口の中で溶けそうな勢いだ。お野菜の方は味がしみ込んでてパクパク食えそう。気持ち的にお腹が空いていたのか、10分ほどで2品食べ終わり手を合わせる。

「ご馳走様でした」

「あはは……お客さん良い食べっぷりだったね……」

「えっと、お代は？」

「あぁ。えー……エアストピッグのステーキが50Gで煮物が65Gで合計115Gだね」

「はーい」

私は115Gを実体化させ、受付の女性に渡した。

「毎度ありー、またよろしくねー。……あっ！」

「ん？」

「あなた異邦人よね？」

「そうですけど……」

「異邦人なら狩りで手に入れたお肉とか持ってないかしら？」

「あー……。その……私まだ狼1匹としか戦ってなくてお肉とか持ってないんです」

「あら残念……。やっぱり狩人のリックさんにお願いするしかないかしらねぇー？」

狩人？

なんかの職業かな？

「そのリックさんって人がお肉届けてくれるんですか？」

「お肉どころか獲物丸ごと届けてくれるんだよー」

えっ⁉　モンスターは狩ったら消滅してドロップアイテムしか出ないんじゃ……。

「そのリックさんはどこに住んでるんですか？」

「街の北側にエアストピッグを育ててる養豚場と解体場があるんだけど、その近くに住んでるよ」

「ありがとうございます！」

私は受け付けの女性にお礼をいい、ダッシュで街の北側を目指した。大通りから北に目指して数10分後、件の養豚場らしきところに辿り着いた。

「まずはそのリックさんを探さないと……！」

情報収集としてリックさんが住んでいる場所を探す必要がある。そこでまず、近くの人にリックさんの住んでる場所を聞いて回った。結果としてはリックさんの住んでる場所はすぐにわかった。近所では割と有名だったらしい。

「さて、問題はいるのかな……？」

私はリックさんの家のドアをノックした。

「……？」

もう1度ノックしたが、反応がなかった。今は留守なのかな？

「何か用かな？」

今日は諦めて帰ろうとした時、後ろからガタイがいい男の人が声をかけてきた。

「えっと、あなたがリックさん……ですか？」

「そうだが、私に何か？」

「ええっと……その……」

初対面でいきなり狩った獲物が消えないのは何でですか、って聞くのは失礼な気もするけど……。

でも聞かないと答えてくれなさそうだし……。

「あの……リックさんが狩ったモンスターが消えないって聞いて……その……」

「あぁ、その理由が知りたいのか」

「まぁ……そういうことです……」

なんか威圧感が凄いけどどうしよう……。

「こんなところで立ち話もなんだから、家の中に入るか」

「はっはい！」

私はリックさんについていき家の中に入った。そして指示されるまま、近くの椅子に座った。

「えー……私が狩った獲物が何故消えないという理由だったな」

「はい……」

「端的に言えば、私が持っている【狩人】スキルがその理由だな」

「【狩人】スキル……？」

リックさんは【狩人】スキルについて説明してくれた。このスキルを取得すると、狩ったモンスターが消滅せず、その場に残るというスキルだという。また、【狩人】スキルにはLvがないので効果が高くなったりすることはないとのことだ。素材が丸ごと取れるという利点は大きいけど、死体がそのまま残るということは、攻撃方法によってはろくにアイテムを手に入れることができないということになる。まだ私は脇差だからそこまでだけど、火属性魔法や雷属性魔法だと無駄に死体が傷つくってことだよね？

「もし【狩人】スキルがほしいなら明日の朝9時に街の北門のところで待っていろ」

「はっはいっ！」

朝9時ってことはあっちで夜7時前にインすればいいのか……。ってことは早めに夜ご飯食べないといけないってことになる⁉　1回ログアウトして準備しないと！

「ありがとうございます！　失礼しました！」

私は彼にお辞儀をしてリックさんの家を出てログアウトをした。

2回目のログイン。18時50分ぐらいにログインしたからあと30分程でGT09：00になるはずだ。リックさんは北門で待ってろって言ってたから、そこで待機してればいいよね？　北門に寄りかかって座って待っていると、リックさんが向かってきているのが見えた。

「来たようだな」

「今日はよろしくお願いします」

「……行くぞ」

「はいっ！」

私はリックさんについて北門から街の外へ出た。エアストの北側は見通しがよい平原で、森と比べて視野が確保できるのは大きい。

「こっちだ」

リックさんは街道を外れ西側へと向かった。私はその後ろをついて行くが、特にリックさんは私の方を気にせずどんどん進んでいく。気まずい空気の中、しばらく歩いていると2匹程少し大きめな兎《うさぎ》がいるのを見つけた。リックさんも兎を見つけたのか、弓を構え狙っている。兎は私たちにきづいていないのか、特に警戒している様子もなかった。そしてリックさんの放った矢は、兎の急所である耳に直撃した。すると、兎のＨＰゲージが無くなったにもかかわらず死体はその場に残った。

「おぉ……」

「残ったもう1匹がこっちに来るはずだ。そいつを狩れ」

「えっ？」

リックさんから目を戻すと、確かにもう1匹の兎がその赤い目をぎらつかせながらこちらに向かってきた。

私は脇差を抜き、向かってくる兎に対して構えた。

兎は勢いに任せて突進してきたが、森で会った狼より動きは遅かったので余裕を持って避けることができた。

そして、兎は狼と違い勢いを落としきれずに地面にダイブした。私は地面にダイブした兎を背後から襲い、脇差を背中に突き刺した。脇差を突き刺したことにより兎は暴れるが、体型としては私の方が全然大きいため、両手で脇差の柄を握り抑え込む形で突き刺しているため兎は逃げることができない。しばらくすると兎のＨＰが尽きたため消滅した。私は顔に付いた返り血を腕で拭《ぬぐ》い、リックさんの方を向いた。

「よし、これでお前も【狩人】スキルを取得できるはずだ」

ＩＮＦＯを確認してみると確かに書いてあった。


―ＩＮＦＯ―

狩人から狩りの方法を教わったため特殊スキル【狩人】スキルがＳＰ不要で修得可能になりました。
※特殊スキルは取得すると別スロットとして装備され外すことができなくなります。

おおう……。外せなくなるとは思ってなかったです。でもいつドロップするかわからないお肉とかを手に入れることができるのは非常に美味しい……。

「狩った獲物は街の養豚場の近くにある解体場だったら解体してもらえるはずだ。ただし手数料は取られるがな」

「そこでもやっぱりお金かかるんですね……」

「まぁ場所を借りて自分で解体すれば、場所代ぐらいでそこまでかからないと思うがな」

それならそっちの方がいいかな……？　でもまずは。

「リックさん、ありがとうございました」

私はペコンとリックさんにお辞儀をした。

「お礼をしたいなら、いい獲物を狩ったらその食事を奢るぐらいしてもらおうか」

「わかりました！」

「そういや名前を聞いてなかったな」

「あっアリスです！」

「アリス……か。まぁ期待して待っていよう」

その時、私はリックさんが初めて笑った顔を見てちょっと怖くなったのは内緒だ。


その後、私は【狩人】スキルを取得しリックさんと別れ1人狩りを続けた。解体場に寄って解体の方法なども知りたかったため、兎を4匹程狩ってから街に戻ることにした。狩った獲物は血抜きをしておけとリックさんが言ったため、ある程度逆さにして血を抜いてから【収納】スキルの方にしまっ

た。こちらならば時間経過がないため、身が痛むことがないためである。兎を追いかけていたら少し森に近づいていたので見当たる範囲で薬草を探し、その結果、薬草を6枚手に入れることができた。

そして兎も薬草も取り終わったため帰路に着こうとしたら、子羊が見えたのでつい「ラム肉ぅぅぅ」と我を忘れて追いかけてしまった。おかげで街で走り回ったのと兎を追いかけまわしたのを合わせて【AGI上昇】が10Lvになっていた。【刀剣】がまだ7Lvに対して、何故先に【AGI上昇】が10Lvになったのかが少し納得いかなかった。……解せぬ……。まぁスキルレベルが10Lvになったことで、SPが1貰えたのでよしとしよう。

時刻はGT11：55。お昼頃だし、解体してもらえれば昨日の酒場でお肉を調理してもらえるだろうと考え、私は解体場に向かった。

「すいませーん」

「あぁん？　お嬢ちゃん何の用だ！」

解体場についた私は、声をかけて中の人を呼んだ。すると、到る所に返り血を付けたムキムキなおじさんが出てきた。

「ひっ⁉……あのぉ……狩りで手に入れたのを解体してもらいたくて……」

「ならさっさと見せろ！」

「はいぃ！」

やばいよ解体場の人怖いよ……。私は命令されるがまま狩った獲物を出した。

「兎4羽に子羊1頭か。お嬢ちゃんにしてはよく取れたな。それにお嬢ちゃん異邦人だろ？　誰に教わった？」

「えっと……リックさんって人に……」

「あいつかー。ならここの説明も聞いたからわかんだろ？」

「てっ手数料のことですよね？」

「わかってるなら話ははえぇ。大体1匹当たりの手数料が50Gだ。大型になると倍になるがな」

「それで構わないんですけど、解体の方法を教えていただきたくて……」

「……お嬢ちゃんがやんのか？」

「はい……」

おじさんはキョトンとした目でこちらを見た。解体を女がやるのは変なのかな……？

「生き物の解体はかなりグロテスクだぞ？　手数料を惜しみたいがために覚えるのっていうのならオススメしねえぞ？」

「確かに手数料のことも少しはありますが、自分で解体できるようになりたいのでお願いします！」

「お嬢ちゃんがいいって言うなら俺は構わんが……」

「ありがとうございます！」

解体の方法をおじさんに教えてもらえることになった私は、いきなり子羊は難しいとのことで、兎を解体することとなった。おじさんに教えてもらったことは、まず獲物を狩ったら血抜きをして水で洗浄し毛を取るといった作業だった。毛を取るといった作業は、魚の鱗《うろこ》を取る作業と同じということらしい。

そして毛を取り終わって綺麗にしたら、お腹を切って内臓を取り出す。この時、内臓を傷つけてしまうと中に詰まっている物が外に出てしまうため注意が必要とのことだ。後は部位ごとに解体していき、解体後に水で綺麗にすれば終了だ。

私は兎の解体を行うおじさんの動きを見てから、残りの３羽の内１羽を解体してみろと指示された。

人生初の解体作業なので緊張もあったが、私が兎１羽をなんとか解体し終わるころには、おじさんは子羊と兎２羽解体を済ませてた。やっぱり本職は違うなと実感した。

「よし、解体はできるようになったから今度からは自分でできるな？」

「がっ頑張ります！」

「じゃあ手数料は１頭と３羽だから２００Ｇだな」

「えっ？　場所代とかは……？」

「初回のサービスだ。おら、さっさと寄越せ」

「はっはい！」

私はおじさんに手数料の２００Ｇを渡し、解体したそれぞれの獲物を肉は【収納】に、爪や皮はアイテムボックスにしまう。そしてＩＮＦＯを見てみると……。


―ＩＮＦＯ―

解体師から解体の方法を教わったため【解体】スキルがＳＰ不要で修得可能になりました。


よしよし、さっそく取得っと。私はさっそく【解体】スキルを取得した。すると、今度は別のＩＮＦＯが鳴り始めた。

―ＩＮＦＯ―

【狩人】【解体】スキルを取得したため【切断】スキルが取得可能になりました。

【切断】スキル……？　言葉から考えると何かを切断するんだよね……？　少なくとも【狩人】と【解体】に関係あると思うんだけど……。SPも丁度1あることだし取ってみようかな？

私はSPを1使って【切断】スキルを取得した。そして【料理】【採取】と【解体】【切断】を入れ替えた。【解体】スキルは解体時にDEXにボーナスが掛かり、スキルレベルが上がれば通常でもDEXにボーナスが付くようになると書いてあった。【切断】スキルについてはただ一言、「切断できるようになります」という言葉だけだった。イマイチよくわからないので解体場のおじさんに聞いてみた。

「切断スキル？　あぁ、ちょいと養豚場の方に来てみな」

「はい？」

私はおじさんについて養豚場の方へ向かった。養豚場ではエアストピッグが飼育されていた。まぁ養豚場なんだから豚が飼育されているのは当たりま……え……？

「なんだろう？　豚の首や四肢に光る線が見えるけど……？」

「おっ見えたか。あれは切断スキルを持ってると見えるようになる切断ポイントだ」

「切断ポイント？」

「あの1㎝程の細い光る線に沿って切るとその部位を切断できるんだ。ただし、生きていることが前提で、しかも判定があの光る線通りに切らないといけないほどシビアだ。だから動いてるとほとんど切断できないな。まぁそんなことを狙うんだったら普通に切った方が早いんだけどな！」

細い光る線？　私には1㎝よりも太い光る線に見えるんだけど……？

「おじさん。今って何のスキル付けてますか？」

「お？　お前さんが【切断】スキルのこと聞くから【解体】と【切断】を入れ替えたが？　あとはステータス上昇系を付けてるが……それがどうかしたか？」

「あっいえ……ちょっと気になって……」

おじさんはこの養豚場で豚を狩って解体もしている。ということは少なくとも【狩人】、もしくはそれに似たスキルを持っていないと豚は消滅してしまう。つまりそういったスキルを持っているにもかかわらず、私と【切断】スキルで見える切断ポイントの線の太さが違う。つまりこれは……。

「おじさん。ステータス上昇系と【解体】スキルを入れ替えて装備してもう1回、あの豚を見てくれますか？」

「構わんが……何かあるのか？」

おじさんは疑問に思いながらもスキルを入れ替えてくれた。

「まったく、何がした……んん？」

「おじさん……切断ポイントの太さはどうなってますか？」

「太く……なっとるなぁ……。……なんでじゃ？」

おじさんに試してもらってわかった。【解体】スキルは解体の時、つまり死体の時しか付ける必要性がない。逆に【切断】スキルは対象が生きてないと意味がない。この利用方法が逆のスキルを同時に装備することによって、【切断】スキルの切断ポイントが広がるようになっているんだ。装備できるスキルの数は10に対して、真逆の利用方法のスキルを装備するのは枠的にも意味はない。だからおじさんも知らなかったんだ。この情報は……私の武器になるかも……！

「おじさん！　色々ありがとうございました！」

「お、おう……。それにしてもたまげたなぁ……。この情報はどうする？　どっかに売るか？」

「できればやめてほしいなと思ってるんですが……いいですか……？」

「あんたが見つけたもんだし、あんたにその権利がある。だから今見たことは……わしは何も見てないから何も知らんな」

よかったー。ここで口止め料とか言われたら困ってたよ……。私はおじさんにお辞儀をして解体場を去った。

解体場から去ったのはいいものの、私の服や身体には返り血がべっとり付いていた。このまま歩くのも嫌なので、身体を洗う銭湯のようなところがあると街の人に教えて貰えたのでそこに向かうことにした。銭湯では脱いだ服はロッカーにしまうと、耐久度は回復しないけど自動で綺麗に洗浄してくれるシステムのようだ。

女湯に入った私は、まずは身体を綺麗にするためにお湯で身体を流した。流石に石鹸はなかったので水洗いだが、色々とさっぱりした。その後湯に浸かってリラックスリラックス。気持ち良さについ口が猫の口っぽいωの形になるが、こうなるのは仕方ない。

しかし、女湯にいる女性プレイヤーは比較的に少ないように見えた。まだ1万人しか参加者がいないため、男女比の割合が大きいのだろうか？　それにまだGT14：00ころで、お風呂に入る時間でもないからかもしれない。また、湯に浸かっているプレイヤーたちはゲーム内の話をしていたので、いい情報がないかこっそり聞くことにした。

「あー疲れたー」

「あんたそればっかりじゃない。それにしてもダンジョンだと無限湧きするくせにドロップしょっぱいわよねー」

「ホントホント。しかも防具や武器の素材にしようにも全然落ちないしねー」

「それにもうポーションの供給がそろそろ追いつかないそうよ」

「はー？　生産職しっかりしてほしいわー」

「まぁ【採取】持ってないと薬草取れないってのがネックね。あれのせいで薬草見つけても取れないもん」

「薬草のためにわざわざ貴重なSP使って【採取】取る必要ないしねー」

「出ても宝箱から3枚ほどだし気休めにもなりゃしないわよ」

「それにNPCの対応もなーんか感じ悪くなってるし、たくっ何様のつもりよ」

「確かにちょっと素っ気ないところがあるわね。あんたなんかしたんじゃない？」

「あたしは何もしてないわよ！」

話を聞いてる限り、ダンジョンはそこまで美味しくない……というより【狩人】スキルが優秀なだけなのかな……？　死体が残るっていう時点で素材は取り放題だし……。それにポーションの供給が間に合ってないのかぁ……。西の森に入って薬草集めてこないといけない感じかな？　あっちでの明日には2人と合流だし、既に足りないってことは取ってきた方がいいよね？

そして気になるのが、街の人の対応が悪くなっているっていうことだ。でもリックさんも解体場のおじさんも、きちんと対応してくれたし……。今はまだ態度が悪いプレイヤー限定なのかな……？

でもその内、全プレイヤーに対して対応が悪くなるってことが起こるかもしれない……。最悪、物を売ったり買ったりができなくなるってことじゃ……。しかもまだゲーム内で2日だ。これが1ヶ月も同じだったら……。
私は言い様のない不安を感じ、銭湯から出た。

―ステータス―
SP：0
【刀剣Lv7】【ATK上昇Lv5】【AGI上昇Lv10】【DEX上昇Lv4】【察知Lv3】【忍び足Lv2】【鑑定Lv5】【収納Lv2】【解体Lv1】【切断Lv1】
特殊スキル
【狩人】
控え
【料理Lv1】【採取Lv4】

私は、2人と合流するまでに薬草集めと素材集めをすることにした。狩場は西の森であるため、【忍び足】はあまり効果的ではないと感じ【採取】と入れ替え、出発前にマールさんのところでパンを購入し準備を整えた。まぁ移動中に迷子の子供の親探しや荷物運び手伝ったんだけどね……。ポーションについてはナンサおばあちゃんに作って貰った分があるので、一先ずは大丈夫だろうと考えて補充はしていない。
結果的には狩りは成功したが、【切断】スキルの難しさを身を持って体験することとなった。動きを止めればいけるはず、と思っていた森に入る前の私を殴りたい。森には兎と違い狼が多く生息しており、たまたま1匹だった狼をうまく首の切断ポイントを切り切断できたまではよかった。

その後に仲間をやられた怒りなのか、3匹ぐらい狼が襲い掛かってきて死に戻りするかと思った。3匹も襲い掛かってきたため、うまく切断ポイントを切れないので1撃離脱を繰り返してなんとか3匹を倒した。

そして一番驚いたのは、倒した狼の血抜きして処理した後薬草を探して奥に進んだ結果、まさかの熊に遭遇したことだった。咄嗟に後ろ向いて走り出してしまったため、熊も追いかけてきたから更に驚いた。熊と会ったら背中を向けるなっていうことすっかり忘れてたし、熊って意外に足が速いってことを実感した。

しかし、薬草は奥へ入ったおかげで70枚ぐらい確保できた。それに戦闘もある程度慣れてきたから【AGI上昇】がLv10越えてたから追いつかれなくて済んだし熊もちゃんと倒せたんだけど、私自身も結構満身創痍だった。ポーションもほとんど使ってしまい、塗り薬も尽きた。

2人と合流してもいけそうだ。

解体場で場所を借りて解体をしたけど、流石に熊の解体はよくわからなかったのでおじさんに任せた。毛皮は防具に使えそうなので、今回はわざと毛をそらずに皮を剥ぐ。お肉も結構手に入ったので【料理】のスキルレベルを上げたいところだけど、調味料がないことにきづいて断念することに……。っと、のんびりしてちゃいけない。

GT18：00を回ったころだし、あんまり遅くなるとナンサおばあちゃんも寝ちゃうかもしれないので、ぱぱっと銭湯で身体を綺麗にして向かわないと。ちなみに食事はパンを食べて少し回復させて、ポーション作って貰ってから酒場でがっつり食べる予定だ。

「ナンサおばあちゃーん、まだ起きてる～？」

私はポーションを入れる瓶を買った後、おばあちゃんの家へ向かいドアを叩いて起きているかどうかを確認した。

「なんじゃい！　騒がしい！……ってお前さんかい」

「おばあちゃん、ポーション作りお願いしたいんだけど平気？」

「数にもよるがな。……何個ほしいんだい？」

「とりあえず薬草70枚取ってきたから、その内の60枚を……」

「瓶はいくつあるんだい？」

「さっき買ってきた分も合わせて50個あるよ。……ダメ……かな……？」

夜にいきなり訪ねてきてポーション作ってくれなんて図々しかったかな……？　私が申し訳なさそうな顔をしているとおばあちゃんはふぅっと息をついた。

「アリス。お前さん1人ならそんなにポーションは必要ないだろう。何か理由があるのかい？」

「えっと……明後日友達と合流するってのもあるんだけど……」

「だけど何だい？」

「銭湯に入ってる時に聞いちゃったの。ポーションの供給が追い付かないかもっていう話を」

「まぁ、確かに異邦人どもが大勢来たからポーション類が足りなくなってるのは確かだね。それにあいつらは薬草も取って来ないくせに作れ作ればっか言っとると、知り合いの薬師が言ってたの」

「それで……友達もきっとポーション足りないかなと思って多めに取ってきたんだけど……」

「お前さんがそこまでする必要があるのかい？　そんなのは自分たちで取らせてきて作らせればいいんだよ。お前さんの分についてはあたしが世話になったしそのお礼も兼ねてる。だが、他の異邦人たちの分を作るのはちょいと違うんじゃないのかい？」

「……」

確かにおばあちゃんの言う通りである。私の分についてはおばあちゃんがお礼で作ってくれている物だ。それを他の人の分まで作って貰うのは話が違う。私が反論できずに黙ったままでいるとおばあちゃんが口を開いた。

「一先ずお前さんの分のポーションは10個は作っといてやる。それに残りの10枚は塗り薬を作ろうと思ってるんだろ？　そいつも作っておくよ」

「おばあちゃん……」

「ただし！　残りのポーションはその友達を明後日連れてきな！　話はそれからだ！　それまで残りの40枚の薬草と瓶は預かっておくよ！　ほら！　さっさと薬草と瓶を渡しな！」

「うっうん！」

私は手持ちの薬草と瓶を全ておばあちゃんに渡した。

「その友達とは明後日の何時ころ会う予定なんだい？」

「お昼の12時ころだけど……」

「ならその時間辺りは空けておくからちゃんと来るんだよ」

「うん……わかった……」

「話は終わりだ。今日のところは帰りな」

「うん……。……ごめんなさい……」

私はすっかり酒場に行く気も失せ、マールさんのところで買ったパンを路地に座って黙々と食べログアウトした。ログアウトした後、2人に集合場所が決まったら教えてとメッセージを送り、その日はさっさと寝た。

「私……おばあちゃんに甘えてたのかな……」

おばあちゃんの善意に甘えて余計なことを考えた結果があれだ。甘えるのはやめようと決めていた途端にこの始末。自分のバカさ加減に涙が出てくる。タウロス君……。やっぱり私は変われないのかな……？

翌朝目が覚めて携帯を見ると、集合場所はギルドホールというメッセージが届いていた。この2日間私はギルドホールへ行ったことがなかったのでGTで30分前にログインすることにした。幸い、ギルドホールはすぐに見つかったため予定よりも10分以上も前に着くことができた。早く着いたからといって特にやることもないため、入口の階段の端っこに座って2人を待つことにした。

しかし、座って待っているだけなのに私に声をかけてくる人たちが何人かいた。「君1人なの？」「君かわいいねぇ」とかありふれた声をかけていたので、これがナンパかぁ～と思いつつスルーした。だが、何人かは諦めずにナンパを続けていた。流石にうっとおしくなってきたのでGMコールをしようかと思った瞬間別の声がかかった。

「お待たせ、アリス。待ったかしら～？」

「ううん。ちょっと前に来たところだよ、リン」

「ところで何かあったかしら～？」

リンがギロっとナンパしてた人たちを睨むとそそくさと逃げて行った。

「リンのアバターってあっちとあんまり変わらないんだね」

「あんまりいじるのも嫌だったからね～。瞳の色だけ赤にして髪も黒のままセミロングから少し伸ばした程度にしたわ。それに比べてアリスは銀髪に水色の瞳ってとっても綺麗ね～」

「ありがと」

「ショーゴもそろそろ来ると思うけど～……」

「おーい２人ともー」

噂をした途端、黒髪のトップ部分をオオカミのように立たせた、所謂《いわゆる》ウルフカットという髪型をした長身の男が現れた。彼がショーゴで私たちが待ってた友人だ。

「ショーゴ遅い」

「わりぃわりぃ。ＰＴメンツ連れてきたら遅れたわ」

「ショーゴ、そいつらが例の友人か？」

「あらあら美少女が２人もいるわねクルル」

「親父臭い発言はやめてくださいよレオーネさん……」

「でもまぁ確かに美人だな。この勝ち組め滅びろ」

男の人２人に女の人２人でショーゴ入れて合計５人のＰＴかな？

「ショーゴ、ちゃんと紹介しないとアリスが困っちゃうわよ～？」

「まぁ……そうだな……。ごほんっ。えーっとこの全身鎧の男がガウル、そっちの槍持ってる男がシュウだ。そんで親父臭い発言した残念お姉さんがレオーネで、いかにも魔女っ娘っぽい恰好したのがクルルだ」

「アリスです。ショーゴがお世話になってます」

「リンよ～。ショーゴがご迷惑してないですか～？」

まぁ紹介してもらったのでこちらも自己紹介をしておこう。紹介された人たちも「よろしく頼む」「よろしくねー」「よろしくお願いします！」「よろしくな」とファーストコンタクトはぼちぼちなようだ。

「さて、全員揃ったことだしダンジョンでも潜るか」

「あっ、ショーゴ。ちょっといい？」

「ん？」

ショーゴがダンジョンをするが、先におばあちゃんのところに行かないといけないのでその提案をする。

「実はダンジョンに行く前に行きたい……というか行かなきゃ行けないところがあるんだけど……いいかな……？」

「私は構わないわよ～アリス～」

「俺は構わないがガウルたちはどうだ？」

「構わんぞ」

「美女のお願いならお姉さん聞いちゃうわ～」

「私も構いません！」

「俺も構わないよ」

「というわけで満場一致ってことで大丈夫だぞ」

「皆……ありがと……」

皆が優しくてつい少しニコっとしてしまった。すると何故か数人が顔を赤くし顔を逸らしてしまった。レオーネさんがぼそっと「美女の微笑《ほほえ》みやばいわね……」と言っていたが私には聞こえなかったため、首を傾げた。ともかく、皆が付いてきてくれるということなので皆でナンサおばあちゃんの家に向かった。

「アリス、ここか？」

「うん……」

おばあちゃんの家に着いた私は深呼吸をして扉を叩いた。

「おばあちゃん、アリスです」

「……友達と一緒に入ってきな」

扉の奥からおばあちゃんの声が聞こえた。

「リン……ショーゴ……。その……一緒に入ってもらっても……いい……？」

「えぇ、大丈夫よ」

「俺も構わねえぞ。ってことでわりぃがお前らは外で待っててくれ」

「流石に全員で押し入るわけにもいかんだろう。わかった」

ガウルたちも外で待っててくれることを了承してくれたため、私とリンとショーゴの3人で家の中に入った。

「そいつらがお前さんの友達かい」

「はい……」

「リンです」

「ショーゴです」

2人も空気が重いことを悟ったのか、キリっとした顔つきになった。

「何でアリスにお前さんらを呼ばせたかわかるか？」

「いえ、俺には心当りがありません……」

「正直なところ私にはわかりません」

「だろうな。それとお前さんら、ポーションが足りなくなっているんじゃないかい？」

「⁉」

おばあちゃんはさっそく本題を切り出した。私はじっと正座をして3人の話を聞く。

「確かに私たちはポーションの供給が足りなくて困っています」

「それが俺たちが呼ばれたことに何の関係が？」

「それはそこのアリスがあんたたちの分のポーションを作ってくれとあたしにお願いしたからだよ」

「「アリスが⁉」」

2人は驚いて私の方を向いた。私は小さく頷いて答えた。

「あたしはお前さんたち異邦人に怪我をさせられた。そこをこの子が助けてくれたんだよ。わかるかい？　お前さんたちがこの街の住人たちに悪態ついてる間にこの子はその住人を助けてたんだよ。お前さんたちが自分を鍛えている間にこの子は街の人のために動いてくれたんだよ」

「「……」」

「言っとくが私だけが助けられたわけじゃないよ。迷子の子供の親を探したり荷物運びも手伝ってたんだよ。お前さんたちは街の住人に何かしたかい？」

「いえ……俺はダンジョンに籠《こも》っては売り買いを繰り返してただけです……」

「私も……返す言葉がありません……」

「確かに一部の異邦人の中にはあの子と同じことをしてるのもいる。だがね、あたしたちは人形じゃないんだよ！　一方的なことを突き付けられて従ってると思うんじゃないよ！　そこんところをいい加減わかりな！」

「はい……」

「申し訳……ありません……」

2人がおばあちゃんに叱られている姿を見て、連れてこない方がよかったんじゃないかと感じ、私は涙が出ていた。この後2人になんて謝ればいいのか。2人に嫌われてしまったらどうすればいいのだろうかと、そんなことばかり考えてしまう。

「お前さんたちだけが悪いってわけじゃない。だからお前さんたちだけを叱るのもそれは違うと思ってる。なら何故怒られているのかって思うだろう？」

「いえ……そのようなことは……」

「あたしも1昨日あの子を叱りつけたよ。何もしてもらってないお前さんたちの分のポーションを作るのは違うんじゃないのかいってな」

「アリス……」

「だから昨日返信が……」

「この調子で異邦人たちが街の住人に対しての態度を変えないようなら、きっと住人達は異邦人に対して何もしないだろうね。取引や食事すらも出してもらえないだろうね。それで一番悲しむことになるのは誰だと思う？　住人と仲良くしようとしてる異邦人たちだよ。だからあたしはそんなことになる前に、お前さんたちに注意勧告をしてもらいたいんだ」

「なんで俺たちに……？」

「アリスじゃ駄目なんですか……？」

「あの子は優しい子だ。自分1人で押し込めるだろう。実際、今回のことも何も聞かなかっただろう？　それに今も自分ではなくお前さんらが叱られてるのに泣いておるしの」

「「アリス⁉」」

「っ⁉」

私は咄嗟に顔を逸らした。でもリンはこちらに寄ってきて私のことを抱きしめた。

「アリス……なんで言ってくれなかったの……？」

「だって……私が勝手に言ったことで……2人に迷惑が……」

「アリスは私たちのことを思って言ったんでしょ……？」

「そうだけど……」

「アリス……ごめんなさい……。あなただけに負担をかけて……」

「うっ……うわぁぁぁぁぁん！」

私はリンに抱きしめられたのに加え、謝られたことでついに決壊してリンの胸で泣き叫んでしまった。

「……わかりました。必ず皆に伝えます」

「あの子をよろしく頼むよ……」

おばあちゃんはショーゴとリンに対して頭を下げた。その姿は大切な孫を預ける祖母のようだった。

その時、私はタウロス君の言葉を思い出した。

『あなたが我々プロエレスフィの民のことを思って行うことは、きちんと皆に伝わるはずです。ですから、どうか怖がらずに、この世界を楽しんでください』

うん……伝わってたんだね……タウロス君……。

―ステータス―
SP：1
【刀剣Lv12】【ATK上昇Lv9】【AGI上昇Lv11】【DEX上昇Lv8】【察知Lv5】【採取Lv8】【鑑定Lv7】【収納Lv4】【解体Lv4】【切断Lv3】
特殊スキル
【狩人】
控え
【料理Lv1】【忍び足Lv2】

「色々とご迷惑をおかけしました」

私たち3人はナンサおばあちゃんに頭を下げた。でもおばあちゃんはもう気にしていない様子だった。

「こっちこそ叱って悪かったね。それと作ったポーションだよ。他にも数人いるんだろ？　1人10個になるように100個は作ってあるから持ってきな」

「おばあちゃん！」

私がおばあちゃんにしがみ付くとおばあちゃんは少し嬉しそうに私に話しかけた。

「ほらシャキっとせんかい。そんなんじゃいつまで経っても独り立ちできやせんぞ」

「おばあちゃん……」

「また作ってほしくなったら材料を持ってこい。それと肩たたきぐらいはしてもらおうかのぉ？　だから笑え、今はそれで十分じゃよ」

「うんっ！」

少し涙でぐちょぐちょだけど、私はおばあちゃんに向かってニッコリとほほ笑んだ。後ろでリンが「あのアリスが……立派になって……」って目元を抑えてるけど気にしないでおく。今はおばあちゃんが優先だ。

「ではナンサさん、ポーションありがたく使わせて頂きます」

「約束を忘れるんじゃないよ」

「はいっ！　必ず守ります！」

ショーゴはおばあちゃんからポーションを受け取り、アイテムボックスにしまった。

「じゃあまた来るね！　おばあちゃん！」

「土産話でも期待して待っとるよ。それと頼まれたのはそこの机にあるから持っていくんだよ」

「ナンサさん、お世話になりました」

「ナンサさん、ありがとうございました」

「アリスをしっかり頼むよ」

2人はおばあちゃんに頭を下げ、私はポーションと塗り薬それぞれ10個を貰い手を振ってお別れをした。

外では待ちくたびれた4人が待っていた。

「随分遅かったな。というか誰かの泣き声が聞こえたが……」

「眼の様子から……泣いたのはアリスちゃんかしら？」

「泣かされるようなことでもしたんですか……？」

「美女を泣かせるとは……ちょっとしばいてく「乗りこんだら私……怒るよ……？」……はい……」

シュウがおばあちゃんの家に乗り込もうとしたので、少し威圧したら諦めたので怒るのは勘弁しておいた。

「遅くなったのは悪かったが、ちゃんとポーションを貰えたぞ。1人頭10個で残りはアリスに渡すぞ」

「えっ？　私もう既に10個貰ってるから大丈夫だよ？」

「そもそもお前がお願いしたんだから割合は多めなのは当たり前だろ。皆、構わないだろ？」

他の皆が頷くので、ちょっと過剰かなぁと思いつつも余った残りを受け取った。

「それで？　これだけのポーションを貰ったんだから何かあるんでしょう？」

「察しがいいなレオーネ。突然だが、4人は街の住人をNPCだと思ってるか？」

「なんだその質問は？　プレイヤー以外はNPCじゃないのか？」

「確かにNPCなんだが、彼らはNPCであってNPCではない。この世界の住人なんだ」

「言ってる意味がよく……」

「つまり彼らにはちゃんと意志も感情もあるんだ。生放送での社長の言葉を思い出してくれ」

「NPCも生きているっていうやつか？　それにモンスターも生きているっていうのもか」

「ちなみにその質問したのはアリスな」

「「「!?」」」

「ショーゴ!?」

なんでばらすの!?　バカなの!?　あう……4人とも見てるし……恥ずかしい……。

「まぁそこは置いといて、生きてるってことは感情があるってことだ。まだ始まってから3日なのに彼らの対応が悪くなっているとは思わないか？」

「確かに素っ気ないところは感じるが……」

「でもそんなもんじゃないのかしら？」

「私もそういうものだと思っていたのですが……」

「俺もNPCの設定っていう風に思ってたな」

やっぱり皆そういう風に思ってたんだ……。でも……だったら何で私の時は大丈夫だったんだろう？　酒場の人だったら他のプレイヤーの人の対応だってしてるはずだし……。

「俺もそういう風に思ってたから何も言えない。だが、さっきこのポーションを作ってくれたナンサさんと話して考えを改めた。彼女たちはこの世界で生きているっていうことをきちんと理解する必要があるっていうことを」

「それがどう関係あるんですか？」

「これはナンサさんから言われたことだが、今後俺たちプレイヤーの態度が変わらなければ、取引とかをしてもらえなくなる可能性が高くなる」

「なっ⁉」

社長は生放送の時にその可能性を示唆していた……。でもそれは私たちプレイヤーと住人達との関係だけじゃない……。

「これはアリスの質問したことの内容になるが、モンスターも生きているってことは繁殖もするということだ」

「まぁ生きているからな」

「もしこれがプレイヤーが街の住人たちと疎遠になった結果、依頼も何も受けなくなりモンスターの大氾濫《だいはんらん》が起こって街が襲われた場合……」

「街は壊滅するわ。そしてこの場合、運営は関与しないと言っている以上……」

「街が無くなるって言うのか……？」

私たち3人はゆっくり頷いた。街が無くなるということはセーフティーゾーンが無くなるため、安全にログアウトできる場所が無くなるということ。それにそんなことが起これば、他の街の住人はプレイヤーに頼ることはせず自分たちだけでなんとかしようとする。その結果、更にプレイヤーと疎遠になり同様のことが起こるという悪循環が発生するかもしれない。

「ことの問題は単純な話じゃないと俺たちは思ってる」

「確かに生放送の時そのようなことを言っていたが……」

「まさかそんなことを想定してるなんてね……」

「よくアリスさんはそのようなこと考えつきましたね」

「俺なんてそんなこと全く思わなかったぜ……」

私もNPCが生きているなんて発言を聞かなかったら、そんなこと思いもしなかった。でも実際、街の人たちと話してNPCという考えはなくなった。

「でもよ、対応策はどうするんだ？」

「それについては掲示板を使う」

「でも掲示板に書いても信じないやつは信じないでしょ？」

「だが実際住人の対応が冷たくなっているのは事実だ。そのことは皆わかっているはずだ。特に悪態をついていたプレイヤーはな」

「行ったことによって起こった事実を現実として説明させるということですか。確かにそれなら話を聞くかもしれませんね」

「それに3日経っている今ならば、ダンジョンでのドロップはそこまで美味しくないことに気づいて依頼を受け始めるやつも出てくるはずだ。それに合わせて住民への対応を直していけばいけるはずだ」

「確かにそこまでダンジョンドロップは美味しくないしな。ギルドの方で依頼を受けるやつも出てくるかもな」

昨日も銭湯で聞いたけどさ、ダンジョンってドロップ低いの？【狩人】スキル持ってれば関係ないんじゃないの？

「ねぇ皆」

「どうしたのアリス？」

「皆って【狩人】スキル持ってないの？」

「「「「「え？」」」」」

皆が一斉に私の方を向くけど……。ってそうか。皆は街の人たちを絡んでないからそういうのがないのか……。

「……アリス～、【狩人】スキルって何なのかしら～？」

「えっと……【狩人】スキルは取得すると死体が残るっていうスキルで……」

「死体が⁉」

「残る⁉」

「あっでも死体が残っても、死体の損傷が酷いとロクに素材が取れないっていうデメリットも……」

「アリス」

「ショーゴ……何……？」

なんかショーゴが怖い顔してんだけど……。

「それどうやって手に入れたんだ？」

「えっと……街の住人の人に教わって……実践して……それで……」

教わって実践して手に入れたんだから……間違いじゃ……ないよね……？

「SPはどんぐらい使ったんだ？」

「教わって実践したからいらないって書かれてたから0で……」

「ねぇショーゴ」

「あぁ、リン」

「これは皆が話を聞く情報になるわよ」

「？？？」

なんか２人だけがわかってるようになって少し寂しい……。

「確かに街の人から教えてもらえたってことは、仲良くなればスキルを取得できるってことだしな」

「それにＳＰ０で取得できるのは大きいわね」

「それだったらほしい生産系スキルも教わればＳＰ０で手に入れられるってことになりますし」

「その方法なら貴重なＳＰを使わないでスキルを取得できるな」

皆だけわかって置いてきぼり感が凄い……。

いいもんいいもん……私なんかどうせ情弱プレイヤーだもん……。

「あーアリスごめんね……？　決して仲間外れにしたわけじゃないのよ～……？」

「それにしても住人に教えてもらうっていう発想もなかったしなー……」

「それは仕方ないだろう。スキルはレベルを上げて派生を増やし、ＳＰを使って手に入れるものだと思っていたのだから」

「住人をＮＰＣとしか見てない私たちじゃ気づかなかった情報ね」

「アリスさんがいて本当によかったと思いますよ」

「アリスちゃん大手柄だな」

ま、まぁ役に立ったのなら……いいのかな……？

「俺はこの情報をまとめて掲示板に書く。アリス、ログの中に他に情報はないか見てくれ」

「うっうん！」

ショーゴに指示されて私は過去ログを読み漁った。すると初期の方にある一文が残っていた。


―ＩＮＦＯ―

薬師から調合の方法を教わったため【調合】スキルがＳＰ不要で修得可能になりました。

調合のコツを教わったためメモに記載されます。


おそらくこれはナンサおばあちゃんに塗り薬のやり方を教わった時のログだ。手順的に私が実践してから作り方を見ているのにもかかわらず取得できていることを考えると、取得条件としては職業の人のやり方を見るのと、その人の前で実際に行うのが条件だろう。

それにメモっていうのがわからないが、たぶんどこかに載っているのだろう。ヘルプでメモを確認してみると、ログアウトなどの欄の設定の『メモ表示：非表示』を表示にすることで、欄に追加されメモを見ることができた。私はおばあちゃんに教わった時の状況の説明とログの説明をショーゴにした。

「よし、これをまとめりゃ皆見ざるをえないだろ。住人を無視するとＳＰが必要になるようなもんだしな……クックック……」

「ショーゴ、何か悪い顔してる」

とりあえずショーゴが悪い顔をしてたので注意をしておいた。

［ポーション］雑談スレPart7［求む］

1：名無しプレイヤー

http://****************←既出情報まとめ

次スレ作成　>>980

68：名無しプレイヤー

なんか新しい情報ある？

69：名無しプレイヤー

>>68全くない

やっぱりそろそろ次の街行かんとだめか？

70：名無しプレイヤー

>>69そもそも次の街の場所の情報すら教えて貰えてないんだが……

71：名無しプレイヤー

まだ4日目だっていうのにもうNPCの態度とか悪いしな

72：名無しプレイヤー

>>71それお前の人相が悪いだけなんじゃゃね？

73：名無しプレイヤー

>>72誰が顔面ゴリラだごらぁ

74：名無しプレイヤー

>>73お前ゴリラなのかよ……

75：名無しプレイヤー
こりゃ本気で街の外探索しないとだめかぁ～？
76：名無しプレイヤー
いきなりですまないが、皆に注意をしなくてはいけない情報を手に入れたからここで報告させていただく。
77：名無しプレイヤー
＞＞76おっ？　何か仕入れたのか？
78：名無しプレイヤー
＞＞76ｗｋｔｋ　ってか注意かよ
79：名無しプレイヤー
上でも書いてあるように街の住人の態度や対応が悪くなっているっていうのに関連する話だ。
これについては皆も感じてると思っている。
それで今回、友人と一緒にある住人と話……というかガチ説教をされたんだが、このまま街の住人との関係が悪化していくと、最悪取引ができなくなるという話だ。
80：名無しプレイヤー
＞＞79頭の悪い俺にはイマイチわからねえんだが、それはＮＰＣが取引を拒否するってことか？
それってゲームとして成立するのか？
81：名無しプレイヤー
＞＞80確かに一般的なゲームならそれはあり得ない。

だが生放送の時の社長の言葉を思い出してみてほしい。

社長はNPCも生きているという表現をしていたことは放送を見た皆が知っているはずだ。

そして現在の住人の態度、これは社長の発言と無関係な物ではないと俺は考えている。

82：**名無しプレイヤー**
>>81別にこの街の人形ごときを相手にしないでも取引ができないだけで他の街に行けば関係ないだろ

83：**名無しプレイヤー**
>>82それは街の住人に感情が無ければの話になるんだ。
もしこの街の住人が誰も俺たちプレイヤーを相手にしなくなったとする。

それにこの街には行商人がいるのを皆は見ているはずだ。

そういった行商人がこの街の現状を他の街に話したらそんなプレイヤーたちをその街の人たちは相手にするだろうか？

84：**名無しプレイヤー**
>>83まぁ確かに俺らが逆の立場だったら相手にしたくはないな……

85：**名無しプレイヤー**
>>83でもそれってNPCに気を使えってことになんだろ？
さすがにちょっとそれはな……

86：**名無しプレイヤー**
別に街の住人に対して全部が全部気を使えってことは言わない。

例えば外国に行ったとして、話しかける人全員に緊張することはあっても気を使うなんてことはないだろ？

それと一緒で今行っているような横暴な態度を改めればいいんだ。

まぁ外国で横入りしたり喧嘩口調で話したりはあまりいないだろ？

それに、既に住人の家の中に不法侵入や泥棒で捕まったプレイヤーがいたはずだ。

それは外国で同じようにしたら捕まるってのと同じ話だ。

87：名無しプレイヤー
＞＞86言いたいことはわかったが、それで俺らに何か得でもあるのか？
取引がしてもらえなくなるのは確かに痛いが、それだけじゃ弱いと思うんだけどな

88：名無しプレイヤー
＞＞87そこで生放送の時の最後の質問が影響してくるんだ。

最後の質問ではモンスターも生きているっていう話だったはずだ。

社長も言ってたが、大氾濫なども起こるってことだ。

普通はプレイヤーが依頼を受けたりしてその数を減らしたり対処したりするんだが、プレイヤーが疎遠になるってことはそういうのを行うやつらがいなくなるってことだろ？

そして大氾濫の結果に運営は関与しないって言ってる以上、街がその大氾濫に巻き込まれ壊滅したら街が無くなるってことだ。

街が無くなるってことはセーフティゾーンも無くなるってことで、安全にログアウトすらできなくなるんだ。

89：**名無しプレイヤー**
＞＞88なん……だと……

90：**名無しプレイヤー**
＞＞88そんなのまだ憶測だよな？
いやいや！　そうだと言ってよ◯ーニィ！

91：**名無しプレイヤー**
＞＞88そんなの仮説でしかねえだろ
変なことほざいてんじゃねえよボケが

92：**名無しプレイヤー**
＞＞91ちょっと今生放送の発言聞き直してきたが確かに運営は関与しないって言ってるぞ……
http://******************

93：**名無しプレイヤー**
ちょっと俺これからＮＰＣと仲良くしてくるわ

94：**名無しプレイヤー**
＞＞93お前チョロいなｗｗｗ
仕方ねえな俺も一緒にいってやるよｗ

95：**名無しプレイヤー**

これまでの話を聞いてもどうでもいいと思っているプレイヤーもいると思う。
だが街の住人と仲良くすることでとてつもないメリットが発生することがわかった。

96：名無しプレイヤー
＞＞95おうあく情報教えてくださいお願いしますなんでもしますから
97：名無しプレイヤー
＞＞96ん？
98：名無しプレイヤー
＞＞96今なんでもするって
99：名無しプレイヤー
＞＞96は＞＞97と＞＞98の手によって…
100：名無しプレイヤー
＞＞95いいからもったいぶってねえでさっさと教えろよ
どんなメリットがあるんですかねぇ〜（笑）
101：名無しプレイヤー
街の住人と仲良くしたりするとスキルをSP消費無しで取得可能になる場合がある。
102：名無しプレイヤー
は？
103：名無しプレイヤー
ひ？
104：名無しプレイヤー
ふ？

１０５：名無しプレイヤー
ふ？

１０６：名無しプレイヤー
＞＞１０５お前には失望した
って＞＞１０１マジかそれ!?

１０７：名無しプレイヤー
ちょっと俺街のお姉さんと仲良くしてくるわ

１０８：名無しプレイヤー
＞＞１０７おいこらちょっと待て俺も行くから待て

１０９：名無しプレイヤー
そっそんな餌に俺が釣られクマー

１１０：名無しプレイヤー
これについては友人のログに残っていたから許可を取ってスクショしてもらった。
http://*******************
また条件としては、そのスキルを持っている人に実際に行ってもらうことと、その人の前で実践することだと思われる。
ただし、スクショにあるように『師』が付いていることから高ランクのスキルじゃないと起きないと思われるため誰でもいいということでもない。
だが、スキルが取得できるということは住人が何かのスキルのキーになっている場合も十分あり得るはずだ。

111：名無しプレイヤー
＞＞110こマ？
112：名無しプレイヤー
困ってた可愛い女性NPC助けたことがある俺大勝利！
……せんせーフラグはないんですか？

113：名無しプレイヤー
＞＞110こんな情報出されたんじゃ仲良くしない理由もないな
おk、お前の言ったことを信じるわ
知り合い捕まえたらこのこと伝えておくわ

114：名無しプレイヤー
＞＞110いやーこれはGJですわー
SP余裕なくて取れなかった【採取】や【発掘】もこれで取れそうで嬉しいわ

115：名無しプレイヤー
NPCがキーのスキルについては検証組がやってくれるだろう（適当

116：名無しプレイヤー
少なくともNPC……じゃなかった、住人に対して態度は改める必要性とメリットは理解した
虫がいい話だが迷惑かけた住人に謝ってくるわ

117：名無しプレイヤー

俺初日にばーさんにぶつかって怪我させたんだがどうしよう……
118：名無しプレイヤー
＞＞117今度会ったら謝っておけよ
119：名無しプレイヤー
＞＞117ちゃんと顔覚えてるか？
120：名無しプレイヤー
話をきいてくれて感謝する。
どうしても切り替えがうまくいかないようならば、このゲームは他の世界に旅行してプレイしてるって思えばいいんじゃないかと思う。
ともかく、皆の協力が必要だ。
よろしく頼む。
121：名無しプレイヤー
＞＞120色々と乙
122：名無しプレイヤー
＞＞120深い感謝を
123：名無しプレイヤー
＞＞120乙
またなんかわかったら教えてくれ

「よし、掲示板はこんなところでいいだろう」

「ショーゴお疲れー」

ショーゴは掲示板への書き込みが終わり、こちらへ戻ってきた。

「この後はどうするの？　ショーゴ」

「掲示板に書いといて俺らが放置ってわけにもいかないだろう。だからギルドで依頼を受けようと思う」

「人狩りしようぜ」

「なんかアリスの発言のニュアンスが違う気がするが……ともかく、依頼を受けて少しでも住人の印象を変えるぞ」

「「「「「「おぉー！」」」」」」

私たち7人はギルドホールへ向かい、ボードに貼られていたクエストを選んでいた。

「そういや俺らは誰も採取採掘系持ってねえけど、リンとアリスは持ってるか？」

「私は持ってないわね～」

「【採取】だけなら」

「よし、なら採取系も一緒に受ければ効率がいいな。何かよさげの討伐と採取にすっか」

「森関係はないのー？」

私としては森の方が採取しやすいと思って提案をした。

「森ならエアストベアーがいるな……」

「それにエアストウルフもいるから防具の素材にもなるわね」

「そろそろ店売りのも限界ありますからいいですね」

「っく……鉱石が全く手に入らねえから武器の素材が……」

どうやらショーゴのPTメンバーの内3人は賛成のようだ。といっても鉱石も手に入れて私も武器作って貰った方がいいかなぁ？

「アリス～、せめてその初期服は卒業しないとね～」

「うっ……」

そうなのだ。私は特に防具を買っているわけではないので初期装備のままでいる。普通、スキルが上がるにつれて狩場のレベルも上げるためそれに合わせた武器や防具が必要なのだが、私の場合【切断】スキルにより当たりさえすればあまり関係ないため後回しにしていたところがある。おかげで死にかけることも多々あるけど……。

「森で賛成なようだしそこら辺の依頼受けとくぞー」

ショーゴが受けた依頼は以下のようになった。

・エアストベアー討伐：5体　報酬2000G
討伐の証として証拠となる部位の提出
・エアストウルフ討伐：10体　報酬2000G
討伐の証として証拠となる部位の提出
・薬草採取：100枚　報酬3000G

「おいショーゴ……」

「おう、言いたいことはわかる。だが確かに納得できる内容だ」

「確かに虚偽の報告されることを防ぐためというのはわかる……だがこれではドロップアイテムの回収がな……」

「多く狩ればその分のは提出しなくていいかなと思ってな……」

「まぁそこは仕方ないわねぇ～」

「お姉さんMP持つかが心配だわ～」

「レオーネさん、私たちは節約して使いましょう」

「俺はガンガン刺しまくるぜ！」

皆やる気満々で何よりだ。さぁさぁれっつごー！

森に到着して先へと進むが陣形はある程度決まっている。前衛職で最も防御力のあるガウルが先頭で、中心に魔法組の3人、そしてその周りにショーゴ、私、シュウが囲むような陣形である。平原じゃないため敵が発見しにくい点を踏まえてこういった陣形にした、らしい。しばらく森の中を散策していると正面に狼が3匹程見えた。

「どうやらこっちは風下のようだな、気づいてない」

「初手はどうする」

「お姉さんが魔法で攻撃しちゃう～？」

「レオーネさんの攻撃に合わせて前衛3人が飛び出すって形はどうです？」

「よっしゃ任せろ！」

「じゃあ私は周りを警戒するわね～」

レオーネさんが杖を構えると、その先端が光り火の玉が飛び出した。飛び出した火の玉は正面の狼の内、真ん中の狼に直撃した。私とショーゴとシュウは直撃したのを確認して飛び出した。一応保険としてガウルは残っている。

「よっしゃ行くぜぇ！　ってアリスちゃん速くねっ⁉」

「確か【ＡＧＩ上昇】取ってたからその影響だろ」

「私右いくね」

私の方がＡＧＩが高いのか２人より前に出てしまったため、狙う対象を他より後ろにいた右を狙うことにした。狼も仲間が攻撃を受けたため散開をし、こちらへ向かってきた。ならこの後の行動は大体予想できる。

私は飛び込んできた狼を横に回避して避けた。そして飛びかかった狼は着地し、その返す足で私に再び襲い掛かる。私はその無防備な頭を思いっきり蹴りあげた。

「キャウン⁉」

そして頭を蹴りあげたことにより首が伸びて切断ポイントがはっきりと見えた。私は脇差を抜き、その切断ポイントを１刀両断した。

「は……？」

「おいおい……」

切断ポイントを切ったことにより、狼の頭部は弧を描くように地面に落ちた。頭部を失った狼はそのまま倒れ込み身体をビクンビクンとさせていた。

「ちょっと返り血付いちゃった」

　2人はまだ戦闘中なようなので、私は頭部を失った狼の足を持って血を地面に垂れさせるためにプラプラと少し振る。まだビクンビクンとしてるため血は少し抜きやすいようだ。血が地面に垂れなくなったのを確認し、【収納】の中にしまった。ついでに頭部も回収しようと思って狼の頭を拾ったところで2人がこちらに寄ってきた。どうやらあちらも終わったようだ。

「ショーゴとシュウお疲れー」

「いやいや……お疲れって……」

「シュウ、諦めろ……アリスはこういうやつだ……」

「??」

　よくわからなかったが、私たち3人は皆の元へ戻った。

「戻ったよー。ってクルルどうしたの？」

「いえちょっと……うぷっ……」

「あー……この子さっきの光景を見てちょっとね……」

「まぁ女性からしたらショッキングが映像なはずなんだがな……」

「ホントアリスには驚かされてばかりよ～……」

「何のこと？」

「「「「その頭を持って言うセリフじゃない（です！）！」」」」

　私はなんか変なことをしたのだろうか……？

「アリス、まず死体が残るのは【狩人】スキルの効果というのはわかってる」

「うん」

「お前が【AGI上昇】を取ってて速いというのもわかってる」

「うん」

「お前が多少闘えてエアストウルフの頭を蹴りあげたというところまでは理解できる」

「おう？」

「だが、エアストウルフの首を切って1撃で倒した方法については聞かされてねえぞ！」

「聞かれてもないし言ってないんだから当たり前でしょ？」

「っー!!」

なんかショーゴが両手で頭を押さえて暴れてるけど気にしないでおこう。

「アリス～、それでその首を切って1撃で倒した秘密は説明できるの～？」

「別にいいけど？」

「いいんかい!!」

とりあえず効果だけ説明すればいいよね？　私が知った『あれ』については皆が検証すればいいことだし。

「あれは『切断』スキルって言って、生きてる生き物に対して切断ポイントっていうのが出て、それをうまくなぞって切断すると切断できるっていうスキルなの」

「生きてる生き物ってことは……俺らのも見えるのか？」

「うん、しっかり見えてるよ」

「おーこっわ、俺アリスちゃんに首切られかねないのか」

「一応四肢にもあるからダルマにもできるよ？」

「アリスちゃんのナチュラルな発言がこえぇよ！」

まぁ実際、この前出会った熊さんの内1体もダルマにしたしね。

「ホントアリスのスキル構成が知りたいぜ……」

「どこも変わったところないと思うけどなぁー？」

「あれを見て変わってないとはお姉さん思わないけどなぁ～……」

「アリスに喧嘩を売ったやつは首切られたりダルマにされる覚悟を持たなきゃいけないっていうのか……」

「それどこの世界の妖怪首おいてけだよ！」

「むしろアリスさんならアリスだけに、不思議な国の女王様の方があってるんじゃ……」

「確かにあれも首狩れ首狩れ言うけどさ！」

不思議な国のアリスかー。結構好きだったなー。確か歌はこうだったよね？

「ハートの女王タルトつくった♪　夏の日1日中かけて♪　ハートのジャックタルト盗んだ♪　タルトを全部もってった♪　この者の首を刎ねろ♪　この者の首を刎ねろ♪」

「あらアリス上手ね～」

「お姉さんもっと聞きたいわ～」

「アリスさん声綺麗ですからね～」

「おいまだ森の中だぞ！　アリスの独奏会は今度にしてもらえ！」

「女性陣はのんきなものだな……」

「アリスちゃん超可愛い……」

シュウが何かをぼそっと呟いたが、私は聞こえなかったがショーゴに聞こえていたのか殴られていた。

その後も狩りと採取を行い、成果を挙げていった。その最中何度か首を切断したんだけど、クルルが気持ち悪そうにしてたので少し控えることにした。その他にも薬草も無事１００枚以上採取できたのでそれぞれ均等になるように分配した。と言っても【狩人】持ちが私だけしかいなかったので、死体が残ったのは熊３頭、狼６頭だけだった。一部は死体が残ったには残ったけどレオーネの火魔法でこんがり焼けてしまって素材回収できるほどではなかった。

どうやら【狩人】スキルは止めが私なら死体が残るようだ。それも含めて狩りをした結果、全員【狩人】スキルが取得できるようになっていた。でも全員がその後の処理を説明した結果、苦い顔をしてたので取得は後々ということになった。

ある程度の個数を狩り終わったため、依頼を終了して街に戻った。皆はそのままギルドホールに向かおうとしていたが、私が解体するから待ったをかけたところ、ガウルとレオーネとクルルとシュウはギルドホール前で待機することとなった。クルルが残ることについては、解体現場まで見たら完全にアウトな予感がしたからである。ということで私に同行するのはリンとショーゴの２人となった。

ちなみに返り血とか服の汚れについては、クルルの水魔法で洗い流してもらった。

「おう、お嬢ちゃんまた来たのか」

「おじさーん、また来たよー」

「今日はどうした！」

「熊3頭の解体と場所貸してください」

「おうよ！　任せな！」

「あっ熊の歯は取ったら頭はそのままでください。依頼で提出しないといけないので」

「あいよ！」

私は場所を借りて狼を【収納】から取り出し解体し始めた。今回については討伐したモンスターの一部を提出をしなくてはいけないので、頭を提出するために牙だけ取るようにしないと。

「なんか……アリス手馴れてるな……」

「昔からこういうのに苦手意識はなかったけどね～……。と言っていきなり生解体をするとは思わないわよ～……」

「【狩人】取ったらこういうことしないといけないんだよな……？」

「これを見るとちょっと取るのに勇気いるわね～……」

なんか2人が少し離れた場所にいる気がするけど……？

「2人ともこっち来ないの？」

「えっーと……アリスの邪魔しちゃ悪いかな～っと思ってこっちにいるのよ～……」

「そっかー」

やっぱり2人は優しいなー。さっさと終わらせないと！　私はやる気を出して狼6体の解体を急いだ。

「終わったぞお嬢ちゃん」

「おじさんありがとっ！」

「じゃあ手数料の300Gだな。場所代はおまけだ」

「ありがとうございますっ！」

私はお辞儀をしておじさんが解体した熊を【収納】に入れていった。

「さてギルドホールにれっつごー」

「「お、おーっ……」」

さてさて、４人を待たせているギルドホールに到着っと。代表はショーゴだけど別に誰が証拠の提出をするかは自由とのことだ。ということで今素材を一番持っている私が対応することとなった。

「依頼の報告したいんですけど……」

「はい。では依頼書をお願いします」

「えーっと……これでいいですか？」

「ありがとうございます。では討伐の証となる物の提出をお願いします」

「はーい」

私は机の上に先程解体した狼の頭６つと以前狩った狼の眼球などを全て取った狼の頭４つ、そして熊の頭を３つと以前狩った狼と同じような状態の熊の頭を２つ、そして薬草１００枚を提出した。

「……ふぅ……」

「ちょっ⁉　気を確かにしなさい！」

「ん⁇」

私の対応をしていた受付の人は顔を青くして倒れてしまった。周りの職員が慌ててその女性の介抱をしているが、倒れた女性は「うふふ……」と遠い目をしていた。何かショッキングなものでも見せたかな？

後ろを向いてみると、クルルも顔を真っ青にしてレオーネにしがみ付いている。しばらくすると、倒れた女性の代わりに別の男性が現れ対応をしてくれた。

「えー……確かに依頼した内容の討伐の証と確認いたしました……。こちらがその報酬となります……」

「ありがとうございます……？」

男性職員は机に置かれた狼と熊の頭と薬草を回収しそそくさと退出した。まぁ報酬の７０００Gは手に入ったし、１人頭１０００G分ければいいんだよね？　私は皆の元に戻って貰ったお金を振り分けた。

この後、討伐依頼の討伐の証として頭を持ってくる場合は右耳だけでいいという書き出しが追加された。


―ＩＮＦＯ―

スキル解放の条件を達成したので【童謡】スキルが取得可能になりました。


「よし、皆お疲れさん」

「おつかれー」

「アリスお疲れ様～」

「……なんでこの３人は平然としてんだ……？」

「さっきのことを平然とするのにもお姉さん驚いたんだけどね～……」

「アリスさん結構大物なのかもしれません……」

「見た目はお姫様っぽくておっとりそうなのにな……」

「『まぁアリスだし（ね～）』」

「??」

さてさて、あとは解体した素材を分ければいい感じかな？　解体したのは熊3体に狼6体だから、大体1人頭1匹ってところかな？　私としては熊肉ほしいなぁ～……。狼の肉は手に入れて入るけど結局酒場の人に渡してないから食えてないしな～。

「んで解体した素材はどう分けるの？」

「あーそういや解体したんだったな。とりあえずそれぞれ希望言ってくれ。俺は金属がメインだから特にはないから余ったのでいいぞ」

「私も今のところほしいのはないから大丈夫よ～」

「2人とも欲がないな。俺も鉱石が手に入っていない状況だが牙や爪はほしいところだな」

「お姉さんは毛皮かしらね～。クルルも多分同じよ～」

「そうですね。私も武器は木工系なので毛皮がほしいです」

「俺はガウルと一緒で牙や爪かねぇ」

ってことはガウルとシュウに牙や爪で、レオーネとクルルに毛皮渡せばいいのかな？

「私はお肉がいいから、残ったのはえーっと……」

「おい待てアリス」

「ショーゴ？」

「そうね～、私もアリスに待ったをかけたいわねぇ～」

「リンも？」

首を傾げる私に2人はやれやれと言った様子だ。

「まぁ、そもそもアリスがいなかったら合計9体の素材は残らなかったしな」

「お姉さん遠慮しすぎるのは美徳じゃないと思うわよ～？」

「アリスさんはもっと言っていいんですよ？」

「俺らは本来そこまで貰えるとは思ってなかったしな」

「何の話？　素材分けるんだよね？」

「アリス、確かに分けるがお前の取り分は5割だ」

「何で!?」

「そもそも今回の狩りはアリスの【狩人】スキルがなかったらほとんど素材は手に入らなかったのよ～？」

まぁ確かに素材は【狩人】スキルのおかげでほとんど丸々手に入ったけど……。

「つーことで、お前の取り分は熊2体に狼3体分な。お前ら構わんだろ？」

他の5人ともショーゴの発言に頷き不満はないようだった。ショーゴが私に取引を持ちかけて「さっさとしろ」と急かすので仕方なく残りの解体した素材を渡した。渡した素材の中で6人はそれぞれの希望の品を改めて言い直し、均等な数になるように振り分けた。

私は取り分が多すぎたため不満そうな顔をするが、リンとレオーネが左右から挟んできて頭を撫でたり抱きしめたりしてきた。リンの胸は結構でかいと思ってたんだけど、レオーネもリンといい勝負をするぐらい中々でかかった。私も自分の胸を触ってみるが、2人にはとても敵わないと思って少しため息をついた。

何故かクルルがその様子を見て頷いてたけど……よくわかりたくなかった。

「じゃあこれで解散？」

「いいえ、まだよアリスちゃん」

「初期装備のアリスさんをそのままにしておけません！」

「私もその意見に賛成ね～」

え？　何をするの？

「アリスちゃん素材も一杯あるようだし防具作りましょうね～」

「最初は可愛くないと思いますけど、その内木綿とか繊維系の素材が見つかりますから我慢です」

「その情報がわかったらちゃんと行きましょうね～」

「わわっ⁉」

「じゃあ俺たちは３人で狩りしてるから」

「わかったわ～」

私は２人に挟まれたまま腕を掴まれて宙に浮く状態になった。どこに連れてかれるの⁉

私は２人に連行されながら移動し、大通りにあるとあるお店の前に運ばれた。

「ここは？」

「リーネちゃ～ん、いるかしら～？」

「はいはーいどちら様かにゃ？」

店内に入ると猫耳を付けた女性がお店の奥から現れた。

「おぉ⁉　まだ初期装備のままの子がっ⁉　しかも美少女⁉」

「リーネちゃ～ん、口調が素に戻ってるわよ～」

「はっ⁉　あまりの驚きについ戻ってしまったにゃ」

「アリス～、ここは裁縫系の防具を作ってくれるリーネちゃんのお店なの～」

お店って……まだ始まって4日目なんですがそれは……。

「たぶん勘違いしてるから答えるにゃ。流石に始まって4日でお店を持つぐらいお金を稼ぐなんて無理にゃ。でも、生産職をやりたい人はロクな生産設備もない状態でやってもロクな物は作れないにゃ」

確かに調合系ならいざ知らず、鍛冶とかはそういうのは難しい。

「そこで、そういった生産職用に簡易的な設備が付いたお店が借りられるのにゃー。ちなみにこっちの1ヶ月で1000Gかかるにゃ」

こっちの1ヶ月ってことは……10日で1000Gってことか。狩りの状況にもよるけど、それなら10日で1000G稼ぐぐらいなら割となんとかなるし、いい感じなのかな？

「と言ってもお店の数も限られてるにゃ。私が大通りに近いここを取れたのもNPC……じゃなかった住人の人と仲良くなれたからなのにゃ」

「リーネちゃん昨日までNPCって呼んでたけど、掲示板見たから変えたのかしら～？」

「あんなの見せられたら変えちゃうにゃ～。それに仲良くなった住人も言われると納得するところもあったから特に抵抗感はなかったにゃ」

掲示板ちゃんと見てくれてる人がいてよかった……！

「まぁ世間話もそれぐらいにして、ちょっとお願いしたいことがあるのよ～」

「そうね、お姉さんもそのために来たのだもの～」

「っということは作製依頼かにゃ？」

「アリス〜毛皮全部出して〜」

「全部……？」

「そうよ〜」

「……わかった」

私は言われたまま、【収納】に入っている毛皮を全て机の上に出した。

「っ………」

何故か出した物を見てリーネさんは絶句してるけど……。

「これでアリスの装備を作ってほしいの〜」

「なんじゃこの量はぁぁぁ!?」

リーネさんの絶叫がお店の中に響いた。

「子羊の羊毛に狼に熊の毛皮……しかも、どれも今まで渡された大きさと全然違う……えっなんなの……？　どうやってこの大きさを……？　どこにも縫った形跡はないし……」

「リーネちゃーん、戻ってきなさ〜い」

「アリス、普通あなたのやること見たらああいう反応するのよ〜？　わかった〜？」

「うっうん……？」

「まぁそうなりますよねー……」

リーネさんがブツブツ言いながら何かを考えており、レオーネがリーネさんに声をかけ、私はリンに何故か説明され、クルルはリーネさんに同情したような表情をしていた。

「レオーネちゃん、リンちゃん……流石にこの量はその子の装備だけにしては過剰だにゃ……」

「えぇ、そのことはわかってるわ～。と言ってここで使い切らなかったとしてアリスが他でさばけるとも思えないの～」

「そこでお姉さんたちは考えたのよ～」

「相場とかが全くわかってないアリスさんが自分で売り買いするよりは、信用できる人に売った方がいいと」

「そこで私にこれらを売るということかにゃ……？」

「そうね～。結構いい値段になると思うんだけど～？」

毛皮はそれぞれ熊が4、狼が7、羊毛が1、兎が5といった数だが、【狩人】スキルを持っていない場合のドロップでの毛皮の大きさは半分以下程で、装備の素材にするには大きさが少し足りてなかったという説明もしてもらった。

「はぁ……わかったにゃ。熊の毛皮と羊毛は比較的に素材として使うから高めに買い取るけど、狼と兎の毛皮については防寒用の素材として使うけど、まだ防寒装備が必要な場所すらわかってないから低めに買い取るけどそれでもいいかにゃ？」

「それで構わないわよ～、ね～アリス～」

「うん」

「それでこの子の装備は何作ればいいのかにゃ？」

防具かぁ……。とりあえず腕と胸当てと脇差用のベルトがあればいいかな？　初期服だとタンクトップにハーフパンツだけだしそんぐらいあればいいよね？

「腕と胸当てと武器抑える用のベルトでお願いします」

「……一応全身作れる分の素材はあるけどいいのかにゃ……？」

「なんか邪魔そうなのでそれで」

「っ……了解だにゃ……。君の体型でそれだけなら十分熊の毛皮1つで足りそうだにゃ」

「はぁ……？」

「じゃあ残りの買い取りに移ろうかにゃ？　熊の毛皮が1つ500G、羊毛が600G、狼の毛皮が200G、兎が100Gでどうかにゃ？」

ということはえーっと……全部で4000G？

おー結構いったー。

「それで防具製作費が一部位1000Gで合計3000Gになるにゃ。差引1000Gとなるにゃ」

その発言を聞いた瞬間リンとレオーネがリーネさんに近づいて威圧をかけた。

「素材全部持ち込んでその値段ってどういうことかしらねぇ～……」

「あらあらお姉さん理由が知りたいわねぇ～……」

「えっえっと……その……素材を持ち込んでくれたから1つ1500Gのところを1000Gにしたのにゃ……」

2人は納得いってないような感じだけど、私としては十分だと思ってる。

「2人とも、私はそれで大丈夫だよー」

「でもアリスっ！」

「そうよお姉さんがもっと値引きしてあげるわっ！」

「それだとリーネさんが困っちゃうでしょ？」

「っ……」

「2人とも、アリスさんがこう言っているんですしそうしてあげましょうよ」

「でもクルルっ！」

「大丈夫です。もし吹っかけてるとしたら今度は私も混ざりますから……」

「ひっ⁉」

にっこりしてるクルルの目が薄っすら開いてリーネさんを見つめる。リーネさんはそれを見て怯えたけど……。クルルって実は結構怖い……？　怒らせないようにしないと……ガクブル……。

「じゃ……じゃあ明日には完成させるからそしたら取りに来てくれにゃ……」

「あっありがとうございます……」

「ちなみに補正はどうするにゃ？」

「補正……」

「単純にステータス補正にゃ。と言ってもまだ＋1ぐらいの微々たるものだけどにゃー」

「じゃあDEXでお願いします」

「了解にゃ。んでこれが買い取りと依頼料を引いた金額にゃ」

「ではまた明日来ます」

「それと一応フレ申請しとくにゃ」

「あっお願いします」

私はリーネさんから買い取りから依頼料を差し引いた1000Gを受け取り、そのままフレンド登録をしてお店を出た。

リーネさんのお店から出た後3人と別れ、私は酒場へ向かった。酒場で以前お肉を譲ってほしいという話をしたので、たくさん手に入れたのでお裾分けをと思ったからである。熊肉やラム肉はあるけど兎と狼はどうなのかなと思って聞いてみたところ、兎は意外によく食されているとのことで、兎肉を1G、狼の肉を各10Gで譲った。

熊肉とラム肉はって？　あれは私が調味料を手に入れてから、美味しく食べようと思ってとって置いているのだ。

っと、そろそろスキルレベルも上がってることだし何か取ろうかな？　私は自分のステータスとログを確認した。

—ステータス—

SP：4

【刀剣Lv18】【ATK上昇Lv13】【AGI上昇Lv15】【DEX上昇Lv12】【察知Lv7】【採取Lv11】【鑑定Lv9】【収納Lv6】【解体Lv7】【切断Lv5】

特殊スキル

【狩人】

控え

【料理Lv1】【忍び足Lv2】

おぉ！　前回の時より3つスキルレベルが10越えてる！

そしていつの間にか【童謡】というスキルが取得可能になっていた。説明を読んでみるとまぁそのままで、童謡を歌うスキルだった。歌うことで何か効果あるのかな？　例えば子供と遊ぶ上で必要とか？

んーちょっとわからないけど、面白そうだから取得しようかな？　でも他に何が必要かわからないから、ナンサおばあちゃんに相談しようかなぁ？　依頼とかお手伝いに役に立ちそうなのは取っておきたいし参考にね。

でもGTではもう夜遅いし、一旦ログアウトすることにしよう。夜目が利くようなスキルがあれば夜でも活動できそうなんだけどなぁ〜。それも含めて探そうかな。

さてさて夜6時半を過ぎたのでログインしよう。

リーネさんみたいに生産で籠ってるとかならもっとログインできるんだけど、夜だと住人の人も寝てたりしてるからやることがないんだよね。門も安全のため夜になると閉められちゃうし。一応入り遅れても守衛さんに言えば、周囲の安全確保の後に街に入れてもらえるんだけどね。

「ということでおばあちゃん、何かいいスキルないかな？」

「アリス、お前さんはもっと自分のこと考えていいんだよ？」

私はスキルの参考にと、ナンサおばあちゃんのお家にやって来た。

「ちゃんと自分のこと考えてるよ？」

「自分のこと考えてるやつが、街のやつらのためにスキル取るなんて言わないと思うがねぇ」

「そんなもんかな？」

「そんなもんだ。まったくお前さんときたら……」

「それでいいスキルないかな？」

「ふーむ……」

おばあちゃんは少し考えこみ、私はその様子をじっと見て待った。

「……最近……といっても前からあったことなんじゃが、薬草を森の入り口であまり見かけなくなったとは思わないか？」

「確かに言われてみればそうかも」

「そこでだ。ある者が薬草の栽培をと思って種から育て始めてるんじゃ」

「森で栽培だと危なくないかな？」

「そこは非番の守衛に周りの警護をお願いしてるから問題ない。それにそう時間のかかるものではないからな」

「それとスキルに何の関係があるの？」

「栽培に使用しているのが【促進】スキルじゃ。これは種にMPを注ぐことによって、成長が促進されるといったスキルじゃ。西門から少し南西寄りに行ってみると柵が掛けられてるはずじゃ。あれは栽培中の薬草を異邦人が取らないようにするための柵なんじゃよ」

「へー、その【促進】スキルって植物ならなんでもいけるの？」

「話によると樹木や食物にも影響あるらしい。それにお前さん料理がしたいとか言っとったし、例えばある程度寝かせる必要のあるような食材に使うことで時間短縮ができたりとな」

おぉ、それは結構いいスキルかも！　SPは4余ってるし取ってもいいかも！　でもおばあちゃんわざわざ私のことにも使える様なのを考えてくれたのかな？

「おばあちゃん」

「何だい？」

「もしかして私にもメリットあるようなスキル一生懸命考えてくれたの？」

「なっ⁉　そっそんなことあるかいな！　たまたまだよ！」

「えへへ〜」

おばあちゃんが照れ隠ししてるのが嬉しくて、私もつい笑顔になってしまった。やっぱりおばあちゃんに相談しに来て正解だった。

「まったく……。それはそうと、異邦人の対応が結構良くなってきたと聞いたよ」

「ホントッ⁉」

「まぁまだ少しぶつかることもあるが、一昨日よりは随分マシになってきたようだよ。お前さんたちのおかげだね」

「そっかぁ……」

「昨日の今日で変わったんだから、これからはもっと良くなるといいね」

「うんっ……！」

おばあちゃんは私の頭を撫でながら話してしてくれた。口が結構悪いおばあちゃんだけど、実はとっても優しい人だ。

「今回はそんなところでいいかい？」

「うんっ！　おばあちゃんありがとっ！」

「そういやお前さん防具はそのままでいいのかい？」

あっ、やっぱり気になっちゃってたかな？

「一応動物の毛皮が手に入ったから、それで皮の装備作ってもらってるところなんだよね」

「そうかいそうかい。でもあたしとしては、皮の装備より繊維系がいいと思うんだけどねぇ」

「でもこの辺りじゃまだ羊ぐらいしか見つかってないっていうし……」

「確かに今は南の街道が使えないから、そっち方面の輸入は今使えないしのぉ」

「南にはあるの⁉」

「そうじゃな。南には蜘蛛《くも》も蚕《かいこ》もおるからそれをこっちに回してもらってたんじゃよ」

「ってことは、やっぱり早く南の街道を通れるようにしないと……！　海産物のためにも！」

「お前さんはそんぐらい欲張りでええんじゃがな……。あとはー……んーっ……」

「何かあったの？」

「いやのぉ……、前に西の森を抜けた先に湖があって、そこにはイカグモというスミの代わりに糸を出す烏賊《いか》がいるという話を聞いてな」

「烏賊なのに蜘蛛……？」

なんだろう……ちょっと想像できない……。

「まぁ特に襲い掛かったりはしないらしいんじゃが、こちらが襲い掛かろうとすると粘着性の糸を出すらしいので、手は出さない方がよいという話じゃ。まぁそういう話を聞いたことがあるのだが、それが本当かはわからんのだよ。もし森を抜けることができたら本当であったか確かめといてくれ」

「わかったー」

イカグモに会うためには森を抜けないといけないのかー。攻撃してこないってことはノンアクティブモンスターってことになるのかな？　でも湖の中ということは……泳ぐ系のスキルが必要ということに……。てか私スキル取り過ぎな気が……。

まぁ気にしたらキリがないし、その時はその時だ！　でも泳ぐ系のスキルは南の港町か、その湖に着いてから取得すればいいよね。

ということはまず取得するのは【促進】で、あと調べたら夜目が効く【猫の目】っていうスキルがあるらしいのでそれを取ることにする。これでログアウトしてた夜間の活動ができる！

おばあちゃんの家を出た時にメールが届いた。えーっと差出人は……リーネさんのようだ。

えーっと何々……？……防具ができたから取りに来てとのことで……ってもう完成したの⁉　もしかして1日ってこっちでの1日のこと⁉

私は急いでリーネさんのお店へ向かった。

「リーネさーん、アリスですー」

「あー……いらっしゃいにゃー……」

「リーネさんなんか疲れてない……？」

お店に入ると、カウンターに伏した姿勢でこちらを疲れた表情で見上げたリーネさんがいた。

「実は……アリスちゃんたちが来る日も徹夜してたのを含めて2日ぐらい寝ないでやってたから『寝不足』のデバフが付いてるのにゃ……。寝ないように【集中】スキルも使ってテンションも無理矢理上げてたからそれも相まってという感じにゃ……」

「は……はぁ……？」

要約すると、寝なかったせいで『寝不足』状態になり、【集中】スキルを使ったせいで徹夜したようなテンションの状態になってそのまま止まらなくなってこうなった……らしい。

「【集中】スキルってそんな変なスキルなんですか？」

「あー……【集中】スキルは使うとDEXが上がる代わりに、次第にハイテンションになってハイなハイタッチしちゃう状態になるのにゃ……」

「ハイな……ハイタッチ……？　えっ……？」

「ハイなハイタッチは気にしないでいいにゃ……。つまり深夜のようなテンションになって楽しくなっちゃう感じのスキルなのにゃ…」

「それただの危ない人のスキルじゃないですか」

「でもDEXが上がるから結構取ってる生産職はいるにゃ……。気が滅入りやすい生産職にとっては結構重宝されてるのにゃ……。それに予め決めたキーワードを言えばスキルが止まるようになってるにゃ……」

それキーワード言えないぐらいハイテンションになってたら暴走するだけなんじゃ……。

「ともかくこれが作った防具にゃ……」

リーネさんはアイテムボックスから作製した防具を取り出して私に渡した。

皮の胸当て【装備品】
DEF+2
DEX+1
皮の籠手《こて》【装備品】
DEF+2
DEX+1
皮のベルト【装備品】
DEF+1
DEX+1

おぉ、DEFが一気に上がったー。

「胸当てや籠手と違って、ベルトはDEFが他と比べて低いけどそういうものって思ってくれにゃ……」

「リーネさん、ありがとうございます」

「んー……また繊維系の素材でも手に入れたら作ってあげるから来るのにゃー……」

私はお礼をしてリーネさんのお店を出た。

それにしても繊維系かぁ……。早いところ南の街道を開通し直さなければ……！　といっても私一人で行けるとも思わないしなぁ……。んー……どうするべきか……。またリンやショーゴを頼るっていうわけにも……。うーむ……。

―ＩＮＦＯ―
イカグモについての情報を教えてもらったためメモに記載されます。

１人で考えていても仕方ないので、まずは情報を集めることにした。もしかしたら南の港町に行こうとしてる人がいるかもしれない、という期待を持って掲示板を覗くことにした。

【Let's】情報&質問スレＰａｒｔ13【街探索】

１：名無しプレイヤー
http://*******************↑既出情報まとめ
http://*******************↑よくある質問
http://*******************↑スキル取得できる住人一覧
次スレ作成　＞＞９８０

２３１：名無しプレイヤー
こちら北にあるという２つ目の街を探しにｐｔ５人で進行中
まだ１日目だが到着まではまだかかる模様
場所が平原なためそこまで強いモンスターは見かけないが、ちゃんと休憩時には警戒しないと襲

われかねないからこれから向かう者は注意してくれ

２３２：名無しプレイヤー

フィールドボスとかがもしいたら情報おなしゃす
＞＞２３１おつ

２３３：名無しプレイヤー

南の港町の方はどうなってる？

２３４：名無しプレイヤー

＞＞２３３南は港町があるのか
誰か情報ぼ

２３５：名無しプレイヤー

他のスレでも書いているが、この後人数を集めて街道を塞いでいる狼の群れを討伐する予定だ。

敵がどのぐらい強いかがわからないため人数は多めに募集している。

報酬についてはすまんが確約はできないが、それでもいい者は今日のＧＴ10：00までにギルドホールに来てくれ。

また、群れの場所はこの街からおよそ半日も掛からない距離と聞いているので、戦闘を含めると深夜を少し越えるぐらいの時間になると思われる。

また、討伐後にすぐログアウトして寝たい者もいると思う。そのような者たちのために交渉して、街まで乗せられる馬車とその警備の人員を借りることができた。

ただし、警備の人たちは戦闘には参加しないことは理解してもらいたい。

236：名無しプレイヤー
＞＞235それはすげぇな
ちなみに募集についてはスキルレベルや装備について何か要求はあるん？
237：名無しプレイヤー
そういったのは特に要求していない。
ただ南への街道の開通を手伝ってくれる者ならば歓迎だ。
もし時間に間に合わないというなら立てているスレに一報してくれ。
人数によっては時間を合わせたいと思う。
では諸君らの参加を心待ちにしている。

「ふむふむ……」

現在GT09：13。時間的には間に合うし、街道開通のための募集……これはいかない理由はないかな？　まぁ問題は人数が多いところで喋れるかかなぁ……。ま、まぁものは試しということで……。

頑張るぞいっ……！

ということでギルド方ルに到着したわけだけど……。

「おや？　君も参加者かな？」

「掲示板を見てやってきたのかな？」

「おっ君かわいいねぇ」

「よっよかったらフレンド登録をっ！」

「おめぇずるいぞっ！　あっ俺もフレンド登録お願いしますっ！」

「おいお前ら！　一斉に声かけたら彼女が困るだろっ！」

「あわわっ……」

集まっていたであろう人たちに一斉に声を掛けられて、私はオロオロと後ずさってしまう。だっ誰か助けてーっ⁉

「何をしているお前たちっ！」

突然大きな声が鳴り響き、私に声を掛けていた人たちが一斉にビクンと反応し固まる。

「だっ団長っ⁉」

「こんなに集まって何をしとるかっ！」

「いっいやっ……その……参加者が来たので……」

団長と呼ばれた男性にオドオドとしながら私に声を掛けてきた人が返答する。というか団長って呼ばれた人背がでかくてちょっと怖い……。リックさんと並ぶかも……。

「君がその参加者か？」

「はっはい！」

「……」

あわわわわっ……。もしかして女だからダメだったとかそういう感じ⁉　しかもこっちをじっと見てるしっ⁉

「……団員が失礼をしたようだな。すまなかった」

「えっ？　あっいえ……謝られるようなことは……」

「ともかく、今回の作戦に参加してくれて感謝する」

「その……お役に立てるかわかりませんが……よろしくお願いします！」

とりあえずいい人……なのかな……？

「君が来たことで3PT分の人数は埋まりそうだ。よろしく頼む」

「こちらこそお願いします」

「詳しい説明はあちらにいる女性に聞いてくれ。スキル構成によっては少し編成を変える必要があるからな」

「わかりましたっ」

一先ず団長さんにお辞儀して指示された女性の方へ向かいます。

「あら？　参加者かしら？」

「えっと……団長さんからこちらで説明を聞くようにと……」

「ふふっ」

「??」

「ごめんなさいね。参加者の貴女にも『団長』なんて呼ばせるから何をしたのかなと思ってね」

「えっと……他の人が団長と言ってたので……その呼び方で……」

「別に構わないわよ。ちなみに私はエクレールよ」

「えっと、私はアリスです」

「アリスちゃんね。スキル構成は前衛と後衛どちらかしら？」

「えっと一応前衛でアタッカーです……」

「なら編制は変えなくて大丈夫ね。アリスちゃんは第３ＰＴでお願いね」

「はっはい！」

「ふふっ、そんな緊張しなくて大丈夫よ」

どうやら緊張していたのがエクレールさんにばれていたのか、頭を撫でられてしまった。でもおかげで落ち着いたので逆にありがたかった。

そんなこんなでやり取りをしている内に時間となったので、団長さんが皆の前に出てきた。

「まずは掲示板を見て集まってくれた方々に感謝する。掲示板でも説明したが、今回我々は南の街道を封鎖している狼の群れの討伐を行う。また、諸君らが来てくれたことでＰＴが３つ組めるようになった。これにより、事前の情報にあった取り巻きの狼の排除とボスの狼にＰＴを分けることができる。また、取り巻きも運営がモンスターが生きていると言っている以上、無限湧きはしないはずだ。打ち止めとわかったら他のＰＴの援護に回ってくれ。ＰＴ編制についてはエクレールが指示した通りにＰＴを組んでくれ。以上だ。諸君らの奮闘を期待する」

「では第１ＰＴは団長が、第２ＰＴは私、第３ＰＴはそこの盾を持った彼がリーダーを務めます。各自わかれてＰＴを組んでください」

エクレールさんが指示すると、皆それぞれ決められたＰＴリーダーの元へ向かった。っと、私も第３ＰＴのところに行かないと……。

「君らが私のＰＴメンバーだな。よろしく頼む」

私たちはＰＴを配ってもらい、それぞれの役割の打ち合わせを行った。どうやらＰＴにはそれぞれ最低1人は盾とヒーラーが入るように分けられていたらしい。PT上限人数は7人で、前にショーゴたちと組んだ人数と一緒の人数となった。私たちのPTは、盾が1人に前衛が2人、中衛が2人の後衛が2人とバランスがよかった。だが、その分1人1人の動きが生存率に直結してくるので結構緊張する。

と言っても、話によると取り巻きの狼は森にいるのと変わらない個体なので、そこまで緊張する必要はないとPTリーダーの人が説明してくれた。

「では皆打ち合わせが終わったようだな。では、出陣するっ！」


街の南門から出て早7時間。現実世界と身体が違うためか、そこまでの疲労感は感じられない。だけど、警備の人たちは私たちと違い長時間歩けばその分疲労する。なので適度に休憩を取りつつ進んでいる感じだ。

道中モンスターが襲ってくることもあったが、団長さんが結構凄い人なのか、指示の通りに動いただけですぐ倒すことができた。

そんな感じで特に警備の人たちにも危険はなく、目的地まであと少しとなった。

「ではここで最後の休憩に入る。各PT最終的な打ち合わせをしてくれ」

「群れのボスには団長たちの第1PTが、右翼に私たち第2PT、左翼に第3PTが展開してください。街の警備の方々は後方に待機してもらい、もし私たちが危険な状態と判断したら逃げるようにしてください。最悪、私たちで逃げ切れるまでの足止めをしたいと思います」

実際に群れの強さがわからないから全滅の場合もあるんだよね。それを含めての指示かぁ。やっぱり集団を率いる人ってこういうことにも目がいかないとできないのかなぁ？　そう考えるとギルドとかっていうのも結構難しいんだなぁ……。

「アリスさん、ちょっといいですか？　最終的な打ち合わせをしたいのでこちらへ来てください」

「あっはい、すみません」

おっと、他のことを考える前に今は目の前のことに集中しなければ。今回の作戦が成功すれば港町に行けるのだから……！　頑張らねばっ！

そして全ＰＴの最終打ち合わせが終了し、目的地へと向かった。

―ステータス―

ＳＰ：2

【刀剣Ｌｖ18】【ＡＴＫ上昇Ｌｖ13】【ＡＧＩ上昇Ｌｖ15】【ＤＥＸ上昇Ｌｖ12】【察知Ｌｖ８】【忍び足Ｌｖ３】【鑑定Ｌｖ９】【収納Ｌｖ７】【解体Ｌｖ７】【切断Ｌｖ５】

特殊スキル

【狩人】

控え

【料理Ｌｖ１】【促進Ｌｖ１】【猫の目Ｌｖ１】【採取Ｌｖ11】

―装備―

胸：皮の胸当て　ＤＥＦ＋2ＤＥＸ＋1

腕：皮の籠手　ＤＥＦ＋２ＤＥＸ＋１
腰：皮のベルト　ＤＥＦ＋１ＤＥＸ＋１

時刻はＧＴ17：00を過ぎたところで、季節によってはそろそろ日も沈み始める時間帯である。しかし、こちらでは日が沈むのは季節に関係なくＧＴ19：00ころで統一されている。なので、日が沈むまでまだ２時間ほど猶予がある状況だ。

とは言ったものの、戦闘をしてて２時間などはあっという間に過ぎるものだ。ましてや相手は狼の群れであり、目が見えなくとも匂いでこちらの場所を嗅ぎ当てるだろう。となると、日が沈むまでの２時間が勝負である。その時間内に取り巻きを倒しきるのが私たちの役目になるだろう。

っと、そんなことを考えてるうちに狼の群れが正面に現れた。

「総員！　打ち合わせ通りに散開！　行くぞぉ！」

おぉっ！　と他の人たちも声を上げ、各ＰＴ毎に右翼と左翼に展開した。

「よしっ！　こちらも団長に負けずに行くぞっ！」

「はいっ！」

「すーっ……『こっちに来い！』」

私たち左翼の第３ＰＴは向かってきた狼を盾持ちのリーダーがヘイト稼ぎのスキルアーツでタゲ取りをし、その内の２匹を左右に弾き飛ばし前衛の私を含めた２人がそれぞれを攻撃し、中衛と後衛が追撃をする。その形で向かってくる取りまきの狼を減らしていくのが私たちの役割だ。

しかし、取り巻きの狼たちも攻撃されるのがわかっているため警戒して向かってこない。そこで後衛の魔法使いさんが攻撃をすることで、取り巻きはこちらに向かってくるしかなくなる。だが、取り巻きもただやられているだけではない。数が減ったと思ったら増援が何匹も現れ、こちらを囲もうとしてくる。そのため狼と1対1になることもあるが、個体としては森にいた狼と差はないため厳しいとまではいかなかった。

とは言ったものの……。

「はぁっ……すいません……今ので何体ですか？」

「少なくとも10数体は倒したと思うが……」

「まだ増えるのかこれ……」

「これもう少し人数必要だったんじゃね……？」

いくら敵が特殊個体ではなく格下と言っても、数が多ければその分対処が追い付かなくなることもある。ましてやまだオープンしたばかりだ。広範囲のスキルアーツといったものを覚えているプレイヤーは皆無だろう。そのため、まとまった敵を一気に倒すといった方法は難しい。しかし……。

「やるしかないよね……」

私がボソッと呟いた言葉にPTの人たちが反応した。

「こんな可愛い子が頑張るんだ……！」

「俺たちが頑張らないでどうする！」

「ホントお前ら単純だな。だが！」

「ここで動かなきゃ団長に合わせる顔がねぇ！」

「よっしゃ行くぜっ！」

「お前らその意気だっ！　根性見せろっ！」

えぇっと……。何故か皆やる気出したけど…まぁ結果オーライということでいいよね……？

その後、私たちのＰＴは士気が上がったことで取り巻きの数も徐々に減らすことができた。増援も打ち止めなのか残りの数も既に10を下回っていた。とは言え、ここで油断するっていうのはダメなので確実に1体ずつ仕留めていった。確実性を意識したため少し時間は掛かったが、第３ＰＴの担当した左翼の取り巻きは完全に排除することができた。

「左翼の掃討はこれで大丈夫そうですね」

「右翼も今しがた完了したようだ」

「では中央の援護ですか？」

「そうだな。こちらは退路を断つ意味で背後に回る」

右翼と左翼の取り巻きは排除したので、残りは中央の群れのボスだけとなるので援護に向かうことになる。その際、私たちは群れのボスの退路を塞ぐために背後に展開することとなる。ここで逃げられてしまうと、また群れを成す可能性があるため、ここで確実にしとめる必要があるからである。

そして群れの背後に着いた私たちの目に映ったものは……。

「あの…これ援護する必要ありますか…？」

「とっとりあえずこのまま警戒するぞ……」

「やっぱ団長すげーわ……」

そう。私たちが目にしたのは群れのボスを圧倒している第１ＰＴ……もとい団長さんだった。

「たるんでる……たるんでるぞぉっ！」

既に取り巻きは排除されており、群れのボスだけとなっていた。だがそのボスも団長さんの盾を突破できず、更に団長さんの攻撃に防戦一方の様子だった。

「っと……副団長から連絡が……何々……」

エクレールさんから何の連絡だろ？

「魔法が使えるやつと遠距離武器を持ってるやつは団長が群れのボスにスタンを打ち込んだら魔法で一斉攻撃をしろっ！　とのことだ。各員用意せよっ！」

魔法……まだ何も持ってないから私はここで警戒かな……？　こう考えると魔法もそろそろ取っといた方がいいのかなぁ？　でも取るスキルが多いからここでＳＰを使うわけには……ぐぬぬ……。

「シールドスタンっ！」

団長が盾でスタン攻撃をすると、群れのボスはスタン状態になって動きを止めた。

「総員！　一斉攻撃っ！」

エクレールさんの号令で遠距離攻撃ができる人は群れのボスに向けて一斉に攻撃を放った。火に雷に風に矢に暗器と、様々な遠距離攻撃が群れのボスを襲った。……相殺とかしないのかなぁ……？と思ったが特に相殺している様子はなく、群れのボスに全て当たった。その衝撃で砂煙が発生したが、しばらくすると砂煙も消え、群れのボスの姿も消えていた。

団長がアイテムボックスを確認したところ、見慣れないドロップが手に入っていたため討伐完了したのだと判断することができた。なんだかんだで日が沈む前のギリギリに倒すことができてよかった。

作戦に参加した人たちも討伐完了したことに喜んで騒いでいる。すると後方で待機していた街の警備の人たちがやってきた。

「皆さんお疲れ様でした。これで街道が使えるようになると思います」

「だが、しばらくはモンスターが徘徊すると思うがどうするんだ？　港町へ行くプレイヤーたちに同行して移動する形となるのか？」

「その方法もありますが、群れがいなくなったので我々がしばらくこの街道を警備と整備をしてモンスターが近づかないようにしたいと思います。ですがそのことでまた異邦人の方々に手伝ってもらうかもしれませんので、その時はよろしくお願いします」

「わかりました。その時は手伝わせて頂きます」

「ありがとうございます。では皆さんお疲れだと思いますので馬車に乗ってください」

ふぅ、これで街まで運んでもらえる……ってここでログアウトした場合どうなるんだろ……？　ふと思いヘルプを見てみると、安全地帯以外でログアウトすると身体がその場に残ってしまうとのことで、その際馬車などで移動してもらった場合には、システムで安全と判断された場所に運ばれた後に身体も消えるとのことだ。ということでまぁ安全だと思うのでログアウトさせていただくことにしよう。では警備のお兄さん、よろしくお願いします。

そうして私は馬車に乗り次第、ＰＴの人たちに先に落ちることを断ってログアウトした。


さてさて、また月曜日が始まってしまった。休日が終わった次の日の学校や仕事に行きたくないこの感じ……何年経っても慣れないなぁ。とは言ったものの、そのだるい気持ちを頑張って起こして大学へ行く支度をしなければならない。せっかく港街への街道が開通したからさっそく行きたい気持ち

が強いけど、そこを甘えるとずるずる引きずりそうだから、講義が終わって帰ってくるまで我慢だ。とりあえず鈴はともかく寝起きの悪い正悟を迎えに行くとしよう。

「ふぁー……くそねみぃ……」

「しょーご。何時に寝たの？」

「んー……ログアウトしたのが……えーっと……とりあえず1時過ぎてた……」

「確かに楽しいのもわかるけど程々にするのよ～？」

「んー……」

今の正悟は私たちに手を引っ張ってもらって大学に向かってる形となっている。正悟は変なところで甘えん坊なのだ。目が覚めてないから素直に引っ張られてるが、ちゃんと目が覚めたら恥ずかしがってぱっと手を離して普通に歩くようになるのだ。さて今日はどこまで引っ張ることになるのだろうか。

「あー……くっそ恥ずかしい……」

「まさか学内まで引っ張るとは思わなかったわよ～……」

「記録更新だね」

「そんな記録更新したくなかったわっ!!」

いやーまさか学内まで引っ張るとは思わなかった。というか1限の講義室まで引っ張って席に座らせたところで目が覚めたんだもん。おかげさまで周りから変な目で見られた……恥ずかしい……。ところどころから「けっ……リア充が……」「やっぱあいつ処す？　処す？」「美女2人に手を繋いでもらうとか……」「俺もあいつみたいに勝ち組になりたかった……」「くそっ！　爆《は》ぜろ現実《リアル》！」と主に男性の方々からの声が……まぁ正悟に対してだからいっかな？

とまぁ午前の講義も終わってお昼ご飯になったため、食堂でNWOの情報交換をすることとなった。

「そういやポータルが解放されたな」

「ポータルって何？」

「簡単に言えば1度行った街に移動できる施設だ。どうやら他の街に着いたら解放されるようになってたらしい。寝る前にインフォが来てたしな」

ほほぉ〜。エアストから北に向かった街なんて2日ぐらいかかるとか言ってたし、港街は近いと言っても1日ぐらいはかかるという話だもんね。それをいちいち移動してたら時間がいくらあっても足りないからね。そういう機能が付くのはいいと思う。運営さんGJ。

「ならこれで移動は楽になるからよかったー」

「そういや銀翼の旅団が南の街道開通させるっつっ話聞いたな」

「あら〜、もうギルド作れるようになってたのね〜」

「いやいや、まだ掲示板でメンバー勧誘してるってところだな。ギルド作製自体は話によると、複数回ギルドからの依頼を受けるとギルドからギルド証っつーアイテムが貰える試練だがなんだかが受けれるらしい。それをクリアーすると貰えるって話だ」

南の街道？　旅団？　んー？

「アリサ〜？　どうしたの〜？」

「その銀翼の旅団って団長さんとエクレールさんのところかなーって思って？」

「……は？」

「だから団長さんとエクレールさんのところって」

「お前なんで旅団のやつらと面識あんだよ⁉」

いや……なんでって言われても……。

「その南の街道解放について行ったからだけど？　何か変なことあった？」

「いやいやいやいやいや……あの旅団に入るには審査されるからそう簡単に入れないんだぞ⁉」

「何の話してるの？」

「はい？」

「掲示板で街道解放ＰＴの募集してたから参加しただけだよ？」

正悟は何を勘違いしているのだろうか？　私がギルドに入れるわけがないじゃないか。……コミュ障なのに……。

「い……いつの間に……」

「えーっと……情報質問スレ覗いたら募集があったから行っただけなんだけど……」

「まったく気づかなかった……」

そもそも何故団長さんたちが南の街道を解放する話を知ってて募集のことを知らないのか……。やっぱり正悟は少し抜けてる。

「それで団長さんのところと一緒に街道にいた狼の群れ倒してきたー」

「よく【狩人】と【切断】あって何も言われなかったな」

「えーっと、偶々戦った取り巻きの狼が全部止めを私が刺せなくて、死体残らなかったから大丈夫だった」

「まぁばれてたら注目されてただろうしな」

やっぱり狙って切断しないと攻撃力の関係上、倒しきれなかったもん。そう考えると私って【切断】使わないとPT戦だと役立たず……!?

「ねぇねぇ鈴ぅ～……」

「どうしたの～？」

「私って……PTだと役立たず……？」

「……え……？」

「だって私【切断】ないと火力低いし……」

「そんなこと気にしないでいいのよ～。最初は皆役に立たないって思うことあるけどスキルレベルとか上がれば次第に強くなるわよ～」

「そうそう、最初から強いやつなんていねぇんだから気にし過ぎだ」

んー……そうなのかなぁ……。気にし過ぎなのかなぁ？

「まぁ普通アリサみたいなことができるやつの方が少ないんだけどな……」

「知らぬは本人だけっていうことよね～……」

「なんか言った？」

「「何でもない（わよ～）」」

「んん？」

変な2人だなー。

「んでアリサは今後どうするんだ？」

「とりあえず南で繊維系の素材集めようかなーって思ってるよ」

蜘蛛とか蚕とか探さないといけないもんね。でも素材集めたとしてどんな服作ってもらおうかなぁ？　やっぱり着物がいいかな？

「……だから何でお前は南で繊維系が取れるって知ってんだよ！」

「ナンサおばあちゃんに教えてもらっただけだよ？」

「ナンサさんどんだけ物知りなんだよ……」

「正悟ちゃんと街の人と話したりしてる？」

「うっ……」

あっ……これはあんまり話をしてないっていう感じだ。

「正悟ー……」

「その……すまん……」

「正悟～言いだしたのは私たちなんだから、ちゃんとしないとダメよ～」

「反省してます……。って鈴こそちゃんと話してるのかよ！」

「えぇもちろんよ～。訓練場の兵士さんと仲良くなって訓練に付き合ってもらえたもの～」

「なん……だと……」

ほえぇ～……訓練場もあるんだー。そうすると戦闘職の人たちは対人の練習とかできていいかもね。

私の場合……回避の練習ぐらいしかできないよね……スキル的な意味で……。

「まぁともかく、繊維系の素材の情報わかったら教えるー」

「ありがとねアリサ」

「俺は北の方で他の素材でも探すことにするか。さっさと装備新しくしてぇ……」

「いっそのこと採掘系のスキル取っちゃえばいいじゃん」

「俺は生産より戦闘の方がいい……」

私は採取系なので採掘までは考えてはなかったが、正悟の場合はそういう系を何も取ってないので1つぐらい取ってもいいと思うんだけどなぁ。

「でも港街ねぇ～……どんな海産物があるのか楽しみねアリサ～」

「すっごく楽しみ！」

お魚お魚！　海鮮丼とか食べれるのかな？　塩焼きも美味しいし楽しみ！……ってあれ？　そもそもお店に調理する用の調味料は多少はあるとして……醤油ってあるのかな？　パンは作られてるから小麦はあるとして……そもそも大豆があるのか……？　海だから海水から塩を作ってはいるだろうけど……。

「……ねえ正悟、鈴……調味料ってどこかで売ってたっけ……？」

「いきなりどうしたよ。調味料なんか店で見たことねえなぁ」

「そう言われればお店で食べた時には最初から料理にかかってたぐらいねぇ～」

えっ……ってことはまさか調味料は貴重で行商人とかからの輸入でしか手に入らない⁉　しかもお店で使う量ぐらいしかないってことは……。

「あうぅぅー……」

「だからアリサどうしたんだよ…」

「もしかして……調味料のことで悩んでるの？」

「うん～……だってせっかくの海産物食べれるのに、塩焼きぐらいしか食べられなさそうなんだもん～……。せめて醤油があれば刺身とか色々と……」

「そうねぇ～、小麦は見たことあるけど大豆は見たことないものねぇ」

「大豆ぅ～……どこにあるのだぁ～……」

大豆がないと醤油も味噌《みそ》が作れない……つまり先に探すべきは大豆……！……はっ!? そういえば酒場で煮物が出たってことは醤油に近いものを使っているはず！ ということは酒場の人が大豆のある場所を知っているかもしれない！ ログインしたらさっそく聞きに行かねば！

「正悟！ 鈴！ 私頑張るよ！ 調味料のために！」

「お、おう……」

「が、頑張ってね～……」

「うんっ！」

「アリサ何か迷走してねえかこれ……」

「まぁアリサが楽しいならいいんじゃないかしらねぇ～……」


大学の講義も終わり、家に帰って食事もお風呂も全部済ませたのでログインしようと思う。えーっと今は午後7時過ぎだから……GT09：00ころかな？ 酒場の人も仕込みとかあるから起きてるよね？ さてログインだ。

「って……ここどこ……？」

ログインして目を開けると、簡素な部屋の中に私がいた。とりあえず私はベッドに横たわっていたので起き上がり部屋の中を見渡すが、まったく記憶にない部屋だった。すると扉が開き男性……というか討伐の時にいた警備の人が部屋の中に入ってきた。

「あっ起きましたか？」

「あっはい……それであのー……ここは……」

「ここは我々憲兵隊の詰所です。この前の街道の時にお休みになられたあなたをここで休ませておりました」

「えっと……ご迷惑をおかけしました」

「いえいえこちらこそ街道を解放してくださってありがとうございます」

「ところで他の方は？」

「この詰所に運ばれたのは女性の方だけです。男性の方々は団長さんが「そいつらは街についたら適当に置いといて大丈夫です」と強くおっしゃっていたので……その……」

「本当にそこらへんに置いてしまったんですね……」

「我々としてはこちらへ運ぶぐらい問題なかったのですが……」

「団長さんらしいですね……」

アハハ……団長さん団員に厳しいんだなぁ……。さてと、あんまりお邪魔しても憲兵さんのお仕事の邪魔になっちゃうからそろそろ出ようかな。というかこっちだと警察とかじゃなくて憲兵だったんだね……。今度から憲兵さんって呼ばないと……。

「ではあまり長居してもお邪魔になってしまうのでここらで失礼したいと思います。運んでいただいてありがとうございます」

「いえいえ、また何かあったら来てください」

「こちらこそ困ったことがあったら言ってください」

私は憲兵さんにお礼を言い詰所を出た。さて酒場へ行って醤油について聞かないと！　酒場へ向かうため大通りに出ると、地面に魔方陣が書かれて虹色に光るオブジェがあった。これが正悟が言ってたポータルってやつなのかな？　試しにポータルの上に乗ってみると選択肢が現れた。


—移動先を選択してください—

・エアスト

これはまだ私がこの街以外へ行ってないから選択肢がこれだけなのだろう。他の街に行くとどんどん増えていくのだろう。っと、脱線してしまった。早く酒場へ行かねば。

酒場へ着くと、入口に『仕込中』の看板が置いてあった。迷惑になってしまうと思うんだけどここは醤油のため、仕方なく……なんだから……その……すいません……。

「あのー……すいませーん……」

「はいはーい。って、どうしたの？」

「えーっと今お時間大丈夫ですか……？」

「んー……少しぐらいならいいかな？　んでどうしたの？」

「えっと、この前ここで煮物食べさせてもらったんですけど、その時に使った調味料について聞きたくて……」

「ん？　もしかして使った調味料がわかるのかい？」

「そこまで詳しいわけではないのですが……。それでその調味料をどこで手に入れたかを知りたくて来たんです」

「えーっと煮物で使ったのは塩に砂糖に酒にあとはショーユってやつだっけな。それと……」

「それです！　その醤油をどこで手に入れたかが知りたいんです！」

やっぱり醤油を使っていたんだ！　私はつい興奮してしまった。

「あー……悪いけどショーユについては行商人から直接仕入れてもらってるんだよ」

「え……？」

「前にお試しでそのショーユを買って、結構いい感じだったから定期的に行商人に持ってきてもらってるんだよ。だからこの街にはないんだよね」

「そんなぁ～……」

「なんか期待させて悪かったね。今度その行商人が来たら詳しく聞いておくからさ」

「はい……ありがとうございます……」

私はお礼を言い酒場を出た。

「……どうしよう……」

そう、醤油の情報を掴んだのはいいが入手先が定期的に来る行商人しかないのだ。そこで調味料を買うという手もある。しかし、美味しい料理を作るor作って貰うためにその調味料を使った場合すぐなくなってしまう。そう考えると、ある程度は近場で入手できるような手段が必要となる。となると、まず最低でも大豆の栽培が盛んな地域、もしくは農場に接触しなければいけない。このエアストの気候から考えると、そこまで気温が低いわけでも高いわけでもなくちょうど過ごしやすい感じだ。なので極端な環境が必要な作物以外ならば、ちゃんと種があればこの街でも栽培することが可能なのだ。と、栽培できる条件はまぁよしとする。だが問題の大豆がないのだ……。

「大豆……大豆……大豆……大豆……大豆……大豆……大豆……」

っと、つい口に出してたらしい。まぁ、今手に入らないものを強請っても仕方ないので南にある港街に向かうとしましょう。そう考え南門へ向かう途中に声が聞こえた。

「南の港街へ向かう便だよー！　今ならなんとお1人様100Gだよー！　さぁ異邦人の方々どうだい！」

んん？　港街への輸送便？　私は気になったのでおじさんに声を掛けた。

「港街に行くんですか？」

「おっ嬢ちゃんも乗るかい？　お1人さん100Gだよ！」

「まぁ乗ろうと思うんですけど……道中大丈夫なんですか？」

「あぁ大丈夫だ。今港街の憲兵とこっちの憲兵が街道の整備を行ってな。前みたいに封鎖されないように色々としてるんだとよ。だから安全な今のうちに運び屋の商売しちまおうってことよ！」

「へ～……」

街道の整備ってどんなことやるんだろ？　移動しやすくしたりとかかな？　まぁ歩いて移動しないで済むしお願いしよっと。

「じゃあ私も乗りますのでお願いします」

「毎度あり！　代金は先払いだ」

「はーい」

私はおじさんに100Gを実体化させて渡した。

「確かに受け取ったぜ。じゃあ嬢ちゃん荷台に乗ってくれ。そろそろ出発するからな」

「到着までどれぐらいなんですか?」

「徒歩だと大体半日ぐらいだが、馬車ならその半分ぐらいで着くと思うぞ。こいつらは結構速い馬だからな!」

ヒヒーンと馬車を牽引する馬が鳴いた。確かに元気が良さそうな馬だ。

「じゃあ大丈夫そうですね」

「まぁもっと速度が速いのがいいなら竜種のとかがあるがな。まぁ普通の移動なら馬で十分だがな!ガハハハハッ!」

「は、はぁ……」

まぁともかく荷台に乗るとしよう。荷台に乗ると既に数人が乗っていたので私は端っこに座ることにした。しばらくすると馬車は動き出した。これから6時間程だから……夕方ぐらいには着くのかな? まぁ外の風景を眺めながらぶらり旅って感じもいいよね。

「んっ……風気持ちいい……」

少し涼しい風が荷台の中にも流れるため、特に蒸し暑いといった感じはなかった。これなら風景を楽しんでる間に着きそう。

時々憲兵隊の人が見えたので手を振ってみると、あちらもこっちに気付いて手を振ってくれた。お疲れ様です。……そうだ、美味しい物作れたら憲兵隊の人にお裾分けしようかな。喜んでくれるといいなー。でも憲兵隊の人たち人数多そうだし何持ってけばいいかな? やっぱり……肉? となると美味しいお肉となると……ラム肉……？　もしくは牛さん見つけたてそっちを狩った方がいいかな？

そんなことを考えていると、一緒に馬車に乗っていた女の子が私の近くに来た。

「横、いい？」

「うっうん……」

「ありがと」

そう言うと彼女は私の横にちょこんと座った。

「……」

「……」

きっ気まずい……。

「ねぇ」

「はっはいっ⁉」

「ソロ？」

「え？」

「1人でやってるの？」

「おさ……友達とやってるけど……」

「そう……」

この子どうしたんだろう？　さっきからチラチラこっち見てるけど……。……もしかして……。

「港街の方で一緒に狩りする？」

「！……する」

「じゃあよろしくね。えーっと……」

「ルカ」

「私はアリス。よろしくねルカ」

「よろしく」

友達になったのでルカとフレンド登録をした。少し話してみたけどルカは話すの苦手なのかな？

まぁ私も得意とまではいかないけどね。

「アリスは何しに行くの？」

「えーっと……とりあえず塩と海産物とあとは繊維系の素材集めかな？」

「繊維系……取れるの？」

「蜘蛛とか蚕とかいるらしいから取れるんだって。ルカはそういうの平気？」

「だいじょぶ」

「じゃあ2人分の装備取れるぐらい集めよっか」

「一杯取る」

多くは語らないって感じの子だね。それに……私から作れた初フレンド！　正悟や鈴に自慢できる！

「ふぁぁ……」

「ルカ、眠いの？」

「ちょっと」

「まだ街に着くまで時間あるから寝てて平気だよ。流石にログアウトされたら起こせないけど……」

「ん……」

「膝貸すよ？」

「ありがと」

そういうとルカは横になり私の膝に頭を置いた。なんか妹ができたみたい。

「よーしよーし……」

「すぅ……」

もう寝ちゃったか。よほど眠かったんだろうね。そういえばルカっていくつぐらいなんだろ？　とりあえず買えてるってことは高校生ぐらいかな？　私より小柄だしそんぐらいだよね。さてと、着くまでの間はのんびりと景色でも見てようかな。


［どんどん］有名プレイヤーまとめＰａｒｔ３［挙げよう］

１：名無しプレイヤー
http://*****************　←既出情報まとめ
次スレ作成　＞＞９８０

２：名無しプレイヤー
＞＞１スレ乙
ある程度は上がったかな？

３：名無しプレイヤー
＞＞１乙

まぁまだ始まって現実で3日、ゲームで1週間ぐらいだしまだまだでそうだけどな
4：名無しプレイヤー
>>1乙スレ
とりま有名なのは銀翼が今のところ一番か？
5：名無しプレイヤー
銀翼の団長こえーよ……
6：名無しプレイヤー
>>5この前の街道解放の時か？　いつの間にか動画取られてたけどあれはな……
7：名無しプレイヤー
なんで1人でフィールドボスっぽいの相手にできてるんですかねぇ……
8：名無しプレイヤー
>>7考えるな　感じろ
9：名無しプレイヤー
>>8考えないでできたら苦労しねえよｗｗｗ
10：名無しプレイヤー
まぁ話が脱線したが、他に有名ないし有望なのは知らんかー？
11：名無しプレイヤー
そうだなー……生産系だと裁縫でリーネ、鍛冶でウォルターってところか？
他はまだ材料がないから何とも言えんな

12：名無しプレイヤー
＞＞11絶対鍛冶の人あのセリフ言いたいから付けただろｗｗｗ

13：名無しプレイヤー
＞＞12パーフェクトだウォル（ry

14：名無しプレイヤー
おいやめろｗｗｗ

15：名無しプレイヤー
まぁ各自見つけたらその都度報告おなしゃす

［調味料は］料理情報まとめＰａｒｔ６［どこだ］

1：名無しプレイヤー
http://*****************↑情報まとめ

203：名無しプレイヤー
次スレ作成　＞＞980

204：名無しプレイヤー
南の街道が解放されて港町に行けるようになったから塩は手に入るようになったな

205：名無しプレイヤー
解放してくれた銀翼には感謝感謝

206：名無しプレイヤー
ヒャッハー海産物狩りじゃああ！

でも海ってことは泳げる系のスキル取るんだよな？
207：名無しプレイヤー
それに大型モンスターも……
208：名無しプレイヤー
しょ……触手……
209：名無しプレイヤー
＞＞208おいやめろ
210：名無しプレイヤー
でも触手に襲われる女の子たち……
211：名無しプレイヤー
＞＞210確かにそれは見たい……じゃなくてそういうのがいるとしたらある程度スキル上げとかないときついんじゃね
212：名無しプレイヤー
人柱おなしゃす！
213：名無しプレイヤー
＞＞212おいｗｗｗ！
214：名無しプレイヤー
そういやさっき大通りでずっと大豆大豆って呟いていた女の子がいたな
215：名無しプレイヤー

＞＞２１４どういうことｗｗｗ
２１６：名無しプレイヤー
＞＞２１５俺にもよくわからんがなんか呟いてたｗｗｗ
２１７：名無しプレイヤー
謎の大豆少女……

［非公式］美人美女プレイヤー一覧Ｐａｒｔ８［転用禁止］
１：名無しプレイヤー
http://*****************←情報まとめ
http://*****************←写真集
次スレ作成　＞＞９８０
５１２：名無しプレイヤー
あーエクレールさんマジ美人
５１３：名無しプレイヤー
＞＞５１２銀翼に入ろうとしてるやつ半分ぐらいがエクレールさん狙いだろ
５１４：名無しプレイヤー
＞＞５１３そらそうよ　美人と一緒にプレイしたいですお願いいします何でもしますから入れてください
５１５：名無しプレイヤー
＞＞５１４ん？

516：名無しプレイヤー
＞＞514ん？　今

517：名無しプレイヤー
＞＞514今なんでもって

518：名無しプレイヤー
でも実際問題銀翼に入るためには審査うけなきゃいけんだろ？　結構厳しめの

519：名無しプレイヤー
＞＞518そこなんだよなぁ　住人のこと考えて行動っていうのが前提だけど結構強くなったら疎かになりそうでなぁ……

520：名無しプレイヤー
まぁそこらへんは置いといて、他に可愛い子はいないかー！

521：名無しプレイヤー
既出かもしれんがリンちゃん

522：名無しプレイヤー
＞＞521あの黒髪できょぬーで魔法使いの？

523：名無しプレイヤー
＞＞522個人的にドストライクでした

523：名無しプレイヤー
俺はその子と一緒にいた銀髪の子が好みだったな。大人しそうで保護欲が……

524：名無しプレイヤー
＞＞523通報

525：名無しプレイヤー
＞＞523これは通報待ったなしですわ

526：名無しプレイヤー
＞＞523幼女には手を出すなとあれほど……

527：名無しプレイヤー
その後……リンちゃんにぬっころされた＞＞526の姿が……

528：名無しプレイヤー
＞＞527美女にやられるならそれも本望！

529：名無しプレイヤー
美女と聞いて呼ばれたかにゃー？

530：名無しプレイヤー
＞＞529（呼んで）ないです

531：名無しプレイヤー
＞＞529残念美女は帰って　どうぞ

532：名無しプレイヤー
＞＞530＞＞531酷いにゃー！　せっかくリンちゃんと一緒にいる銀髪の子の名前教えてあげようと思ったのににゃー……

533：名無しプレイヤー
＞＞532粗茶ですがどうぞつ旦

534：名無しプレイヤー
＞＞532こちらの座布団もどうぞ

535：名無しプレイヤー
お前らちょろいw　んでその美少女のお名前は？

536：名無しプレイヤー
銀髪の子の名前はアリスちゃんにゃとってもいい子にゃー

537：名無しプレイヤー
アリスちゃんhshs

538：名無しプレイヤー
アリスちゃんとはどこでお知り合いになれますかねぇ……

539：名無しプレイヤー
詳しくは知らないけど結構素材持ってきてくれたにゃー　ダンジョンか森にいるんじゃないかにゃー？

540：名無しプレイヤー
ちょっくら俺森に行ってくるわ

541：名無しプレイヤー
じゃあ俺ダンジョンの入り口で待ち伏……待機してるわ

５４２：名無しプレイヤー
＞＞５４１ストーカーかな？
５４３：名無しプレイヤー
＞＞５４１今日は通報が捗るなぁ……
５４４：名無しプレイヤー
ホントこのゲームこわるるー
５４５：名無しプレイヤー
諸君　私は今話になっている美少女と今同じ馬車に乗っていてな……その写真を手に入れたのだ！
５４６：名無しプレイヤー
＞＞５４５なっなんだってー!?
５４７：名無しプレイヤー
＞＞５４５あくしろよ　すいません早く見せてください
５４８：名無しプレイヤー
http://*******************
あとその銀髪美少女と一緒にもう１人映ってる　この子も可愛いぞぉー
５４９：名無しプレイヤー
ふぁっ!?
５５０：名無しプレイヤー

膝……枕……だと……
551：名無しプレイヤー
羨ましいにゃー……
552：名無しプレイヤー
しかもこの2人出会ったばっかりっぽいんだよなぁ
553：名無しプレイヤー
それでもうこの間柄だと!?
554：名無しプレイヤー
これは俺らにもワンチャン！
555：名無しプレイヤー
いや　ないだろ（きっぱり
―この後どうすればアリスや他の女の子たちと仲良くなれるかの議論が続く―

景色を楽しんでいると磯の香りがしてきたのでそろそろ港街に着きそうだ。さてさて、ぐっすり眠ってるルカを起こさないと。

「ルカ、起きて。そろそろ港街に着くよ」

「ん……」

ルカはゆっくりと起き上がりぼーっとしながら私の方を向く。

「まだ眠い？」

「だいじょぶ……」

とは言ったものの、ルカは目を擦って眠そうにしている。やっぱり今日の狩りは中止にしてまた明日の夜とかにした方がいいかな？

「ルカ、眠いなら明日の夜に変えよっか？」

「やだ」

ルカは首を振り私の提案を拒否する。ん ー眠いのに狩りするのは危ないと思うんだけどなぁ……。でもルカの意志も尊重しないといけないし……。んー……。

「わかった。じゃあこっちの夜になるまで狩りしよっか」

「うん」

「まぁその前に港街のポータルに寄って登録されてるか確認しよっか」

「確認は大事」

ということで狩りの前に私たちはまずポータルを探すことにした。だけど港街というだけあって船の数が多い。そもそも泳いで取れるような場所はあるのかな？　それがないとプレイヤーも船を手に入れないと魚を取れないんじゃ……。

しばらく歩いていると、街の中央ぐらいで地面に魔方陣が書かれたオブジェが見つかった。ポータルの位置は大体街の真ん中ぐらいにあるのかな？　ポータルに乗ってみると移動先が増えていたのでちゃんと登録されていたようだ。えーっとこの街の名前は……ハーフェンというらしい。

「アリス、ちゃんと増えてた」

「そっか。じゃあ素材探しにれっつごー」

「ごー」

ルカもちゃんと登録されていたのでさっそく狩りに行くこととする。ハーフェンの東と南は海が広がってるため、北西側に広がってる森に行くこととした。蜘蛛って森に……いるよね……？

ということで森に到着。てかエアストの西の森どんだけ広がってるの……。真面目に伐採作業とかした方がいいんじゃ……。

「アリス、どうかした？」

「あっごめんね。ちょっとこの森に思うことがあって……」

「？」

「ところでルカの武器は何なの？」

「弓。アリスは？」

「私は脇差だよ。じゃあ武器的に私が前衛、ルカが後衛でわかれよっか」

「うん。ところで、どうやって素材取る？」

「……」

そういえば素材どうやって取ればいいのかな……？　蜘蛛の糸は適当に巣を張ってるのを取ればいいとして、蚕の絹はどうやって……。蚕の繭《まゆ》捕まえて煮て取るんだっけ……？　でもそんな乱獲していいのだろうか……？　うーん……。

私は方法を考えようと周りを見渡してみると、エアストの森で見てた木と違う種類の木を見つけた。

「これって……」

「これは桑だった気がする」

「桑？」

「葉っぱが蚕の主食」

へー、蚕の主食ってこの葉っぱなんだ。……ん？　主食？　もしかして……。

私は【採取】スキルをスロットに入れ桑の葉を何枚か取った。

「何してるの？」

「ちょっと実験かな」

「？」

さてさて繭になってない蚕はどこにいるかなー……。でっておいでー。怖くないよー。

私とルカはしばらく森の中を散策していると体長20㎝程の大きな蚕を見つけた。

「……蚕ってあんなに大きかったっけ？」

「繭になる前で指ぐらいの大きさ」

えーっと指ぐらいだから……10倍近くでかいの？　え？　これ大丈夫？　私たちが繭にされて食べられたりされない？

ま、まぁとりあえずまずは実験だからやってみよう。

私は蚕にゆっくり近づいて先程手に入れた桑の葉を取り出して目の前に出してみた。すると蚕はしばらく動きを止めたが、すぐさま桑の葉を食べ始めた。私は食べ始めたのを確認して、その桑の葉を地面に置いた。蚕はモシャモシャと桑の葉を食べ、もう1枚なくなりそうだったので追加で地面に置いた。しばらくすると置いた桑の葉を全て食べ終え、こちらを少し見てモソモソとし始めた。

少しモソモソすると、口から糸を吐き出し始めた。その糸は私たちを攻撃するような素振りはなく、蚕の体長と同じぐらいの大きさの繭が徐々に作られていった。

これから繭に包まれるのかな？　と思っていたが、蚕はその繭に包まれる様子はなく、ただただ繭を作っていた。

しばらくすると繭が完成したのか蚕は糸を吐くのを止め、私たちに背を向けモゾモゾとどこかへ這いずっていった。

「え、えーっと……」

とりあえず作って貰った（？）繭を手に持った。予想はできたがとても軽かった。

「素材、ゲット？」

「まぁ……そうなるかな？」

「すごい」

「ん？　何が？」

「繭煮ないで手に入れる方法見つけた」

「あー……これはたまたまだよ。もしかしたらって思ってやっただけだから……」

「でもすごい」

ルカは無表情のままだけど喜んでいるのかな？　少しテンションが高い。まぁこれで蚕の繭の手に入れる方法はわかったからこれである程度取れそうだね。

「この大きさならある程度数がいれば1着分ぐらいは大丈夫そうかな？」

「繭から生糸にするの結構数が必要」

「じゃあ結構やらなきゃいけないかな？」

「普通なら、繭で5キログらいになれば足りるはず」

「5っ⁉」

ええぇ……。さっきのやつで大体……20gあるかないかぐらいだけど……。250個も集めないといけないの……？

「でも、ちょっと貸して」

「どうしたの？」

ルカが繭を持ちたいようなので渡した。ルカは繭をじーっと見つめて優しく少し伸ばしたりしていた。

「この繭、鑑定してみるとわかる」

「え？」

「この繭だけで、生糸になる割合が9割ぐらいになる。生糸は900gあれば1着分」

「ということは……？」

「これ1つで20g。50個集めれば1人分足りる」

「おぉ！　じゃあ2人で100個集めれば2人分集まるね」

「ん。でもまずはアリスの分」

「なんで？」

別に2人分集めればいいと思うんだけどな？

「アリス初期服からあんまり変わってない。装備強化するべき」

「一応防具作って貰ったんだけどなぁ……」

「それでもまだ低い。せめて全身装備に変えるべき」

「うぅ……」

確かにこれからどんどん敵は強くなっていくだろうし……防具も強化しないといけないけど……。

「ルッルカだって装備強化しないと……」

「私は後衛。優先度違う」

「あう……」

だめだ反論材料が……。他には……他には……えーっと……。あっ！

「年下の子に譲ってもらうのはお姉さんとしてダメだと思うから……」

「……アリスいくつ？　あんまり聞いちゃいけないけど」

「えーっと……今年20歳だけど……」

「……私今年21」

……え？

「アリス。いくつに見えたの」

「すいません高校生と思ってました……」

「これでもお酒飲める。必ず止められるけど」

確かにルカは私より背も小さくて少し童顔だから店員も疑うのもわかるけど……。私より年上だったのか……。これ正悟と鈴になんて言おう……。年上の友達できちゃったーなんて言ったらなんか誤解されそうだし……。

「アリス失礼なこと考えてる」

「だっだって、ルカ背が小っちゃかったし小動物ぽかったから……」

「ガーン」

いや別に口に出さなくても……。それにあんなに甘えてきたら誤解するよ……。

と思ったらルカが突然弓を構えた。って、もしかして怒らせちゃった!?

「ルカそんなに怒らなくても!?」

「しゃがんで。『パワーシュート』」

ルカに言われて咄嗟にしゃがんだ瞬間、ルカは矢を放った。おそらくスキルアーツを使ったのだろう。普通の矢より強い音が鳴った。

そしてその矢は私の背後にいた蜘蛛に直撃していた。

「危なかった」

「あっありがと……」

「まだ倒しきってない」

蜘蛛はルカのスキルアーツを食らったため吹っ飛びＨＰが半分程削れているが、まだまだ動けるようだ。私はルカを庇うように脇差を抜き構えた。

「ちょっと蜘蛛にしてはでかいよね……」

「ゲームならよくある」

そう、目の前の蜘蛛は全長１ｍぐらいの大きな蜘蛛だった。虫が苦手な人なら気絶するだろう。

こちらが警戒して構えていると、蜘蛛はお尻をヒクヒクさせてこちらに構えた。ってまさか!?

「ルカ！　避けて！」

「!?」

咄嗟に横に避けると同時に蜘蛛がネット状の糸を飛ばしてきた。間一髪避けることに成功したが、あれに捕まったら多分逃げられないだろう。初見殺しとかやめてよ……。

と言っても避け続けてもあれに足を取られたら多分狙い撃ちされるよね……。ということは長期戦になる前に仕留めないと……。

「ルカ！　弓で牽制して！　私が前に出る！　無理はしないでね」

「了解」

ルカは私と逆に動きつつ、矢を数本放ち蜘蛛の意識をルカへと向けさせている。その間に私は蜘蛛へ接近する。切断ポイントは……8本の足に……って足しかない!?　首はないの!?　って蜘蛛の首ってどこなんだろう……。

っとそんなことを考えてる場合じゃない。あっちもこちらが近づいてるのに気付いて左の前足でこちらを攻撃する。確か蜘蛛の足って毒が付いてるだの注入するだのだった気がするから触れないように避けないと。

幸い動きはそこまで速くないので【ＡＧＩ上昇】のスキルが付いている私は十分避けられる。私はすれ違いざまに攻撃してきた足の1本を【切断】スキルで切断した。

左前足が切断されたことで蜘蛛が一瞬バランスが崩れたのを見逃さずに、そのまま左側の前から2番目も切断に成功する。ＨＰとしては1割も減ってないが片側の内半分も失ったため動きは一気に鈍くなった。

【切断】スキルは首でなければダメージとしては少ないけれど、動きを封じる上では十分有効だ。

「……」

ルカがなんか唖然としてるけどまぁ仕方ないよね……。さて、そのまま動きが鈍くなったことだし止め刺しちゃおうかな。

この後の展開は一方的だった。片側の半分どころか、片側の足全部切断したため左側が完全に無防備になったのでHPが無くなるまで刺し続けた。きゅっと刺して捻る！　きゅっと刺して捻る！　といった具合に繰り返していたら蜘蛛のHPが尽きた。

【狩人】スキル持ちの私が止めだったので死体はドロップアイテムとならずそのまま残った。

「アリス。これ何」

「えーっと……」

「なんで死体残るの」

「か……【狩人】スキルの効果で死体が残るようになって……」

「……それどこで取れるの？」

「今私のLA《ラストアタック》見たから次は私の目の前でルカが止め刺せば手に入るよ。でも1度取ると外せなくなるから注意ね」

「わかった」

「とりあえず死体は私が【収納】の中に入れておくからあとで解体しよっか」

「了解」

そう言って私は蜘蛛の死体と切断した足を回収した。ふぅ、ルカが物わかりのいい子で助かった……。

蚕との戯れと蜘蛛を狩っていた影響でもうそろそろ日が沈み真っ暗になる時間帯となる。夜になると蚕の姿も見えなくなるし、おそらく睡眠活動してしまうと思うので今日の狩りはここらで一旦終了とする。

「ルカは明日何時頃からできるの？」

「明日は午前中だけ。昼過ぎからずっと入れる」

「おおぅ……」

ルカは後半楽をしたいがために単位を早い段階で取れるだけ取っていたという。しかもほとんど評価がSとかAだったという。本人曰く、NWOやれる時間が増えて結果オーライとのことだ。くそぉ……。

「だから繭集めておく」

「じゃあ今のうちに桑の葉集めないとだめだね」

「【採取】持ち。大丈夫」

へー、ルカも【採取】持ってたんだー。気になって何を取ってるのか聞くと、【伐採】と【木工】に【道具】も取っており、自分で木を切ったりして矢を作っているらしい。なんだろう……2人揃って森での行動が基本になってるこの感じは……。

「じゃあ大丈夫そうだね。私はたぶん夜ぐらいからだから……3日後に合流かな？」

「素材、集めておく」

「えっと……無理しないでね……？」

とまぁルカとの予定も立てたことだし、ハーフェンへ帰ろう。それにもう夜になってるしお魚食べてからログアウトすることにしよう。

「ルカー、この後お店でお魚食べてからログアウトするけどどうする？」

「お魚、食べる」

「まぁ調味料はそこまでないと思うし塩焼きかな？」

「シンプルだけど美味しい」

「アユかサンマがあるといいんだけどなー……」

「この世界にいるかな」

まぁそこが心配かな……。そもそもこの世界にそういった魚が生息してるのだろうか……。モンスターがいるんだから弱い魚なんかは絶滅してるんじゃ……。っと、そんなこと考えてる間に美味しそうな匂いのする出店をルカが選んでくれたので入ることにしよう。

「へいらっしゃい！」

「えっと……」

「……」

出店に入ると、やたら元気のいいおっちゃんが声を掛けてきた。その影響で突然ルカが私の後ろに隠れてしまった。ルカもしかして人見知りなのかな……？　私も人のこといえないけど……。

「お嬢ちゃんたちどうしたんだい！」

「あぅ……その……お魚食べたくて……」

「おう！　今ならハーフェン魚が良い感じだぞ！」

「じゃあ……それの塩焼きを2人分……」

「あいよ！　席に座って少し待ってな！」

「はっ……はい……」

「……」

ルカー！　もっと頑張ってー！　私だけで2人分は無理だからー！　私が心の悲鳴を叫んでもルカは小動物のようにじーっと席に座ったままだ。

しばらくするとお魚が焼けたのか、お魚をお皿に置いて渡してくれた。

「焼き立てだぞ！　熱いから気を付けな！」

「いただきまーす」

「……いただきます……」

ルカがものすっごく小さい声で呟いたけどまぁ今回はスルーしよう。先にこの焼き立てのお魚だ！　見た目としてはハーフェン魚はアユっぽい感じがした。さてさてお味は……はむっ！　モグモグ……。うん。これは……アユだね！　ということは内臓や頭も食べれるということなんだろうか？　一応おじさんに聞いてみよう。

「おじさん。このハーフェン魚って内臓とかも食べれるの？」

「おうよ！　少し苦味があるがちゃんと食べれるぞ！」

ってことは形といい味といい……ハーフェン魚はアユということでいいのだろう……たぶん。

別にそのまま名前をアユにしてもよかったと思うんだけどねぇ。語源ってなんなんだろう？　食べ終わったら聞いてみよう。

シンプルだけど美味しい塩焼きのハーフェン魚を食べ終え、一息ついたので改めて聞いてみることにした。

「おじさん。もう1つ聞きたいんだけど、なんでハーフェン魚っていう名前なの？」

「そりゃ決まってんだろ嬢ちゃん！　ハーフェンで取れた魚だからハーフェン魚っていうのさ！」

「……え……？」

それ、ハーフェンで取れたらどんな種類でもハーフェン魚ってことになるんじゃ……。

「何言ってんだいアナタ！　変な嘘教えんじゃないよ！」

おじさんを少し疑った目で見ていると、おじさんの後ろから年上の女性がおじさんの頭を叩いた。

「いって！　急に叩くなよ！」

「異邦人だからって変な嘘教える方が悪いんだよ！」

「ただのジョークだろ！　ハーフェンジョークだよ！」

「あたしがいなかったらこの子たち信じてたじゃないの！」

えぇぇ……。何なのこれ……。夫婦なのかな……？　夫婦喧嘩は犬も食わないっていうし……2人だけでやってほしいなぁ……。

「御馳走様……」

んでルカはルカでマイペースだし！

「ほらちゃんと訂正して説明してやんな！」

「はぁー……。いい手だと思ったのに……」

「こんな可愛い子たち騙してまで稼ごうとするんじゃないよ！」

「えぇっと……一体何の話を……」

「あぁすまなかったね。ほらアナタ！　さっさと言いな！」

「仕方ねぇなぁ……。そのな……ハーフェン魚っていうのはいなくてな……。その……あの魚はアユっていう名前の魚なんだよ……」

やっぱりあれアユだったのね……って、えええええっ⁉

「なんでそんな嘘を……？」

「うっ……その……異邦人にそういえば高く売れると思ってな……」

つまりぼったくろうとしてたということですか……。私は少しおじさんを睨む。するとおじさんはバツが悪そうに顔を背ける。

「ほらっ！　ちゃんとこの子たちに謝りな！」

「わ……悪かった……」

「むぅー……」

別にお魚は美味しかったからいいんだけど……嘘つかれたことに関してはまだ少し不満がある。と思っているとルカがおじさんに話しかけた。

「おじさん」

「ん……？」

「美味しかった。ご馳走様」

「お、おう……。……怒ってないのか……？」

「何に」

「その……嘘ついたことにだ……」

「別に。美味しかったから問題ない」

少しの付き合いだけど、ルカはお世辞とかはあんまり言わないタイプだと思う。だから今の言葉も素直な気持ちなんだろう。まぁルカが気にしないっていうから私もどうでもよくなってきちゃった。

「でも」

「なんだい嬢ちゃん？」

「美味しいのになんで嘘つくの？」

「そりゃぁ……あんまり客が来ねえから……」

「アユの塩焼き、今までで一番美味しかった。焼き加減、塩の具合。だから変なことする必要ない」

「ったく……。ちゃんとお客さんは見てくれてんだから自信持ちゃいいんだよ！」

確かに塩焼き美味しかったもんね。てかルカが1度にこんな喋るとは……。ちょっと驚き……。

「嬢ちゃんたち悪かったな……。お代は1匹20Ｇだ」

「それでいいの？」

「倍は出す」

まぁ1Ｇ10円としても400円ぐらい出してもいいかなとは思うけど。たかが塩焼きに400円とか言われそうなきもするけど……。

「嘘ついたんだからそんぐらいにさせてくれ。本当なら30Ｇなんだからな。迷惑料と思ってくれ」

「迷惑料いらない」

ルカは30Ｇを実体化させおじさんに無理矢理渡した。私もルカに続いて30Ｇをおじさんに渡した。

おじさんは困惑してたけどもう渡しちゃったから知らない。それにしてもルカもこういう時は強引なんだね。

とまぁ、いつまでもここに残っていてもおじさんがこちらを気にしちゃうだろうし、そろそろ出店を出てログアウトする準備をしようかな?

ルカに聞くとオッケーとのことなので早々に出店を出ることにした。

「じゃあルカ、また明日ね」

「またね」

そういって私たちはログアウトした。


さて大学も終わったことだしログインしますか。ルカのことだから多分朝からやってるんだろうなぁ……。となるとやっぱり2日ぐらいルカに素材集めを任せてることに……。よし、早く行って私も素材集めないと!

ログインしてさっそく森に向かう。目的は蚕の繭なので道中に桑の葉を採取しながら移動するとしよう。すると運よく蚕が10匹ぐらいの集団でモソモソ移動してたので、桑の葉でこちらに釣って餌付けする。流石に10匹は多かったので最初に採取した分を蚕の近くに置いて、近くの桑の葉を採取し追加で置く。お腹いっぱいになったのか糸を吐き始めたのでしばらく待つと、蚕は昨日と同じように私に糸を飛ばすことなく繭を作っていく。蚕が繭を作り終わってこちらに作り終わった繭を置いてその場を去っていくのを確認した後、その繭を回収する。

「さて、これで11っと……」

ルカはどこだろう？　フレンドからメッセージが飛ばせるようなので場所を聞いてみることにした。

しばらくすると返信が来て、今ちょうど街に戻ったところで入口で待っているとのことだ。なので私も行ったん街に戻ってルカと合流することにした。

街に戻るとルカが返信通りに入り口で待っていた。

「アリス、おはよ」

「おはよ。実際は夜だけどね」

「そういえばそうだった」

1日潜りっぱなしなのかな……？

「ちゃんと休憩とかしてる？」

「してる」

「じーっ……」

「……こっちで寝た」

「もぅ……」

こっちでの睡眠はちゃんとした休憩とは言わないと思うんだけどなぁ……。まぁ私も夜間行動できるようになったから、そのうち人のこと言えなくなるとと思うんだけど……。

「あと、繭溜まった」

「どれぐらい？」

「67個」

「おぉー……」

2日でそれぐらい取れれば十分だよね。そんな頻繁にさっきみたいな集団でいるわけないし……。

でも1日当たり34個前後でしょ？　ホントにあの子は休んだのだろうか……。

「これで装備作れる」

「ホントにいいの……？」

「いい」

「じゃあ1着分の50個貰うから、ルカの足りない分は依頼した後一緒に集めるってことでいいよね？」

「だいじょぶ」

ということでルカとトレードをして、さっき手に入れた1個をルカに渡し、50個を送ってもらった。

「アリスいつの間に」

「あー……さっきメッセージ送る前に集団でいたからそれでね」

「これであと22個集めればいける」

「頑張ろー」

「うん。じゃあ依頼しにいこう」

「そうだね」

じゃあエアストに戻ってリーネさんのところで頼めばいいよね？　ルカも一緒に行けば1人の時も行けるもんね。ではエアストにれっつごー。

ハーフェンのポータルからエアストに飛んだけど、ちょっとふわっとした感じがした。体感的にはエレベーターの止まる時のあの感じだろうか？　まぁ慣れるだろうしそんな気にしなくていいよね。

って、あれ？　なんか見られてる？　なんでだろ？

「アリス……」

「あぁごめんね。行こっか」

人に見られるのが嫌なのか、ルカが腕を掴んできたので早いところ移動しよう。

……んーやっぱりおかしい……。全員っていうわけじゃないけど、何人かのプレイヤーっぽい人たちがこっちを見てる感じがする？　私何かしたっけ……？　でも特に心当りはないし……。あったとしてもあの街道の件ぐらいだしなぁ……。それに私はそんなに目立ってなかったし、【狩人】や【解体】の影響もなかったから特に注目されるようなことはない……はず……。

それとも注目されてるのはルカの方かな？　確かに可愛いし小動物っぽいし、そういうところでファンがいないとも言えないけど……。

「ルカって今まで男の人とかに話しかけられたことってある？」

「怖いから話しかけない。話しかけられない」

「あー……そっか……」

「馬車の時も怖かったからアリスのとこ来た」

あー……あれはそういう……。確かに他に女性は私しかいなかったような気もしたけど……まぁおかげで仲良くなれたしいいでしょう。……じゃなくて。

「なんか見られてるけどルカは心当りある？」

「ない」

「そっか……」

ルカの方にも心当りはないときたか……。これはさっさとリーネさんのところに逃げた方が良さそうかな？

「ルカ、走るよ」

「うん」

ルカの手を掴んでリーネさんのところへ全力疾走をする。私たちを見ている人は咄嗟のことに反応できなかったのか、後ろをぱっと見ても追い駆けてくる様子は見られなかった。

しばらく走ってリーネさんのところに飛び込むと異様な光景が見られた。

「……何してるの3人とも……」

そう。中に入った私の目に飛び込んできたのは……。

「あらアリス～、なんでもないわよ～？　このお馬鹿さんを叱ってるだけよ～？」

「そうなの～お姉さんたちがこの頭空っぽなアホ娘を叱ってるだけよ～？」

「アリスさん邪魔しないでください。このド畜生に色々と教育するんですから」

リン、レオーネ、クルルの3人の前で既に泣きながら正座しているリーネさんの姿が見えた。一体何があったのだろうか……。

「ごっごめんなさいなのにゃー……もうしないのにゃぁー……」

「にゃーにゃーうっさいんですけど反省してないんですか？」

「反省してます……もうあのようなことはしません……」

というかクルルガチ切れしてないですか？　ルカなんてブルブル震えてしがみ付いてるし……。

「よう、アリス」

「ショーゴ？」

「女性は怒らせると怖いな……」

「まぁありゃあの子が悪いけどな……」

「ガウルにシュウもどうしたの？」

何故皆がここに？

「その様子じゃ何も知らないようだな」

「そもそも何の話？」

「簡単に言うとお前が晒されてたんだよ」

「え？　なんで？　私なんか悪いことしちゃってた？」

晒されるようなことしたかなぁ……？　したことと言えばえーっと……ギルドに頭提出したのと……森で首狩って血を周りに飛ばしたり……とかと……えーっと……だめだ他に思いつかない……。

でもその中であるとしたらギルドの件かなぁ……？

「あー……安心しろ、一応悪い意味での晒しじゃない。が、普通のゲームと違うから迷惑な晒しだけどな」

「ショーゴ、どういうこと？」

「えーっと……そのだな……」

何でショーゴ顔赤くなるの……。

「はっきり言って」

「んん！　つまりだ！　お前が可愛いってことで晒されたんだよ」

…………？　ショーゴは何を言ってるのだろうか？

「確かに。アリス可愛い」

「だよなー！　アリスちゃんやっぱり可愛いよなっ！」

「っ!?」

「こらっ！　シュウ！　ルカ怖がらせないの！」

「ごっごめんなさい……」

まったく……。んでなんで私が可愛かったら晒されるの……？　そこがわからない。

「ショーゴ。ちゃんとアリスに説明してやれ」

「そうだな……。いいかアリス、お前は自分が可愛いっていう風には思ってないだろうが、世間一般からしたら十分可愛い分類に入るからな？」

「う、うん……」

「でだ、それが掲示板でそういう子について話してるスレがあって、そこでお前が出てきたんだ。ここまではいいか？」

「だ……だいじょうぶ……」

「アリス照れてる」

「うぅ……」

ショーゴに可愛いって言われるのは流石に照れる……。私からショーゴのことをかっこいいとかは言うけどショーゴ恥ずかしがって何も返してこないから……。そういうのは慣れてないのだ……。

「でだ、その原因がそこのリーネだ。彼女がアリスの情報を喋ったから今こうなっている」

「なっなるほど……」

それで3人にガチ説教をされているというわけか……。

「ついでに今思い出したが、その時にあげられたスクショにそこの彼女も一緒に映ってたため、君も少し話題になっていたらしいぞ」

「ルカも？」

「？」

「どうやら馬車の時に撮られたもので、膝枕が羨ましいという話らしい」

膝枕……ってあの時か!?　そんなのまで撮られてたの!?

「それも相まってな……クルルが特にぶち切れてな……。アリスだけじゃなくてその仲良くしてた子まで巻き込んだことが特に頭に来たらしく……彼是《かれこれ》何時間だ……？」

「少なくともリンは今日学校にはいたよ？　それで一緒に帰ってきたから大体5時頃ぐらいに家かな？」

「ということは少なくとも4、5時間は経過してるのか……」

「そんなに……」

大学のリンはそんな様子見られなかったから、ログインした後にクルルとかから聞いたのかな？

もしくは既に知っていて溜めてたからあんな感じに……ガクブル……リンに怒られた時の記憶が……。

「まぁアリスについての情報及びスクショについては、リーネに消すように他の人にも言うように指《し》示《じ》したから多分大丈夫だと思うが……」

「むしろ運営にあのスレ自体を消してもらった方が早いと思うぞ」

「それでもいいが、スレのやつらがそういうことを続けるようならキリがないからな。オープンからまだそこまで日が経ってない今の内に、そういうことをやるならば本人に了承を得てからとか規則を作らせる必要がある」

「それが続くようなら運営に通報、か」

「そういうことだ。ここが普通のゲームじゃないってことは住人でわかっているが、掲示板についてはまだその認識が甘いっていうのがあるからな。まぁ有名人とかそういったので出るのはしょうがないが……」

「女性プレイヤー自体の晒しだからな……ゲームとしては関係ないからな……」

……はっ！　意識が飛んでた！　とりあえず私とかが晒されてたというところまではオッケー。それをどうするかってとこだっけ？　って、おーい。私抜きで話進んでない？

「それで、私はどうすればいいの？」

「まぁ……とりあえず……女性陣の説教が終わるまで待ってようぜ……」

「アリス、膝枕して」

「まぁいいけど……」

「アリスちゃん俺もしてほ「……なに……」いえなんでもないです……」

シュウが何か言いかけたけどよくわからないからスルーしてと、ルカに膝枕するために椅子に座ってと。説教……どれぐらいかかるかなぁ……。

リーネさん、とりあえず1言言わせてください。怒らせてはいけない人は見誤らないでください……。


あれからもう2時間が経過しておやつの時間になりそうだ。と言っても、こちらにはまだおやつにできそうなお菓子がないので食べれないけどね。砂糖やクリームはあるから多分作ろうと思えば作れるんだろうけど、まだそこまで余裕があるわけではないので仕方なく後回しだ。そのうちに土地を買って家立ててそこで料理とかできるようになりたいかなー。そういえばルカが【道具】スキル持ってるって言ってたし、包丁あるか聞いてみよっと。

「ルカー、起きてる?」

「うん」

「ちょっと聞きたいんだけど、【道具】スキルのレシピに包丁ってある?」

「ちょっと待って」

ルカが【道具】のウィンドウを開いて調べてくれているようだ。

「ん、ないっぽい。まな板やガラス瓶はあった」

「そっかぁー……」

ということは包丁は【鍛冶】扱いなのかな? となると、金属が使用されているような物は鍛冶で、金属を扱わない物は道具っていうふうに分けられてるのかな? もしくは複合みたいな感じで両方取ってないと作れないのかな?

「そういえば思ったんだけど、生産スキルって最初からレシピがある物はいいと思うんだけど、ない物はどうやって作るの?」

「レシピって言っても作り方がわかる物。1回作ればスキルで簡略化できるけど性能低い。あとスキルレベルが低いとうまく作れない」

「ということはこうやれば作れる、みたいな手順書がレシピっていうこと?」

「うん」

　ということは材料を集めてポポーンという感じではなく、材料はこれが必要でこういう手順が必要です。みたいな感じで作るのか。あれ？　そうするとポーションとかはどうなるんだろ？　あくまで基本的な作り方しか乗ってないから性能を上げるためには自分で探してねってことかな。ホント変なとこまでリアルだなぁ……。

　ルカと話していると、説教が終わったのか4人がこちらへ近付いて来た。というかリーネさんはまだ泣いてるけど……。

「ひっぐ……アリスちゃん……ぐすっ……ごめん……なさい……ぐすっ……」

　完全にガチ泣きじゃないですかやだー……。

「まぁ掲示板についてはちゃんと対応してくれるってことですので、私はそこまで怒りませんけど……。ルカはどうする？」

「ん、アリスが気にしないならいい」

「ということなので、大丈夫です」

「アリスさん！　優し過ぎます！」

　こちらから何の罰も出さなかったことにクルルは異を発する。私としては実害はなかったし、あそこまで追い詰められたリーネさんを更に追い詰めるのはちょっと気が引けるしなぁ……。

「はぁー……。アリス～……あなたはホントに～……」

「お姉さんはガツンと言った方がいいと思うわよ～。むしろガツンと言いましょう～？」

「リーネさんも反省してるようですし……ルカもいいって言うからこれぐらいで……」

2人もまだ不満そうだ。んー……どうすれば納得するのだろう……。

「そういえばアリス～。なんで呼ぶ前にここに来たの～？」

「え？　繊維系の素材が取れたから防具の依頼を……」

その言葉を聞いた瞬間、3人が不敵な笑みを浮かべる。

「そうなの～……新しい防具ねぇ～……」

「お姉さんいいこと思いついちゃったわ～……」

「奇遇ですねー……私もですよー……」

「「「フフフフフ……」」」

3人はリーネさんの方へ振り向く。その不敵な笑みを見てリーネさんはガクガクと震えてしまう。

一体何が始まるのか……。

「リーネ」

「はっはい！」

「あなたも2人に何かお詫びをしたいわよね～……？」

「はっはい！　させて頂きたいと思います！」

「じゃあ2人の装備を無償で作るぐらいいいわよね～……？」

「えっ……ふっ2人分の装備を……タダで……？」

「えぇ、そうよ～」

えっ!?　リン!?　何言ってるの!?

「流石にタダは……」

「何か言ったかしら～……？」

「ひっ⁉　そっその……素材がわからないとこちらも……」

「アリス、今その素材あるの～？」

「あっあるけど……」

リンに出すように言われたので大人しく蚕の繭を出す。

「えっ……？　これって……」

「中に蚕が入ってない蚕の繭だけど？」

「いやいや……なんで……」

「港街にある方の森で手に入れました」

「……」

ん？　リーネさん突然黙ったけどどうしたんだろ？

「――して……」

「え？」

「もう勘弁してー！！」

突然リーネさんが大声を上げてまた泣き始めてしまった。


「リーネさん落ち着いた……？」

「うん……」

しばらくわんわんと泣き続けて流石のリンたち3人も困惑してしまったため、落ち着くまで待つことにした。

「確かに繊維系の素材集めてきてって言ったけど……いきなり蚕はやめてほしいの……」

「えっと……どういうこと……？」

「蚕の繭ってことは物としては絹になるの……。ということは絹織物になるんだけど……、流石にいきなり絹となると私のスキルレベルの問題が出てきて……。その……うまく作れるかの問題になってくるの……」

本人としては、私が取ってきてくれる素材が麻や木綿と思ってたらしく、掲示板の方でも北の街周辺で見られたという情報があったのでそれを期待していたらしい。それがいきなり高級の絹の素材である蚕の繭を持ってこられてしまい、怒られたのも相まった結果、ああなってしまったということらしい。

「その……ごめんなさい……」

「お詫びをしたい気持ちは確かにあるけど……流石に絹素材の防具をタダは少し無理があるの……」

「それについては私たちもアリスがまさか絹を持ってくるとは思わなかったしね〜……」

いやだって……港街の方に蚕や蜘蛛がいるって聞いたから行っただけで……。北に麻や木綿があるなんて思わなかったし……。

「だから絹織物についてはスキルレベルが上がってから作るってことでいい……？　その時は割引するから……」

「別にそれは構わないけど……」

それで3人が納得するかが問題なような……。

「代わりに麻か木綿で防具をタダで作るから勘弁してください……」

「私はそれでいいけど……」

「私もそれでいい」

「まぁ2人がそういうならね～……」

「仕方ないわね～……」

「今回は許すとしましょうか……。でも……」

「「次はないわよ」」

「わかってます……ちゃんと反省してます……」

リーネさんしばらくこの状態だろうな……。語尾ににゃーを付ける余裕なんてないだろうし……。

「となると、麻か木綿取って来ないといけない感じだよね？」

「それについてはこちらが全部負担するから大丈夫……。それで防具はどんな感じにすればいいかな……？」

「私は……「アリスは和服」ってルカっ⁉」

何故かルカが私の装備を決めようとしていた。

「色はどうする……？」

「赤メインの黒が入る感じ」

「なるほど……。じゃあ着物だから襟と帯を黒にする感じでいいかな……」

「ばっちぐー」

「ちょっと⁉」

何で2人で私の服の色とか決めてるの⁉　そもそも着物前提なの⁉　私は助けを求めるために残りの女性陣を見ると。

「アリスは銀髪だから濃い色の方がいいわよね……」

「お姉さんとしては赤と黒を逆にしてもいいと思うけどね〜」

「いっそのこと白を基本として他の濃い色とかはどうですか？」

だめだ！　こっちも当てにならない！　となると残るは男性陣だけど……。

「いつ終わるんかねぇ……」

「女性の買い物は長い。諦めろ」

「眠くなってきた……」

やっぱり使えない……。というかシュウちょっとは真剣になってよ。こういう時こそ私のフォローをしてくれるもんでしょ！

「ということでアリスちゃん、決まったよ」

「はいっ⁉」

「赤メインの黒。きっと似合う」

「ありがと……じゃなくて！」

「素材が届き次第に製作するから終わったら連絡するよ。ルカちゃんもいいよね？」

「私は普通の服で大丈夫。色任せた」

「任されました」

リーネさん少しは元気になってくれたね……じゃなくて！　だから！　なんでルカは普通で私は着物なの！　おかしいでしょ！

「まったく2人で何決めてるのかしら～？」

「リンっ！」

「任せなさいアリス～、私がしっかりと言ってあげるわ～」

やっぱりリンは私の味方だよね！　そうそう、着物なんて普通に考えたら戦闘じゃだめに決まってるもんね。

「色が赤と黒なんて安直すぎるわ～。だからいくつかの色の組み合わせを作ってアリスに一番似合うのを決めましょ～」

「そうね～。1つだけっていうのもなんだしね～」

「一番似合うのを選んであげないと可哀想ですしね」

……あれぇ……？　これあれだ……。全員私を着せ替え人形にする気だ……。こ……こういう時は36計逃げるにしか……。

「アリス～？　どこへ行くのかしら～……？」

「ちょ……ちょっと散歩に……」

「だめよ～？　まだ色々するんだから～……」

「いや……ちょっと……その……」

「アリス、観念」

私はリンだけでなくルカにも捕まえられてしまった。もう逃げられる気配がこれっぽちもない。つか逃がされないようにされている。

「着せ替え人形はいやぁぁぁぁぁぁぁぁぁぁぁ！」

私は絶叫するも彼女たちから無慈悲な返答が返ってくる。

「「「「人間諦めが肝心」」」」

- - -

「もうお嫁にいけない……」

「大げさよアリス～」

まだ洋服はないから着せ替えはされなかったんだけど、5人に細かいサイズなども部屋の奥で調べさせられた。まぁそこまでならなんとかなったんだ……。問題はそこからで、複数の色の布を初期装備の上から当てられてどの色がいいという議論が始まった。しかもどこからか縄まで出てきて、腕と足を拘束されて動きが取れないようにされたし……。うぅ……。

「でも悔しいですけど赤と黒が一番似合いましたね」

「そうね～、お姉さんも負けた気分だわ～」

「当然」

「まぁこれで色は決まったからあとは素材待ちかな……」

そうだよ本題はそこだよ！　なんで私の服作る話でそこまで拘束されないといけないの！　大変遺《い》憾《かん》です！　私は少し頬を膨らませてそっぽを向く。

「アリス～そんな怒らないでってば～」

「調子乗りすぎた」

流石にやりすぎたと感じたのか、リンとルカは私に抱き着いて機嫌を直そうとする。そんなことしても機嫌直さないんだから……。

「アリス～どうしたら機嫌直してくれる～？」

「知らない……」

「アリス、私のこと嫌いになった？」

「そんなことはないけど……」

うっ……。ルカ、涙目はずるいってば……。

「もう……。わかった、機嫌直す」

「ありがと～アリス～」

「よかった」

こんなに簡単に許しちゃう本当に私って甘いかなぁー……。あっそうだ。

「防具作るとしたらどれぐらいになりますか？」

「んー……少し凝りたいから2日……いや……3日はほしいかな？　向こうの時間でね」

「3日かぁ……」

3日となると北の街までは行けると思うけど、2日ぐらいかかるなら1日中いれる土日じゃないと時間的に厳しいよねぇ……。ということで北の街へ行く案はなしっと。

では次の案として、ハーフェンで蚕の繭や蜘蛛の素材を集める。まぁ蚕はともかく、蜘蛛の素材は毒の意味で【調合】持ちには毒薬や解毒薬として使えるから需要はあるはず。でも3日間食べ物にな

らない蜘蛛を狩り続けるっていうのもなぁ……。とりあえず保留ということにしよう。

では他の案としては何があるかなぁ……。スキル育成とかかな……？　いっそのことこの間にあんまり育ってないのを育てとこうかな？　【促進】や【忍び足】とか育てておこうかな？　なんかその方がいい気がするし、そうしようかな。

ということで、育ってないスキルを育てることにしよう。【促進】については、おばあちゃんに聞いて薬草を育ててる人を聞けばわかるかな？　【忍び足】は歩き方をこっそりしてれば上がると信じてる……。【童謡】については歌ってればまぁ上がるよね……？　てか童謡について改めて調べてみたけど、どうやらこのスキルでは童歌も一緒に含まれているらしい。なので童謡と童歌のどちらかを歌えばいいらしい。

ということでまぁ大丈夫そうかな？　スキル取り過ぎはだってねぇ……。スキルが10Ｌｖと30Ｌｖでそれぞれ ＳＰが貰えるんだもん……。つい取りたくなっちゃう衝動に……。

でもなんでこんなにスキルが取りやすくなってるんだろう？　やり直しとかがしやすいようにするためにそうやってるのかな？　まぁそういうのはまた生放送があった時に質問すればいいよね。そういえば他の皆はスキルどれぐらいとってるんだろ？

「ん？　スキル？　30になって派生が出てきたら使う感じで他には使ってねぇ」

「私もそんな感じね～」

ふむ。やっぱりそういうのが多いのか。

「遊んでるうちに、ほしいのあったら取る」

ルカは私と一緒みたいな感じだった。と言っても、私程は取ってないようだ。てか、そもそも私が変わってるだけだよね……。

「まぁスキルについてはアリスの好きにすりゃいいと思うし、気にしないでいいんじゃね？」

ショーゴはそういうけどさ……それじゃまるで私が変わってるようじゃないか！　私は必要だと思ったスキルを取ってたらこうなっただけだもん！

「アリス、私から見ても取り過ぎ」

「うっ……」

「育てるの大変そう」

「うぅっ……」

確かに増えるとスキル育成が大変だけど……せっかくだしやりたいことをやるのもＮＷＯの過ごし方だと思う！　だからスキルを一杯取っても問題ないはず！

ということで、今日のところは解散して各自のやりたいことをやる感じとなった。わかれる前に土日には北の街には行きたいので、ショーゴやリンたちにお願いして一緒に行く約束をした。これで北への移動は大丈夫になるだろう。それとルカに【狩人】スキル教えないといけないので、この後少し狩りをして取得条件のクリアーまで行く予定だ。その後はルカは繭集めに一旦ハーフェンに戻るとのことだ。さっきのことですっかり私も忘れてたため、スキル育成をやめてその手伝いをしようと思ったんだけど、ルカがさっきのお詫びも兼ねて大丈夫というので渋々引き下がった。なので私のこの後の3日間、ゲーム内で9日はスキル育成となる。さて、どこまで上げられるかな？

ルカとの【狩人】スキル取得実習は比較的に楽に終わった。と言っても、死体が残ったとしてその処理をどうすればよいかを説明するのを忘れていたため、ついでに解体場に行って解体方法の説明も行った。

流石のルカも一瞬顔をしかめたけど、解体方法も学んで実践したので取得可能状態にはなれていた。あとはルカが取るかどうかを選ぶだけだから、ルカの意志に任せる。その後ルカと別れ、スキル上げのための準備を行う。

余談だけど、あの後リーネさんからメッセージが来て、名前を書かれたプレイヤーや銀翼の旅団の団長さんたちもあのスレについて思うところがあったらしく、スレ自体の削除と今後の注意を行ったとのことだ。なのでそう言ったことはもう起きないと思うという内容であった。何故そこで思うなのかというと、私の名前が出てしまったことで動向に注目するプレイヤーもいるはずなので、私の活躍次第では有名人扱いされてしまうかもしれないからであった。

私としてはひっそりと生活したいんだけどね……。

あれから私は、大学が終わったらインしてスキル上げの日々を送っていた。と言ってもずっと補助スキルだけを上げているのもあれなので、たまにギルドで依頼を受けて戦闘ついでにお金稼ぎもする。流石に所持金1万切ったままは防具とか武器を揃える意味でまずいと思った……。この数日で結果的にはスキルはこのように育った。

—ステータス—

SP：10

【刀Lv1】【ATK上昇Lv21】【AGI上昇Lv26】【DEX上昇Lv22】【察知Lv18】【忍び足

Lv12】【鑑定Lv19】【収納Lv16】【解体Lv15】【切断Lv11】

特殊スキル

【狩人】

控え

【料理Lv1】【促進Lv12】【猫の目Lv10】【採取Lv22】【童謡Lv16】【刀剣Lv30】

―装備―

胸：皮の胸当て　DEF+2DEX+1

腕：皮の籠手　DEF+2DEX+1

腰：皮のベルト　DEF+1DEX+1

ようやく【刀剣】のスキルレベルが30になったので派生スキルとして【刀】と【剣】が出てきた。

私の武器は脇差のため、【刀】スキルの方を取る。これで補正がさらに上がるようになった。

それで思ったのが、私は最初近接職のため【ATK上昇】を取っていたけど、【切断】スキルの影響であまりATKに影響がないのではないかと思い始めた。それに今回【刀】スキルを取ったことにより、武器補正が上がるのでこのまま【ATK上昇】を上げる必要があるか少し疑問になった。

だったらいっそのこと、【ATK上昇】ではなく筋力を上げて一杯持ち運びができるように【STR上昇】を上げた方がいいんじゃないかと思い始めたわけだ。

そして【促進】を使ってて思ったのが、初期MPの関係上そこまで多くの種にスキルを掛けられなも思っている。いやぁ……なんで【ＭＰ上昇】を今のうちに上げといた方がよいのではと思っている。いやぁ……なんで【促進】スキル育てる前に思いつかなかったのだろうか……。

他のスキルも軒並み上がっているし、そろそろ派生も一気に増えそうだ。どうやら初期スキルは伸び率が高めなようで、比較的に上がりやすくなっているらしい。しかし、派生スキルになってくると伸び率は一気に下がるため、スキル育成により多くの時間が必要となる。

そして面白い話が掲示板にあって、エアスト周辺の低スキル帯であるはずの森や草原でのスキル育成が人によって上昇率が変わっているという話だ。

それも同レベル帯のスキルの人で上昇率が異なっていて、ある人は普通に上がっているにもかかわらず、ある人は上がりが鈍いということだ。その話を参考に戦闘の方法やスキル情報を聞き、情報をまとめてみたところ１つの仮説が出てきた。

それは『真剣』か『作業』かの違いで上昇率が変化してるのではないかという仮説だ。スキルはある意味熟練度のことなので、真剣にやればその分上がるし作業でやっていれば熟練度は上がらない。そういう意見だった。当然その仮説をばかばかしいという人たちもいる。

だが、有志の検証班が試しに真剣に戦闘を行うのと作業で戦闘を行うこの２つを試したところ、同じ数と戦ったはずなのに確かに上昇率が異なっていたことが明らかになった。しかし、それに反論する人たちはそんなのはたまたまだと言って譲らない。

そこに一つのコメントが出てきた。そのコメントの人は森にある大木に対して拳を当てて鍛えているということだ。どこの格闘家かと思ったが、実際に【格闘】スキルのスキルレベルが上昇しているというのだ。

そのコメントに上昇率が変化すると主張する人たちは勢いを増し、反対派は反論材料が徐々に少なくなっている状態だ。

私としては上昇率はあると思うけど、場所というよりモンスターのスキルレベルによってそのスキルレベルが上がる最大値が決められているのではないかと思っている。

そもそも、最大値の上限が決められていなかったとしたら、ずっとエアストの周辺でスキルレベルを上げられるということになる。そうするとゲームとしては先に進んでほしいものではあるので、同じ場所にずーっといられても困るものがある。それを解消するために最大値を決めている、というのが私の考えだ。

まぁ上昇率うんぬんはそこまで気にしないでいいと思う。そもそもライオンを狩るのが慣れたからって真剣に狩らない人はそうそういないと思うしね。だって怖いもん。

でも普通は戦闘しないと上昇しないはずの【格闘】スキルが訓練で上昇するのかぁ……。となると、道場を開いてそういう訓練をするとスキルが上がったりするのかぁ。そういう人にとっては喜ぶ情報だなぁ……。

とまぁこういった情報があることは置いといて、他のスキルについて考えることにしよう。そういえば上昇率と言えば【童謡】にもそういうのがあったかな。

【童謡】のスキル上げはとりあえず歌えばいいんだけど、街で少し歌ってたら子供たちに囲まれて一緒に遊ぼうと誘われて一緒に遊ぶことになったんだよね。その際に童歌のある遊びとかしてたんだけど、ただ歌う時よりスキル上昇がよかったんだよね。そのことからスキルの種類によっては上昇率がいい方法とかもあるのかな？　これだからこのゲームは面白い。本当に色々な経験ができて飽きる要素が全くない。こういうのもやっぱり飽きないようにするために考えられているんだよね。まぁそういうのはいいんだけど、運営さん、1つだけお願いします。調味料をもっと手に入るようにしてください……。

さてと、もう3日経ったけど連絡が来ないということはまだ完成してないのだろう。てか素材が届いたらって言ってたからよく考えたら3日以上かかるのか……。2日後の土曜日までにできるかなぁ……。となると連絡が来るまでスキル上げだけど……3日のつもりだったから深く考えないで済んだけど、んーどうしようかなぁ……。

そういえばナンサおばあちゃんから西の森を抜けた先にイカグモってのがいたって言ってたし……どうせ特にやらないといけないこともないし行ってみようかな？　となればとりあえず食料を買ってから出発しよう。

と言っても、今から行ったとしたらちゃんとたどり着けるかわからないから明日に行くとしよう。森の中で1日ログアウトしてて倒されないとは思えないし……。そもそも1日で着くのかな……？不安だなぁ……。いっそのことルカにも手伝ってもらおうかなぁ？　でも迷惑だろうし1人で行くとしよっと。

ということで今日はログアウト。


さて、今日は大学早く帰れたから午後6時過ぎにはログインできるからGTで明け方になりそうだ。これならたぶん急げば日帰りで行けると信じてる……。信じる者は救われるはず……。

リーネさんからメールは来てないようだし、とりあえず西門に行くと憲兵さんがいたので挨拶をする。

「君、どうかしたか？」

「今から西の森に行きたいんですけど通れますか？」

「あと少し待ってもらったら門が開くが……急ぎなのか？」

「そうですね……ちょっと急ぎですね……」

チラチラっと憲兵さんを見ると、少し困ったように頭をかく。

「……少し待ってろ」

憲兵さんは門の上の物見の人に何かの合図を送る。それからしばらくすると門が少しだけ開いた。

「ほら、今の内に行け」

「ありがとうございます！」

私はぺこんとお辞儀をして少し開けてもらった門から外に出る。まだ日は昇りきってないためまだ少し薄暗い。でも私は【猫の目】があるのでそんなに暗くは見えない。むしろ少し明るいぐらいだ。

そして今回森の中の移動では、地面ではなく木を伝って移動する。地面の方では狼や熊がいるので今回のように時間が決まってる場合は、それを避けたいため木を伝って移動する方法を取る。これにより戦闘を極力避けられる……はずだ。今のところ飛行型のモンスターは見てないから大丈夫だと思うけど……。

木を伝って移動も結構慣れてきたけど、これが雨降ってたら滑りやすくて危険なんだろうなぁ。なんか木の上とかに張り付いて落ちないようにするスキルってないかな？　今度探してみよっと。

木の上で休憩と移動を繰り返して数時間。【ＡＧＩ上昇】スキルが育ってるのか結構速く移動できてる気がする。この調子なら意外に早く着けるかな？　と言ってもまだ森は続いているので先は長そうだ……。

朝早くから出て現在GT13時前後。ようやく噂の場所に着いたっぽい。結構大きな湖で水が透き通っている。更にその湖の近くに看板が立てかけてあった。えーっと何々……。

「ここはクラー湖。……ってそれだけかい！」

何故か1人ツッコミをするはめに……。まぁせっかく湖に着いたことだし今【水泳】スキル取っちゃいますか。私はSPを1使い【水泳】スキルを取得する。これで泳げるようになるはず。っと、その前に少しここの水のサンプルでも取っておこう。えーっと空いてた瓶があったからそれに入れてっと……。

ついでに鑑定してみた。

クラー湖の水【消耗品】
使用回数：1回
とても澄んだ水。飲料水としても利用できる。

ほほう。飲めるならば飲んでみよう。ではいざ……。

「んっ……」

なんだか天然水みたいな感じで口当たりが良くてかなり飲みやすい……ってことは軟水に当たるの

かな？　あってるよね？　なら野菜とかと相性がいいのかな？　でもいいところが知れてよかったぁ。少しナンサおばあちゃんにも持っててあげないと。

そう思って他の瓶に湖の水を汲んでる時に、湖の中で何かが泳いでいるのが見えた。

「ん？　何だろ？」

流石に透き通っていると言っても、湖の底まで全て見えるわけではない。物質の境界では屈折や反射や透過率があるもので、うまく湖の中が見れないことだってある。

まぁとりあえず湖に顔を突っ込んでみよう。

「ぶくぶく……」

だけど湖に顔を突っ込んでも特に何か生物がいたかは見えなかった。ところどころに蜘蛛の巣みたいな感じで糸っぽい何かが張られていたのは見えたけど。

「気のせいだったかな？」

ずーっと顔を湖に突っ込んでいても呼吸ができないため、一旦顔を外に出す。そういえばこっちだと水中での呼吸はどうなってるんだろ？　【水泳】スキルに影響されるのかな？　それにしても……。

「湖の水冷たくて気持ち良かった……」

顔だけであれだけ冷たくてさっぱりしたのだ。移動しっぱなしで使用した足も湖に入れたい衝動が出てくる。私は周りを見て誰もいないことを確認して、初期装備として装着されている靴を脱いで足を湖に入れた。

「くぅ～気持ちいぃ～」

暖かくなっていた足を急に冷たい湖に入れたため、少しびくんとなるがとってもひんやりして気持ちがいい。少し落ち着いたので恒例の足をゆっくり動かしてばちゃばちゃと遊ぶ。そんなに激しくではないので水がそこらへんに飛び散ったりはせず、水面を少し揺らす程度に抑えている。あんまり激しくしたら湖の生き物も驚くもんね。それにこの湖にはイカグモっていうのもいるって話だし、過激なことはやめておこう。何が敵対行動と取られるかわからないもんね。

「ひゃっ⁉」

そんなことをのんびりと考えていると、私の足に何かぬめっとした何かが触れてきたため咄嗟に足を湖から出す。

私は恐る恐る湖の中を覗く。するとそこにいたのは……。

「……烏賊？」

そう、烏賊がこちらにゆっくりと足を伸ばしていたのだ。まさかこのまま湖の中に引きこまれるとかじゃ……ガクガク……。

しかし、烏賊はこちらに足（？）を伸ばしたまま何もしようとしてこない。獲物をおびき寄せる罠かと警戒をするが、それだったら最初の時点で足に巻き付いて引っ張ればよいだけなので、わざわざ2度に渡る必要性がいまいちわからなかった。

それにおばあちゃん曰くノンアクティブということなので、信じてみるのも大事だと思う。私は恐る恐る手を水の中に入れて烏賊の足に触れる。

最初に触られた時のようにぬめっとするけど、今は心構えがあるためそこまで気にはならない。烏賊に触れてても巻きついたりする様子はないため、私も湖の中に入ってみようと思い一旦皮装備を全て外し、初期装備の状態になる。着水はあんまり経験がないから自信はないけど、【水泳】スキルがあるからなんとかなるはず……。

　ゆっくりと水の中に入ってみると、烏賊はじーっと待っていたようだ。すると私の手に巻き付き軽く引っ張ってくる。

「(こっちに来いってことかな?)」

　私は了承の意味で頷くと、烏賊はゆっくりと移動し始めたため私はその後にゆっくりとついて行く。取ったばかりの【水泳】では長い間潜っていられないので、度々息継ぎをして烏賊を追いかける。

「(さすがに湖の底は辛いんだけどなぁ……)」

　いくら今現在【水泳】スキルが育ちまくりだとしても、流石に湖の底までは息が続かないと思う。途中で何匹か更に烏賊が増えて私を誘導する。

　しばらくすると、蜘蛛の巣を何重にも張ったような大きな繭っぽいのが見えてきた。

「(なんだろうこれ……?)」

　巣にしてはどこにも入口っぽいのは見当たらないし……。この繭を観察しているとイカがまた私の腕に巻き付いて引っ張る。ちょっと待ってもう1回息継ぎするから。

　息継ぎした後、烏賊が引っ張った方へ向かうと上部に人1人は入れるぐらいの大きめな穴が開いていた。

「(何かな?)」

　私は不用心にその穴の中を覗くと金色の瞳がこちらを見つめていた。

「(え?)」

　その瞬間、私は烏賊に手を掴まれ思いっきり引っ張られた。

「(なにっ⁉)」

突然のことに驚いたが、引っ張られてその穴の直線状から離れた瞬間、ぼわっと凄い圧が私を襲った。

「(あうっ⁉)」

咄嗟に後ろを向くと、よくアニメやゲームで見るような水弾が地上へ向けて撃たれていた。

「(何……あれ……)」

あの時烏賊さんが私の腕を引っ張ってくれなかったら……。きっと私はあの水弾にやられていただろう。それぐらい威力が高かったように見えた。その恐怖からか、つい水の中で呼吸をしようとしてしまったため、烏賊さんに上まで連れてってもらった。

「ハァ……ハァ……ハァ……」

息継ぎをして少し落ち着きを取り戻そうと、一旦湖から出て呼吸を落ち着かせる。私を上まで連れてきてくれた烏賊さんはじっとこちらを見つめている。

「ありがと……」

とにかく私はお礼が言いたかったので、こちらに伸ばしている足を優しく撫でる。

「私を案内したのはあれをどうにかしてほしいからかな……?」

あの大きな繭の中にいた金色の瞳をした何かを……。

それは私たちで対処できるものなのだろうか……。直撃していないにもかかわらず少しＨＰが減っていたのだ。あんなの凄い技を使うやつにまだ始めたばかりの私たちが勝てるような相手ではないだろう。

でも１つ疑問が残る。あれを烏賊さんたちは封じ込めることに成功はしている。それにもかかわらず、人１人が入れる分の穴を作ったままにしていることだ。

確かに私たち異邦人に解決してほしいからあの穴を作っているということもある。だがあれは少なくとも生物だ。それを封じ込めた上であえて穴をあけている必要性があるのだろうか。餓死なり窒息させるなり方法はあると思う。

いつからしてるかわからないけど、烏賊さんたちからとしてもあれはいなくなって貰った方が良いはずだ。それなのに未だあれはあの水弾のような技を打つ元気がある。ということは食料を与えてる、もしくは食事の必要のない生物ということだ。しかし……。

「どういうことなのかな……?」

烏賊さんの足を擦ってみるが、当たり前だが言葉は返ってこない。あの子たちは私に何をしてほしいんだろ……。試しに聞いてみるのもいいかな?

「あの繭の中にいるやつにどこかに行ってほしいの?」

すると1本の足を上下に揺らし始めた。

「そうだよねわからな……って、えぇ!?」

意外に知能がいいのかな……? 烏賊って……。

いくつか質問してみたけど、とりあえずまとめよう。
①：この湖から別の場所に移ってほしい。
②：しかし、争いが起こるのは嫌だ。
③：できれば穏便にことを済ましてほしい。
あのー……③が一番難しくないですかねぇ……。とりあえず今後の対応をどうするか検討してみると伝えて、ついでに私はそろそろ街に戻らないとやばいのです、と伝えると足を上下に揺らしたため

大丈夫ということなのだろう。なるべく早く戻ってくるね。そうして私はクラー湖を出た。

なんとか向こうの時間で日を跨ぐ前に街に戻ってこれた……。危ない危ない……。てかなんとなくお知らせが来てたから見てみたら、明日の土曜日の12時にオープン1週間経過ということで、また社長が放送するんだね。今回は特に質問するような内容思いつかないし別に聞かなくていいかなーって思ってる。まぁショーゴとかが教えてくれるだろう。もしくは動画をこっちで貼ってくれたのを見るとかで確認したり。


っと、明日は朝6時集合だからもう寝ないと！

ではログアウトしてお休みなさいっと。

ふぁ……。流石に5時半起きは眠い……。でも支度をしないといけないのでさっさとご飯食べたりしてログインの準備をしよう……。しょーごちゃんとおきれるかなぁ……。まぁ馬車借りれたっていうし……ログインさえしてくれれば馬車で寝ててもいいしね……。

さて……ログインしますか……。

眠いながらも北門に向かうと既に数人集まっていた。

「おはよー……」

「おはよ～アリス～」

「おう、おはようアリス」

「おはようございますアリスさん」

北門で待っていたのはリン、ガウル、クルル……と馬車で寝ているルカとレオーネさんかな？

「あと2人はー……？」

「ショーゴはそろそろインするはずよ～」

「シュウも起きたとは言っていた。まぁ遅れたら走らせるだけだ」

「それにしてもアリスさん防具間に合わなかったんですか？」

一応寝る前にも確認したけどメッセージはなかったので、おそらく材料がまだ集まってないか集まるのが遅くて完成してないのではないだろうか。

「んー……今日は移動だけだからだいじょうぶー……」

「眠いならルカやレオーネと一緒に馬車で寝てる～？」

「んー……そうする……」

そういうことで私もルカやレオーネと一緒に馬車に乗って睡眠を取ることにする。

お休みなさーい……。


「んっ……」

「あらっ起こしちゃった～？」

ゆっくり目を開けようにも、日の光でうまく目が開けられない。でもこの声は……。

「リン……？」

「あら～よくわかったわねぇ～」

そりゃあ長い付き合いだからね。

段々と日の光にも慣れてきたので目を開けた私の目に飛び込んできたのは……。

「……なんで膝枕？」

「別にいいでしょ～？」

「まぁいいけど……」

何故か私が膝枕されてリンを見上げる形となっていた。

そして、更に何故か私のお腹辺りに顔を埋めているルカの姿も見えた。

「ちなみにルカはなんで？」

「まず順序としては、私がアリスを膝枕する。するとこっちでの夜が寒かったのかアリスに抱き着くルカ。って感じよ～」

「毛布かけてあげようよ」

「流石にまだ毛皮の数がなかったし作って貰ってなかったからなかったのよ～」

んー……なら仕方ない……。でも今この状況だと私が動くとルカが起きちゃうよね？　起こすのも可哀想だしじっとしてよう……。

「それで今ＧＴいくつ？　これだとちょっと画面も出せそうにないから教えて」

なので私はリンを見上げたまま今の時間を聞く。

「えーっと今ＧＴ12：50だから、そろそろ放送終わってこっちにも動画が上げられるんじゃないかしら～」

おおぅ……18時間睡眠とは……私……なかなかやりますね……。

「でもこっちでの睡眠は向こうでの1／3だから実質6時間睡眠だから大丈夫よ～」

いやいや……何を基準に大丈夫なのかわからないから……。

あっそういえば……。

「モンスターの襲撃とか大丈夫だった？」

「そこは大丈夫よ～。意外にオールで街に向かってるPTが多くて逆に安全なくらいよ～」

へぇ～……。今外見れないから様子はわからないけどリンが多いってことは本当に多いんだろうな。

ってあれ……？　てことはまさか……。

「私たちが寝てる様子とかも覗かれてたり……」

「それは私たちが断固阻止したから大丈夫よ～」

よかった……。

「おーい動画上がったぞー……ってアリス起きたのか」

「うん。でもルカはまだ寝てるから静かにね」

「あいよ。さーって見るかー」

ショーゴは今馬車を引いている馬の運転台にいるガウルとシュウのところへ移動した。

って男たちが馬を引いてるのね。

「じゃあアリス～こっちも音量下げて聞きましょうか～」

「クルルたちは？」

「今外で警備してもらってるわ～」

「……私こんな楽でいいの……？」

「大丈夫大丈夫〜、眼福って言ってたしね〜」

「？」

何が眼福だったのだろうか……？

まぁリンが動画を見やすいようにしてくれたので見ることにしよう。


「皆様、お久しぶりです。アヴニール社で社長をしております藤堂真志です。と言っても1週間しか経っていませんが」

おー、1週間ぶりの社長の顔だ。

「皆様、NWOは楽しんで頂けてますでしょうか？」

コメントでは「リアル過ぎてびっくりしたぞ！」や「社長の言葉信じてなくてすんません！」と言った実際に会ったことについてのコメントが多く流れてた。

「ははは。ですから最初の放送の時に言ったじゃないですか。逆に私の信用が無くて、皆様が信じてくれなかったことに私は泣きだしそうですよ」

今でこそ笑い話で済んでるけど実際危なかったんだよねぇ……。

「まぁそういうことは置いといて、皆様がもう他の街を行けるようになったことに驚きですよ。特に北にある街は想定していたのですが、南の港街をこんなにあっさりと行けるようになるとは思いませんでしたよ」

すると「南のあれは運営の仕業か！」「謀ったな運営！」と言ったコメントがいくつも流れていた。

「確かに南についてはすこーし群れのボスの思考を街道の封鎖をするように弄りましたが、基本的には変わってませんよ。そもそもこれ以上他のを弄ると色々と不具合を起こしそうですし、もうこのようなことはありませんよ」

社長はにっこりと笑みを浮かべるが、ほとんどのリスナーは疑いの目を持ってコメントをしている。

「とまぁ今回の本題はそこではありませんね。今回は何人ものプレイヤーから問い合わせが来たものを取り上げるのがメインですからね。もちろん、放送でコメントした内容も取り上げたりしますから心配いりませんよ」

んー問い合わせって何が来てたんだろう？　思いつかない……。

「では問い合わせが多かったのは……『ＮＷＯの世界では法律はあるんですか？』でしたね。答えとしては『あります』。と言っても、基本的なことはこちらの世界とあまり変わらないのでそう気にする必要はありませんよ。例えば勝手に人の家に入って物色や、盗みなどですね。これらは犯罪として捕まりますので気を付けてくださいね。詳しいことは図書館がある程度大きな街にはあるのでそこでご確認ください」

あー……やっぱり法律あるんだね。ということは牢屋もあるのかな……？

コメントでも「犯罪犯したらどうなるの？」といったコメントがちらほら見られる。

「犯罪を犯した場合、ステータスに犯罪の犯が丸に囲まれたマークが付きます。犯罪の度合いによって色が真っ赤になっていきます。捕まった場合はその色の度合いによって一定時間牢屋に入れられます。牢屋に入っている間はログアウトはできますが、牢屋にいる時間でカウントされますので注意してください。ちなみにこれはＰＫとは違う仕様なのでそっち方面の方はご安心を」

コメントでは「まぁ妥当だな」やそれに納得したようなコメントが多く流れた。一部では「厳しすぎるぞ！」という声を上がっていた。私としては妥当というより、少し軽いんじゃないかと思ってる。牢屋にいるだけで罪を許されるということだもんね。

その後も問い合わせの内容や、流れたコメントの中からいくつか拾って答えていき、そろそろ動画も終わる時間に差し掛かってきた。

「ではそろそろ時間なので、1つ皆様に報告と説明があります。これは昨日の夜に確認されたことなのですが、プレイヤーが幻獣と遭遇したというログが確認されました。そこで今回はユニークペットと通常ペットの違いについて説明して終わらせたいと思います」

その発言で一気に盛り上がり、「幻獣をペットにできるの⁉」や「どこで見つけられんの⁉」といったコメントが一斉に流れた。

まぁ幻獣をペットにするっていうのはファンタジーにおいては憧れだからしょうがないけどね。

「まず初めに通常ペットについてです。これらは【調教】スキルを使って野生……と言っても野生しかいないんですけど、そのモンスターをテイムすることで『召喚石』というアイテムになって召喚して一緒に戦ったりすることができます。もちろん強さはそこらへんにいるモンスターが基本なのでとても強いといったことはありませんが、育てることによって十分強くなります。

次にユニークペットですが、これらは通常モンスターと違い、ある一定条件下でペットにしたり契約をすることで使役することができます。ユニークペットに当たるのは基本的には幻獣や神話の生物となります。強さとしては幻獣のため、通常ペットに比べると一定の強さを持っています。ですが、ほとんどのユニークペットは一部スキルや能力が封印された状態ですので、それを解除することで本来の力を発揮することでしょう。その条件は様々ですので、もしユニークペットを使役することができましたら色々試してください。

ちなみに皆さんが好きそうな人型もユニークペットとして存在しますので見つけられるといいですね」

その一言にもうリスナーは大歓喜だった。「ケモナー大歓喜！」と言ったコメントが出るわ出るわで……。

「ちなみに獣人もちゃんと住人として存在していますので、拉致とかをした場合は重罪になるので気を付けてください」

まぁ当たり前だよね……。ユニークペットと勘違いして住人を拉致したらそりゃ犯罪ですわ……。

「では今日はここまでで終了したいと思います。今後ともＮＷＯをよろしくお願いします」

そう言って放送は終了した。

てか幻獣見つけた人って誰なんだろう？　そもそもどこにいたのかな？

「幻獣か～……どこにいるんだろう？」

「それにしてももう見つけたなんて早いわねぇ～。北の街から近くにいるのかしら～？」

そうだよね。まだ2つしか街が見つかってないのに幻獣に会えたんだよね。ということはもうペットとして使役してるのかな？　羨ましい……。

「アリスは使役できるならどんな幻獣がいい～？」

「んー……」

どんな幻獣がいいかって言われてもなぁ――……。まぁせっかくファンタジーの世界なんだし空を飛んでみたいからそういうのがいいかな？　でもまぁ……。

「仲良くしてくれるならどんな幻獣でもいいかな？」

「そうね～仲良くしてくれるのが一番ね～」

やっぱりせっかく仲間になってくれるなら仲良くしてくれた方がいいもんね。

「でも1つ気になる点があるのよね～……」

「何か気になったの？」

社長なんか変なこと言ってたっけ？　動画で聞いた内容を思い出すが、特に気になる部分はなかったように思えた。

「幻獣……ユニークペットを使役する際にどうすればいいかっていう点よ～。社長は『ある一定条件下でペットにしたり契約をすることで使役することができる』って言ってたわ～」

「それに何かあった？」

「問題は『契約をすることで』という発言よ～」

「??」

契約がなんかおかしいことかな？

「アリス～、そもそも契約を結ぶっていうのはどういう生物かってわかる～？」

「んー……わかんない……」

リンに言われて少し考えてみるが、特に思いつかなかった。

「つまりね、契約と言えば大抵は悪魔なのよ～」

「えーっと……つまり……？」

「幻獣には悪魔も含まれているかもしれないってことよ～。まぁ悪魔がいるなら天使もいるんでしょうけどね～……。ともかく、悪魔と契約するってことは、とんでもない要求をされるかもしれないから注意するのよ～？」

「うん……？」

とりあえず悪魔とは契約しないようにしろということだよね？　よし、気を付けよう。

「でも天使もユニークペットにできるかもってことは、もしかしたらワルキューレとかもかしらね～？」

「ワルキューレって言うと……ワーグナーのニーベルングの指環に出てくるのとか？」

「他にもヘルヴォルやスクルドとかもいるかもね～」

ワルキューレかぁ～……。そういう子が仲間になったら色々叱られたりもするのかな？　ワルキューレって真面目そうだしなー……。怒られてばっかりだとへこんじゃうかも……。

「やっぱアリスちゃんにはユニコーンとかじゃね？」

すると男性陣の話し声がこちらに聞こえてきた。

「いや、そこはアリスだけに兎がいいんじゃないか？　ショーゴはどう思う？」

「んーそう言われてもなー。いっそのこと獣人で面倒見てもらうとかの方がいいんじゃね？」

獣人かぁ……。狐や狼の獣人とかだったら尻尾とかもふもふしてるんだよね……？　それはそれでいいかも……。

「んっ……」

っと、私に抱き着いていたルカが目を覚ましそうだ。とりあえず頭を撫でておこう。

「ルカ、おはよ」

「……」

うん、ルカはまだ眠そうに私の腰にぎゅっとしがみ付いてくる。でもそろそろ起こさないといけないし、ここは甘やかさないように……。

「ほーらルカ、起きてー。もう昼だよー」

「んんっ……」

ルカは嫌そうに唸《うな》るが、ゆっくり背中を擦るとしがみ付く力が弱くなっていく。

「ほら、ルカ」

「んぅ……」

やっと目を覚ましたのか、しがみ付くのをやめて四つん這いになって起き上がる。

「おはよ、ルカ」

「おはよ……」

ルカも退いたことだし、私もリンの膝から頭を起こす。

なんだかリンが何かを逃したような表情をしますが、まぁ気のせいだろう。

「あら〜アリスちゃんたち起きたのね〜」

「じゃあそろそろ交代お願いしてもいいですか？」

そっか、私たちが起きるまでレオーネとクルルが周りの警戒してたんだった。

「うん、大丈夫」

「大丈夫よ～」

「だいじょぶ」

ということでレオーネとクルルが荷台に乗って、私たち3人が周りの警戒だ。

馬車の外は良い感じの暖かさで、ちょうどいい風も拭くので過ごしやすい。それに、私たちの他にも何人かのPTが周辺にいたので、とりあえず目が合ってお辞儀した人にはお辞儀を返しておく。挨拶は大事だからね。

そんなこんなで夜間も進んで早1日経過、情報では2日ほどで着くとのことなのであと少しかな？　第2の街には麻などもあると言ってたので、生産職用の素材がいくつもあるとは思う。しかし、私が求めている豆はないだろう……。豆がないと味噌も作れないし……。

一応ショーゴに他に何があるのかを聞いたところ、鉱山もあるので武器を作って貰うことも可能とのことだ。でもこの初期武器の脇差も色々お世話になったからなぁ……。でも刀を2本差しているのもいいかも……！

「ショーゴ」

「どうした？」

「NWOって3刀流とか○限1刀流とかってできるのかな？」

「……」

「ショーゴ？」

「お、おう……、とりあえずああいうことをやる人たちは長年の修行の成果があってだからな？　真似してもできないからな？」

「んー……やっぱ無理なんだ……」
○刀流とかってかっこいいと思ったんだけどなぁ……。やっぱり無理なんだ……。
「ねぇショーゴ……いきなりアリスどうしたのよ～……」

「とりあえず次の街で武器作って貰えるかもよ、っていうことを言っただけなんだが……」

「まさかそれで複数の刀を扱って戦いたいとかそういうことが出てきちゃったの～……？」

「あの言い方だとそんな感じだろう……」

ん？　なんかリンとショーゴが話してる。

「どうかしたの？」

「いっいやっ！　なんでもないぞっ！」

「そっそうよ～！」

「⁇」

まぁ何でもないって言うしいっか。と、そんなことを考えている内に北の街に到着した。


「ここが第2の街かー……」

街の雰囲気としてはエアストとあまり変わらなそうだけどね。っと、まずはポータルに行って登録しないと。

ポータルに着くとプレイヤーがたくさんいた。きっと地点登録や移動で使ってるんだよね。

って、あれは……。

「エクレールさん？」

「あらぁ？　貴女は……アリスちゃんじゃない」

「どうもです」

「貴女もイジャードに来たのね」

「イジャード？」

「この街の名前よ。名前がわからないってことはさっき来たばかりかしら？」

「そうです。エクレールさんはいつからこちらへ？」

「こっちでもう10日前には来てたかしらね。南の街道が終わった後こっちに向かったから」

ほぇ～……終わったと思ったらすぐこっちに移動って……さすが有名なギルドは動きが早い……。

「エクレール、知人と話すのもいいがそろそろ行くぞ」

「あっ団長さん」

「ん？　君は確か……」

「あっアリスです！　南の街道の時にお世話になりました！」

「あぁ、悪かった。こちらこそ世話になった」

「いえいえ……あっ！　お引止めしてすみませんでした！」

あの戦闘を見てから団長さんがちょっと怖くてつい萎縮《いしゅく》してしまう……。あうあう……。

「団長、女の子をそんなに脅しちゃダメでしょ？」

「むっ……そんなつもりはないんだが……」

「もう……。じゃあアリスちゃん、またね」

「あっはい！」

私は2人にペコンとお辞儀をすると、エクレールさんが軽く手を振ってくれた。やっぱりエクレールさんって素敵な女性だなぁー……。

っと、話してて皆のこと忘れてた。そう思って後ろを向くと何故かルカを除く皆が固まってた。

「どっどうしたの……？」

「いや……ホントにアリス銀翼と知り合いだったんだなってな……」

「……嘘だと思ったの？」

「いっいや……そういうわけでは……」

むぅー……。嘘つきと思われてたなんて心外だよ！

「……ご飯」

「え……？」

「ご飯1回分で許してあげる……」

「はい……」

ご飯1回分で許してあげる私はなんて優しいのでしょうか。ありがたく思うのだー！

「ご飯1回分で許してもらうって……」

「アリスだからねぇ〜……」

「お姉さん将来……というか今後も心配よ〜……」

「あぁ……純粋無垢《むく》なアリスさんがそんなことになったら……」

「そいつ、社会的に消す必要がある」

「アリスちゃんマジ天使っ！」

なんかその他が言ってるけど人が多くてよく聞こえなかった。てかさっさとこの場から離れたい……。人多すぎ……。

私たちはポータル登録も済んだので、少し場所を移して相談する。

「さてと、この後はどうする？」

「私はこの近くにもダンジョンあるらしいしそっちでスキル上げしようかしら～」

「俺らもダンジョンに行ってスキル上げと素材集めて金稼ぎってところか」

「お姉さんもそれに賛成ね～」

「お金は大切ですからね……」

「ルカはどうするの？」

「んっ、麻や木綿集め。リーネも欲しがってる。お金稼ぎ」

ルカ……リーネでお金稼ぎって……てか知り合って少ししか経ってないのにＡＴＭ扱いされているなんて……。実はルカ結構怒ってた……？

「アリスはどうするの～？」

「んー……」

そういえばあの湖のあれってちゃんと食事してるのかな……？　少し食料持ってった方がいいのかな？　となると……。

「私はエアストの方の森で狩りでもしてようかな」

「アリス、スキルそんなに育ってないなら手伝うぞ？」

「アリス～……人助けもいいけど自分のこともやらないとダメよ～？」

何故そんな心配するようなことになった……。

「ちょっと食料集めたくて…」

「そんな森で狩るほど食料が足りないんですか？」

「んー……そういうわけじゃないんだけど……」

食料については、マールさんのところでパンを買ったりしてるから大丈夫なんだけどなぁ……。

「まぁ言いたくないことなら言わなくていいぞ」

「でも困ったらちゃんと言うのよ～？」

「わかったー」

そんなに心配しなくても大丈夫なのにねー。

では解散、と思ったらリーネさんから連絡が来た。どうやら装備ができたらしい。ということで私とルカがエアストに戻って、他がダンジョンで狩りということになった。

「んっ……」

「ん」

んーまぁポータル移動した時のあの感覚に慣れないなぁ……。やっぱり訓練あるのみかな？　そんな考え事をしていた私の裾をルカがクイクイっと引っ張るので、まずはリーネさんのお店に行くことにします。

「リーネさん、メッセージ見て来ましたー」

「あー……いらっしゃい……」

お店に入って声を掛けると、お店の奥からリーネさんが現れた。まぁ物凄く疲れた表情してるんだけどね……。

「あのー……大丈夫ですか……？」

心配するレベルなんですがその……。

「んー……大丈夫……それより時間かかってごめんね……」

「いえいえ！　作って貰ってる立場なので大丈夫です！」

「ふふっ……私なんかがアリス様のお時間を取らせるようなことをして申し訳ありません……」

「様っ!?」

リーネさんだめだ……。疲労でネガティブになってる……。ここはさっさと話しを終わらせて寝かせないと……！

「とっとりあえず作って頂いた装備の方を……」

「あぁ……申し訳ありません……。こちらが作製させて頂いた装備になります……」

リーネさんはトレードで私に着物を渡し、ルカにも装備を渡した。

「これでアイテムボックスに入ったので装備を変えられるはずです……」

えーっと……これでいいのかな？　私は貰った着物を装備した。色は皆が指定した通りに、黒がメインの襟や帯に赤が混じっている着物だった。ちなみに装備のステータスを見てみるとさらに驚いた。

木綿の着物（黒赤）【装備品】

製作者：リーネ

DEF＋12
DEX＋4

おーDEFが一気に上がったー。しかも思ったより動きやすいし肌触りも良い。

「ありがとうございます！」

「いえいえ……お気に召したのであれば幸いです……」

えーっとルカはどうなのかな？

「どう？」

ルカも私と同じく黒がメインのパーカーに紫色のTシャツ、それに黒のショートパンツ……って短すぎない!?

「これも依頼通り」

「えっと……似合ってるけどショートパンツ短い気がする……よ……？」

「それならいいけど……」

ルカって長いのを履くのが嫌なのかな……？　でも短すぎる方が恥ずかしい気がするけどなぁ……。

って、あれ？　着物の下に着ていた服や装備が見えなくなってるけど外しちゃったかな？

「もしかして他の装備が見えないことが疑問ですか……？」

「はい……特に外した記憶はないんですが……」

「これは一体型装備の特徴でして……一体型を装備するとその下に着ていた服や籠手などの装備が透明化されて見えなくなるのです……。ただコーデによっては見えていた部分がある方が良い装備もありますので、そういったのは透明化表示設定から細かく設定できますが……どうしますか……？」

「あー……このまま透明化で大丈夫です」

あんまり長くいると、またリーネさんがネガティブロードまっしぐらになりそうだからそろそろ出た方が良いよね……。

「ではリーネさん、装備ありがとうございました」

「ありがと」

「またのご来店をお待ちしております……」

「とりあえず寝てくださいね……？」

「わかりました……」

そう言うとリーネさんはログアウトして、私たちは強制的にお店の外に出された。どうやらお店の主がログアウトしてしまうと、店内の人は外に出されてしまうらしい。これが住人が同じ部屋の中にいた場合は別なのだろう。

ホントに作りこまれてるゲームだなぁ……。今後も楽しみだ。

さてさて、あの湖の子は熊肉は食べてくれるかな？


リーネさんから防具を受け取った後、ルカと別れ私は1人森の中へと向かった。とりあえず熊と狼のお肉でいいよね？　あんな凄い水弾撃てるんだからきっと肉食だよね？　これで実はベジタリアンだったらどうしよう……。まぁその時はその時で……。

「たいりょーたいりょー」

狩り終わって血抜きをした熊の死体を【収納】の中に入れる。それにしても【猫の目】のおかげで夜の間も活動できてよかった。おかげでお肉が一杯集まった。ではでは、湖に向かってれっつごー。

と言ってもやっぱり到着まで8時間は掛かった…。下手に休憩しないで疲労を溜める方が危ないからそこは妥協できない。なのでこのぐらい時間がかかるのはしょうがないということにしよう。

さてさて、装備が変わったけどイカグモさんは覚えててくれてるかな?

湖に近づいてみると、1匹のイカグモさんがこちらに近づいてきた。

「こんにちはー」

「──」

とりあえずしゃがんで挨拶をしてみるとイカグモさんは恐る恐る足の1本を伸ばしてきたので、軽く握ってみた。握ると少しビクンとしたが、しばらくすると他の足を伸ばして上下に振る。覚えててくれたのかな?

「今日はちょっと用があって来たんだけど大丈夫かな?」

「──」

何? という感じでイカグモさんは身体を傾ける。

「イカグモさんたちが封印っぽくしてる繭の中にいる子に餌あげたいんだけどいいかな?」

「──!?」

うん、すっごく驚いてる。まぁ当たり前だよね。どこかに行ってほしい対象に餌をあげるって言ってるんだもんね。

「やっぱりダメかな……？」

「――」

イカグモさんは少し考えるように足を組む。器用だなぁ……。そんなことを思ってると、他のイカグモさんたちが集まってきて、私と話してたイカグモさんが他のイカグモさんに説明をしてるのかな？　そんな感じで話している。

他のイカグモさんも驚いているようで、こちらをチラチラっと見てくる。んー……やっぱり無理かなぁ……。そう思っていると、最初に話していたイカグモさんが私の足をクイクイッと引っ張ってくる。引っ張るってことは来いってことだよね？　私は一旦着物の装備を外し、初期装備のまま湖の中に入った。

「(んーやっぱり冷たいけど良い感じの冷たさだなー)」

私はイカグモさんについて行き、繭の近くまで案内してもらった。そしてイカグモさんは心配そうに私に足を絡ませ、ゆっくりと穴が開いている上部へと引っ張ってくれた。

【水泳】スキルもレベルが上がってるのか、前回よりは息継ぎの回数が少なくて済んでる。でも何があるかわからないので、１回息継ぎをしたいアピールをして息継ぎをする。

「ふぅ……。……よしっ」

息継ぎをしてゆっくりと上部の穴に近付く。今度は水弾は飛んでこなさそうで一安心だ。っと、ゆっくりしてる場合じゃない。早いところ餌を入れないと……。

私は【収納】から熊の死体を穴の周りの糸に引っかからないように慎重に落としていく。徐々に熊の死体は沈んでいき、うまく穴の中へと入っていった。

「(さてどうかな……?)」

しばらく待っていると、ガキンっという音が響いた。ということは食べてくれたのかな？　一応念のために待つ。こんなの食えるかーって水弾を撃たれるかもしれないし……。

しばらく待っても特に穴から水弾が出てくる様子もないので、追加で熊の死体を落とす。とりあえず歯が当たる音が響いたら次を入れる、そんで息継ぎという感じで続けていく。

なんか餌付けしてるみたいで楽しくなってついつい【収納】の中に入ってる熊の死体だけではなく、狼の死体も落としてしまった。

「(あれ？　もう無くなっちゃった?)」

いつの間にか【収納】の中の熊と狼の死体を全てあの子にあげてしまったようだ。また取って来ないと……。

「(またね)」

水中では声は出せないので心の中で思って手を振るが、まぁ見えてないだろう。それでもいいんだ。見えてなくてもやることに意義があるのだから。

イカグモさんと一緒に水面まで上がると、私の身体に絡ませていた足を外す。私はそれを確認してから息継ぎをして湖から出る。

その瞬間、後方からドゴンと大きな音がしたので振り返ると、水弾が水中から打ち上げられていた。

「えっ!?　何っ!?」

私はいきなりのことで混乱しましたが、落ち着いて考えてみるとこんなことができるのは繭の中にいる子だけだ。

そしてこうなった原因はもしかしなくても私だときづく。もし、今まで餌を与えなかったせいで力が弱かったとしたら……。

私が餌を与える⇓あの子がそれを食べる⇓元気になる⇓水弾ど━ん。ということになったのではないだろうか……。

「あわわわわっ⁉」

イカグモさんごめんなさあああああい！　私が余計なことしたから皆に被害があああああ⁉

慌てる私を横目に、イカグモさんは最初は驚いていたが途中から大人しくなっていた。そんなことにきづかず私は1人あわあわし続けた。

すると海中から大きな影が水面に近づいてくるのが見えた。

「今度は何ぃぃぃぃぃ⁉」

もう慌てている私にはこれ以上の情報は無理無理無理！　許容しきれないよ！

そんな私の事情など関係なく、大きな影はどんどん水面に近付いていく。そしてその大きな影はついに水の中から姿を現した。

「………」

そう。私の目の前に現れたのは……。

「GYUUUUUUU！」

青い鱗に覆われたとても大きなドラゴンだった。

「う━ん……」

そして、私は考えるのをやめてそのままバタンと倒れ込んだ。もう無理寝落ちしよ……。きっと起きたら死に戻りしてるんだろうな……。そんなことを思って私は意識を失った。

「んっ……」

意識を取り戻した私が目にしたのは眩いお日様の光で、起きたばかりの私の意識を無理矢理覚醒させようとしてくる。

咄嗟に手で目を庇い、日の光を遮るがあまり効果がなかった。諦めた私はその手を地面に降ろしてため息をついた。

「どうして寝てたんだっけ……？」

えーっと……確か……湖に来て……なんだっけ……？　湖に来てからの記憶が全くない。ホントに何があったんだっけ……。

「んんーっ」

とりあえず背伸びをしてみて身体も起こさないと……。私は働いていない頭で腕を伸ばして背伸びをしてみる。そして終わった後手をぐでんっと降ろした時にコツンっと何かに当たった。

「ん？」

気になった私は寝ぼけながらも後ろを向くと、何やら青くて硬いものがあった。なんだろう？　と思ってコンコンとノックをするように叩いてみるが特に反応はない。

「??」

段々目が覚めてきた私は、その青くて硬いものをとりあえずゆすったり持ち上げてみようとしたが、とても重くて動きそうになかった。

そして背後の青くて硬いものが私の周囲を囲むようにあることに気づいて、それを目で追って正面を向いてみるとそこには……。

「なっ……」

少し離れた湖に青い鱗に覆われた大きなドラゴンがいた。

「そっそうだ……私は……」

熊や狼の死体をあのドラゴンにやってて……。

「あわわわわっ」

全てを思い出して私は慌てて逃げようとするが、腰が抜けて動けない。すると青いドラゴンが起きたのか金色の瞳がこちらを見つめてくる。

「わっ私なんか食べてもおおおお美味しくないよぉぉぉぉぉ」

完全にテンパっている私はもはや何を言ってるのかわかっていない。なんでこんなゲーム開始地点の近くにこんなのがいるのかや、何で急に繭から飛び出してきたのかなど、そう言ったことを考える余裕なんてなかった。

慌ててる私とは別に、青いドラゴンは私をじっと見つめている。

私は何を思ったのか、咄嗟に青いドラゴンに向けて【鑑定】を行った。そして出てきたステータスは今の私の驚き具合を更に悪化させるものだった。

名前：******

―ステータス―

【*******】【*******】【*******】【*******】【*******】【*******】【*******】【*******】【*******】【*******】【*******】【*******】【*******】

特殊スキル

【*******】【*******】

名前もスキルも全部隠れていた……。私の【鑑定】のスキルレベルが低いのが原因か……それともステータスを隠すスキル持ちなのかはわからないけど、所持スキルが13個の上に特殊スキルまであった。

「あわわっ……」

相手もこちらが【鑑定】をしたことに気付いたのか、その大きな巨体に合う大きな顔を近付けてきた。

食われるっ!? そう思った私は、咄嗟に目を閉じた。青いドラゴンは目を閉じてる私に優しく当ってきた。そのせいでより身体も震えて変な汗も出てる感じだけど、流石にこの状況で平然とはできない。

しかし、いつまで経っても食べられる様子もなく、恐る恐る目を開いてみると、私に頭を付けたまま じっとしている姿があった。

私は何故かその姿が甘えているように見えたので、ついその肌をゆっくりと擦っていた。

「GYUU……」

私が青いドラゴンの肌を擦ると気持ちよさそうに唸り声を上げる。ちょっと可愛いかも、と思ってしまう私は少しずれているんだなと思うけど、機嫌が悪くなるよりはいいんじゃないかなと思って青いドラゴンの肌を擦り続ける。

しばらく撫でていると青いドラゴンは満足したのかゆっくりと頭を上げ、また私のことをじっと見つめてくる。するといつものＩＮＦＯではなく、頭の中に直接声が届いてきた。

『――――が契約を求めています』

えっと……契約……？　私は周りをキョロキョロと見渡すが、この近くにいるのは私と青いドラゴンさんだけだ。ということはつまり……？

「あなたが私と契約したいの……？」

「ＧＹＵＵ！」

青いドラゴンは私が問うと頷く。……まじですか……。こんな大きな子と契約して私のＮＷＯライフは大丈夫なのだろうか……？　これがもし誰かにばれたら質問責めにされるのは確実だよね……。そもそも契約ってどうやってやるんだろう……？　でも契約ってことは相手の名前を知らないといけないんだよね？　名前隠れて見えなかったけどどうすればいいんだろ……。

そう私が悩んでいると青いドラゴンさんは少し首を傾げた後、何かを察したのか一瞬その巨体が光った。その様子を私はポカーンと見ていたが、青いドラゴンさんが何回か唸ったので【鑑定】を行ってみた。すると前回とは違って名前がきちんと表示された。

名前：大海魔リヴァイアサン

―ステータス―

【********】【********】【********】【********】【********】【********】【高度隠蔽】【********】【********】

【********】【********】【********】
特殊スキル
【********】【********】

……ん？　気のせいかな？　私にはリヴァイアサンって見えるんだけど。ちょっと待って？　リヴァイアサンってあれだよね？　とっても強くてどこぞの大ボス扱いされている幻獣だよね？　それがなんでこんな場所にいるのかな？　ふー……まずは落ち着こう。冷静になろう。そもそもこの子のような大ボスが初期に見つかるはずはない。ということはきっとなんかのバグかミスなんだ。よし、まずは運営に問い合わせだ。いや、いっそのことGMコールをしよう。そうすればすぐに対応してくれるはずだ。善は急げということで私はGMコールをした。

『はい、こちら運営スタッフです。どういたしましたか？』

『あのー……。今最初の街からそこまで離れてないクラー湖というところにいるんですけれども、そこで本来いそうにないモンスターに出会ってしまったんですけれども……これって不具合とかではないと思ってGMコールしたのですが……』

『わかりました。では内容としては「モンスターの配置の不具合もしくはミス」ということですね？しばらくお待ちください』

そう言われたのでしばらく待つこととした。その間、リヴァイアサンは私に顔を近づけて頬ずりをしている。ホントに懐いたなぁ……。

『お待たせいたしました』

『あっ大丈夫です。それでどうでした？』

『確認いたしましたところ、特に配置のミスなどではないとのことですのでご安心ください』

『……え……？』

『ではまた何かありましたらお問い合わせ、もしくは緊急性の場合はGMコールをご利用ください』

『えっあっちょっ⁉』

切られてしまった……。おそらく運営も忙しいのだろう……。しかし……。

「ミスではないということは、この子がここにいるのは仕様ということだよね……？」

私はリヴァイアサンの肌を撫でながら呟く。

「……どうしよう……」

「GYUU？」

でもここでなかったことにして逃げ出しちゃったら、ここに住んでいるイカグモさんたちが困るよね……？　んー……。

「GYUU……？」

「あぁごめんね……？」

リヴァイアサンは不安そうに私にすり寄ってくる。この子も不安なんだよね……。

「……よし！」

覚悟を決めよう。この子をこのまま放置するのはイカグモさんのためだけじゃなく、私の心情的にも嫌だ。だから契約してこの子をここから出してあげよう。

私はリヴァイアサンを撫でるのをやめて、1歩下がり1度息を整えてじっとその金色の瞳を見つめた。

「リヴァイアサン、私と契約してくれる？」

「GYUU！」

リヴァイアサンも私が真剣に話してんのを理解し、じっとこちらを見つめている。

すると、私とリヴァイアサンを囲むように地面に青い魔方陣が出現した。そしてさっきと同様に頭の中に直接声が届いた。

『リヴァイアサンと契約を行います。契約内容を決めてください』

契約内容は私が決める感じなのかな？　リヴァイアサンはじっと私のことを見つめているし……。

「契約と言っても、私はあなたをそこまで縛りたくはない。自由とまではいかないけど好きに動いてほしいって思ってる。そのためには人に迷惑を掛けないのが大事だと思うの。だから街の住人たちに迷惑を掛けない、これを守ってもらいたい約束……契約の1つ目にするね」

その内容にリヴァイアサンも不満はないようで安心した。でも、これはどうしても守ってほしかったから契約に入れた。

「次に、私の身より自分の身を守ってほしい。これが2つ目の契約」

あと何かをお願いすることもあるけど、お願いを聞くかはあなたが決めてね？　と付け加えたが、この契約にリヴァイアサンは不思議に思って首を傾げた。でも私はこの契約でいいと思ってる。私は倒されても復活することができる。でも、リヴァイアサンはもし倒されてしまったら生き返らないかもしれない。私はそんなお別れは嫌なのでこれを契約に入れた。

「そして最後になるけど……」

こんなのを入れていいかは悩んだけど、私にとってこれはとても大事なことだと思ってる。だからこれを最後の契約とする。

「私の大切な人たちが悪意で危害を加えられそうになったら力を貸してほしいの」

自己犠牲とかそういうのだと思われても仕方ないと思う。でも私は大切な人たちが悪意で傷付くのは嫌だから……。そんなことになったら私はきっと……。ううん……。考えないでおこう……。考えればそんなことになってしまう気がするし……。

「少し変わった契約だけどいいかな？」

「GYUUUUU！」

「そういえばあなたの契約の対価はどうすればいいかな？」

こちらが一方的に契約を交わしといてあちらの要求を聞いてなかった……。でもどうしよう……。これで腕や足を寄越せーとか言われたら……。

と思っていたら、リヴァイアサンは口を開けて噛む仕草と湖の中に顔を突っ込む仕草を繰り返した。

私はその仕草を考えてみた。

「えっと……食べる……水の中に顔を入れる……。……もしかして食事？」

「GYUU！」

リヴァイアサンは頷くので、契約の対価は食事ってことでいいのかな？……そんなんでいいのかな？　まぁこの巨体の食べる量となれば一杯必要だからいいのかな？

「では私、アリスがあなた――リヴァイアサンと契約を結びます」

「GYUU！」

すると魔方陣の光が強くなっていき、先程の声がまた届いた。

『契約するにしたがって契約する幻獣の名前を決めてください』

いきなり言われても……。リヴァイアサンだから……リヴァ……は安直すぎるし……。

「そういえば……」

リヴァイアサンって別名でレヴィアタンって言うよね？　ならこの子の名前は……。

「あなたの名前はこれから『レヴィ』だよ」

「GYUUUU！」

レヴィも了承したのか、魔方陣は眩い光を放ち、しばらくすると魔方陣の跡は跡形もなく消えていた。

そしていつの間にか私の手の平に青い宝石が収まっていた。

レヴィの召喚石【非売品】
契約者：アリス
このアイテムは売ることができず、また奪われることも壊れることもない。

おぉう。つまり無くさない大事な物扱いということなのか。まぁこのままこの中にいたんじゃ可哀想だし出そっと。

「おいで、レヴィ」

私がそう口にすると、先程までの大きな図体……ではなく、随分と小さくなった蛇が現れた。

「キュウゥウ」

「………レヴィ？」

「キュゥゥ！」
一体何がどうしたの……。
召喚したレヴィの大きさが全長1mぐらいの大きさで、そこら辺で見かけることもある普通の蛇より少し大きいぐらいだけど、アナコンダと言った巨大な蛇よりは全然小さい。私と契約したせいかなと思って【鑑定】を使ってレヴィのステータスを見てみる。

名前：レヴィ　【封印状態】
―ステータス―
【牙】【封印中】【紺碧魔法】【紅蓮魔法】【物理軽減（弱体化）】【封印中】【偽りの仮面】【隠蔽（弱体化）】【水術】【環境適応】【MP上昇＋（弱体化）】【自動回復＋】【封印中】
特殊スキル
【体形変化】【封印中】

レヴィが【封印状態】となっているので調べてみるとこのような説明となっていた。ついでに他のスキルの詳細も調べてみた。
【封印状態】：契約を交わした幻獣の能力を封じる、もしくは低下させる。封じられているスキルはスキル名が見えず【封印中】と表示され、低下しているスキルには（弱体化）と付く。封印状態を解除するには対価を払う必要がある。対価は幻獣によって異なる。時間経過で再度封印状態になる。これは契約者にしか見ることができず、他者からはスキルがないように見える。

【紺碧魔法】：水魔法の上位スキル。
【紅蓮魔法】：火魔法の上位スキル。
【物理軽減】：物理攻撃のダメージを軽減する。
【偽りの仮面】：ステータスを偽る。契約者には効果がない。
【隠蔽】：鑑定系スキルからステータスを隠す。契約者には効果がない。
【水術】：水泳の上位スキル。
【環境適応】：様々な環境に適応することができる。
【自動回復＋】：時間経過でＨＰとＭＰが回復する。
【体形変化】：体形を自由に変えることができる。

「うーん……」

どうやらレヴィが小さくなったのは、契約するとある程度能力が抑えられるからっぽい。確かに最初にレヴィのステータスを見た時は【隠蔽】が【高度隠蔽】になってたし……。他にも弱体化と付いてるから下がってるんだよね？　でもこの状態でも十分ステータス高いよね……。

そういえば社長も幻獣は一定の強さを持っているって言ってたし、今思い出したけどユニークペットは一部スキルや能力が封印された状態とも言ってたし、今のレヴィの状態とあってるからさっきの考えは当たってる感じだね。スキルにレベルがないのは一定の強さを持ってるからあえてないのか、それとも封印状態だからかは解除しないとわからないし……。

でも対価ってなんだろう？　ご飯食べさせればいいのかな？　でもそれはあくまで一緒に行動する上での対価だからまた別なのかな？　説明にも幻獣によって異なるって言ってるし……。うーむ……。

「キュゥ？」

いつの間にかぶつぶつ言ってた私を心配したのか、小さい身体のままで私の肩までレヴィが登ってきた。

「んっ、大丈夫だよ。それよりレヴィのスキルに【体形変更】ってあるけどどれぐらいまで大きさ変えられるの？」

「キュゥ！」

レヴィは見ててと言わんばかりに飛び降り、少し離れた場所でスキルを使ったのかその青い身体が少し発光した。するとレヴィの大きさがどんどん大きくなり、その大きさが止まるぐらいには幅1m程の大きさになって私が背中に乗れるぐらいだった。

「これがレヴィの封印状態の最大かぁ……」

まぁでかい。誰が何と言おうがでかい。確かに封印前よりは大きさは小さくなっているが、十分でかい。

封印前なんてこれの5倍近くはあったと思うし……。

するとレヴィはまた先程の大きさに戻って私の肩へと登ってきた。どうやら私の肩が定位置になりそうだ。そして最小はこの大きさかな？　まぁこれぐらいなら蛇ですって言えば通じるよね？

そんなことを考えていると、湖の畔にイカグモさんたちが集まってきていた。ってそうか、すっかり忘れてたけどレヴィをここから出してっていうお願いされたんだった……。

「もうレヴィ――リヴァイアサンはこの湖から退いてくれるから大丈夫だよ」

「――」

「それと、色々助けてくれてありがとね。今度何か持ってくるね」

「――」

「ん？」

私がイカグモさんたちにお礼を言うと、イカグモさんが何かモゾモゾし始めた。何かな？　と思ってみていると、どうやら糸を吐いているようだ。それを何個かの毛玉になるように丸めて私の方へ置いてくれた。

「これ貰っていいの？」

「――」

イカグモさんの足が水面から出て上下に動いているため、きっと貰っていいのだろう。私はありがと、と伝えて近くに置かれた毛玉を回収した。せっかく貰った物なので鑑定してみようと思う。

イカグモの糸【消耗品】
粘着性や伸縮性が高く、軽くて強度が大きい糸。粘着性は熱を加えると下がっていく。水中でも使用することができる。

確か糸とかは水を吸いやすいって聞くし、そのせいで着衣水泳は水を吸って動きにくいって聞くけど、この糸で水着やTシャツなりタンクトップを作れば普通に泳げるってことかな？　そう考えるとかなりいい物を貰えたのではないだろうか。イカグモさんありがとうございます。

「キュゥウ」

「――」

レヴィも私の肩から降りてイカグモさんたちに挨拶？　をしている。特に争う様子は見えないので たぶん仲直りできてるんだろうね。よかったね、レヴィ。

「――」

「キュゥ！」

お話が終わったのかレヴィが私の肩へと登ってくる。さてと、私たちもそろそろ行こうか。今度は イカグモさんたちにお土産を持って来ようね、レヴィ。

一応街に着く前にレヴィを召喚石に戻す。他の人に詮索されるのは嫌なので……。

無事に街の中に入ることができた。そういえばイカグモの話をナンサおばあちゃんに伝えないと。

まだ起きてるかな？

「おばーちゃん、アリスです。起きてます？」

おばあちゃんの家の前に着いたので小さくノックする。反応なかったら明日起きた時にまた来よう。

そう思っていると、扉がゆっくりと開く。

「こんな遅くにどうしたんだい？」

「もしかして起こしちゃった？　そうだったらごめんなさい……」

「いいや、少しくつろいでいただけさ。まぁ入んな」

「お邪魔します」

ナンサおばあちゃんは普段通りだけど、少しそわそわしてる気がする。

「んでどうしたんだい？」

「えっと、この前言ってた西の森の奥にあるっていう湖の件なんだけど……」

「あぁ、やっぱりただの噂話だったかいな。悪いね、わざわざ調べさせるようなことさせて」

「ううん、ちゃんと湖あったよ？」

「え……？」

「それとイカグモさんもちゃんといたよー」

「いっいや……アリスや……」

「どうかしたの？」

私また変なこと言っただろうか？

「アリスや……西の森の奥に行くのにどれぐらいかかったんだい？」

「えーっと……大体8時間強かな？」

「よく森のモンスターに襲われなかったねぇ」

「そこは大丈夫。木の上伝って移動してたから」

「……」

「おばあちゃん？」

「あぁ……悪いねアリス……ちょっと驚いただけだよ……」

そんな驚くようなこと言ったっけ……？

「それでねイカグモさんからこんなの貰ったよ」

私はおばあちゃんにイカグモさんから貰った毛玉をアイテムボックスから取り出して渡した。

「これが……」

「うん、水の中でも使える糸だから色々使えそうなの」

「水の中でも⁉　アリスにはホント驚かされてばっかりだよ……」

「あと湖でユニークペットと契約したよー」

「っ……」

「おばあちゃん？」

「アリス……ちょっと待っておくれ……気持ちを落ち着かせたい……」

「うっうんっ！」

私はおばあちゃんが落ち着くまでじっと待つ。しばらくすると落ち着いたのか、「いいよ」というので話を続ける。

「それでね、契約した子をここに出してもいいかな？」

「……部屋を壊さない大きさかい？」

「そこは大丈夫。今は小さいから」

「……わかった。出していいよ」

「じゃあおいで、レヴィ」

私がレヴィを呼ぶと、アイテムボックスの中に入っている召喚石からレヴィが召喚された。

「キュゥウゥ」

「この子が私と契約したレヴィだよ」

「こっこの蛇は何てユニークモンスターなんだい……？」

「えっと、リヴァイアサンだよー」

「リッリヴァイアサンだって!?」

「うっうんっそうだけど……」

おばあちゃんはとても驚いた様子でレヴィを見つめている。レヴィも驚いたのか、私の肩から顔を隠そうとする。

「……その昔、どこかの海で巨大なドラゴンの幻獣が暴れまわっていたらしく、その幻獣のせいで何人もの漁師や港が襲われていた。そして、そのドラゴンの幻獣がリヴァイアサンだったという話だよ」

「レヴィそんな悪いことしてたの？」

「キュゥゥ？」

レヴィは首を傾げているということは、レヴィじゃないリヴァイアサンが昔にはいたってことかな？　もしくはレヴィの親とかかもしれない。

「まぁそんなことで、あまりその子の真名は言わない方がいいね。わかったかい？」

「うん、気を付けるね」

おばあちゃんはレヴィの真名……種族名が知られることで、私に何か起こることを予感してこういう忠告をしてくれたんだろう。そう考えると最初におばあちゃんのところに来てよかった……。

「もし誰かに言うなら海蛇にでもしておけば大丈夫だろうよ」

「まぁレヴィも見た目は蛇だからそれで平気そうだよね」

「キュゥゥ！」

「じゃあおばあちゃん、色々とありがと」

「あぁ、気を付けるんだよ」

「ほら、レヴィもお礼言って」

「キュゥ！」

私とレヴィはおばあちゃんにお礼を言って家を出た。

さてさて、リーネさんのところに行って泳ぐ用に水着を作って貰いたいけど……水着の素材となるやつって他にあるのかな……？　ないなら絶対目立つよね……。……どうしよう……。

［さぁ］スキル情報まとめPart13［発言しよう］

1：名無しプレイヤー

http://****************** ←既出情報まとめ

次スレ作成　＞＞980

614：名無しプレイヤー

メインスキルは大体派生はわかってきたな

615：名無しプレイヤー

サブスキルは多いからまだまだ少ないな

616：名無しプレイヤー

そういや魔法の派生って初期の派生以外まだわかってないんだっけ？

617：名無しプレイヤー

＞＞616一つ派生にし終わったやつらが2つ目取って育ててるらしいしそれ待ちだな
618：名無しプレイヤー
＞＞616定番なら氷とかがあると思ったんだが水の派生が紺碧っていうしちょっと違うんかね
619：名無しプレイヤー
＞＞618氷が出ると思ったわい、水以外に何が正解かわからず悩み中
620：名無しプレイヤー
そもそも相性って言われてもなぁ…それで違ったスキルの場合どうなるんだろうか……
621：名無しプレイヤー
＞＞620可能性としては派生が出ないでそのままか、他を取っても他のが干渉して出ないとかかな？
622：名無しプレイヤー
＞＞621それミスったら終わりってことじゃねえか！
623：名無しプレイヤー
人柱誰かいねえかなぁ……特に魔法使わねえ戦士職……
624：名無しプレイヤー
いっそのことそこら辺どうなるかわかりゃいいんだけどな……
625：名無しプレイヤー
＞＞621どこかにスキル消してSPに戻してくれるところとかないんかね？
626：名無しプレイヤー

＞＞625そういうのは検証がどうとかってなるからないんじゃないかな
627：名無しプレイヤー
＞＞625ここの運営だぞ……リアルを重視してるのにやり直しができそうなことについては優しくない気がする……
628：名無しプレイヤー
そう考えると複合系？　を使いたいやつらはまだ2つ目取るのは待った方がいいな
629：名無しプレイヤー
＞＞628特に気にしないで複数魔法取ったプレイヤーが報告してくれたらラッキーってことで
それにまだ始まったばかりだしな　まだ慌てるような時間じゃない
630：名無しプレイヤー
では先程のサブスキルの派生について話を戻そうか
［モフモフ］幻獣情報まとめPart3［どこだあああ］
1：名無しプレイヤー
http://******************↑既出情報まとめ
次スレ作成　＞＞980
28：名無しプレイヤー
幻獣まだ見つからんかー？
29：名無しプレイヤー
＞＞28まったく影すら見つからん

30：名無しプレイヤー
マジ見つけたやつ報告しろよな……

31：名無しプレイヤー
＞＞30見つけたが幻獣と気づいてない可能性が微レ存

32：名無しプレイヤー
そもそもこんな序盤で見つかるような幻獣だろ？　カーバンクルとか海があるしマーメイドとか
か？

33：名無しプレイヤー
＞＞32ちょっと俺海行ってくるわ

34：名無しプレイヤー
じゃあ俺も

35：名無しプレイヤー
俺も俺も

36：名無しプレイヤー
＞＞35どうぞどうぞ

37：名無しプレイヤー
はめられたあああ

38：名無しプレイヤー
まぁ少なくともドラゴンとかユニコーンとかの強そうなやつはいないだろう

39：名無しプレイヤー
森でカーバンクルでも探すかぁ　そもそも見つかるかな
40：名無しプレイヤー
＞＞39何で見つかんないんだ？
41：名無しプレイヤー
＞＞40そもそも小さいし人前にはあんまりでないって言われてるしな　そのせいでそういう感知関係のスキル持ってたら逃げられる
42：名無しプレイヤー
（あれこれ詰んでね？）
43：名無しプレイヤー
（海で泳げるほどスキルレベル上がってねえしな）
44：名無しプレイヤー
モフモフさせろおおおおおおおお
45：名無しプレイヤー
＞＞44調教スキル取って草原のペットにして　どうぞ
46：名無しプレイヤー
獣耳っ娘……どこにいるんだろう……
47：名無しプレイヤー
＞＞46お巡りさんこっちです

48：名無しプレイヤー
＞＞46これは通報待ったなし
49：名無しプレイヤー
＞＞46悪いけどこれはNG
50：名無しプレイヤー
もうだめだこいつら……早く何とかしないと……
［新素材］素材情報まとめPart22［求む］
1：名無しプレイヤー
http://*****************←既出情報まとめ
301：名無しプレイヤー
次スレ作成　＞＞980
302：名無しプレイヤー
＞＞300麻と木綿のおかげである程度の洋服は作れるようになったな
303：名無しプレイヤー
＞＞301あとは合成繊維系をどうするかだな　あれがあれば水着が作れる
304：名無しプレイヤー
＞＞302裁縫屋としては初期装備でやられているのは我慢ならぬ　合成繊維とまではいかなくても水に耐性のある素材をおおおお！
＞＞303気持ちはわかるが落ち着け　まだ序盤だ　見つからないのは仕方ない話だ　それより

俺らがやることは今ある素材で最高の物を作ることだ

305：名無しプレイヤー
そうですぞ若者たちよ
私たち生産者にとって大事なことは、今手に入れられる素材でいかに依頼人に満足してもらうかですぞ

306：名無しプレイヤー
＞＞305相変わらずの老紳士っぷりですな……

307：名無しプレイヤー
はっはっは　若者たちには負けてられませんからな
では私はこれから装備を作らないといけないので失礼いたします

308：名無しプレイヤー
ホントあの人職人だよなぁ……

309：名無しプレイヤー
イジャードの近くに鉱山あるし、そこで鉄鉱石とかも見つかってるし楽しいんだろ

310：名無しプレイヤー
そういや最近リーネ大人しいな

311：名無しプレイヤー
＞＞310こっぴどく叱られたらしいしな　そっとしといてやれ

312：名無しプレイヤー

＞＞３１１ありゃ自業自得だし仕方ねえよ
３１３：名無しプレイヤー
＞＞３１１＞＞３１２それでも裁縫ではトップなのがなぁ……
３１４：名無しプレイヤー
＞＞３１３心入れ替えてもうああいうことはやらないって誓ったらしいぞ
３１５：名無しプレイヤー
＞＞３１４まぁ次はないだろうしな……
３１６：名無しプレイヤー
お前らも気を付けろよ？　人の振り見て我が振り直せってことだ
３１７：名無しプレイヤー
＞＞３１６せやな　俺も気を付けよう
３１８：名無しプレイヤー
話してるところ悪いが南行ってたら蜘蛛に会って蜘蛛の糸手に入れたぞ　もしかして既存の情報
だったたか？
３１９：名無しプレイヤー
＞＞３１８南に蜘蛛なんていたのか……港だからスルーしてたな……情報サンクス
３２０：名無しプレイヤー
＞＞３１９ＧＪちょいと南行って蜘蛛糸集めてくっかな
３２１：名無しプレイヤー

>>320南で他にも見つけたらおなしゃす

322：名無しプレイヤー
>>321自分も今南にいるから探してみるわ

323：名無しプレイヤー
ちょっと出遅れたが新情報　南で蜘蛛の他に蚕を発見
ただし普通のよりでかいため苦手な奴にとってはキモさ倍増

324：名無しプレイヤー
皆　の　者　宴　じ　ゃ

325：名無しプレイヤー
蚕もとかうっそだろ……　完全にスルーしてた自分を殴りたい……

326：名無しプレイヤー
でも蚕ってかなりの数必要なんだろ？　取り過ぎたらいなくなるんじゃねえのか……？

327：名無しプレイヤー
>>326俺もそう思って取るべきか取らざるべきか悩んでる……
乱獲していなくなって今後絹織物が作れなくなるとか嫌だから……

328：名無しプレイヤー
>>327植物と違って生物だからか……そうすると悩ましいな……

329：名無しプレイヤー
だから倒さないで糸とかもらえないか色々試してみようと思う

また情報が入ったら報告する

330：名無しプレイヤー

＞＞329おなしゃす

昨日は夜遅かったので一旦ログアウトして、今日リーネさんのところへ向かった。お店に入るとリーネさんはいたんだけど、一瞬顔を引きつっていた。きっと何か厄介事が起こるんだろうなと予感してるんだろう……。

「それで……今日アリスちゃんはどうしたのかな……？」

「リーネさん、一瞬どころか今顔引きつってますけど……」

「こんなタイミングで来るアリスちゃんに警戒しない程、私は愚かじゃないよ……」

「その発言に少し棘《とげ》を感じますけど……こんなタイミングとは？」

私が何をしたというのだ……。

「んー……掲示板見たらわかるけど、アリスちゃんやルカちゃん以外にも南で蚕を見つけたっていうプレイヤーが出たの。その件でアリスちゃんたちの装備をどうしようかなーって悩んでたところに、アリスちゃんが来たの」

「は……はぁ……」

「それで……アリスちゃんは今度は何見つけたの……？」

リーネさんそんなに睨まないでください……悪いことしてないのに……。

「えーっと……これ……なんですけど……」

私は恐る恐るイカグモの糸を渡した。するとリーネさんはそれを受け取り頭を抱えた。

「もうホント……勘弁して……」

「りっリーネさん……？」

「なんでこうもポンポン新しい素材見つけてくるの……」

「そんなこと言われても……」

「ちなみに聞くけどこれの入手はどこでどうやって……？」

「えーっと……」

正直に言うとイカグモさんたちに迷惑かかりそうだしなぁ……。ついでにレヴィのことも言いそうになっちゃうし……。

「ちょっと今は内緒ってことにしたいんですけど……」

「……はぁ……わかったの……」

「それで……その……その糸で水着か海で泳ぐ用の服を作って貰いたいなーっなんて……」

「んまぁ……女性の初期装備のシャツやタンクトップとして作れば違和感はないと思うけど……。でもさすがに水着となると素材すら見つかってない現状で作ってしまうと注目されちゃうから……それをアリスちゃんが望むかどうかが……」

まぁ今のところはタンクトップでいいけど、てかリーネさん水着の考察に入ってからブツブツ言い始めたけど大丈夫かな……？

「リーネさん……？」

「はっ……つい考え込んでしまったの……」

「えーっと、それで作って貰うのはシャツってことでお願いしたいんですけど……いくらになります……？」

「ちょっと待ってね。素材レベル確認するから」

そう言ってリーネさんはイカグモの糸を手に持ってじーっと見つめる。そういうスキルがあるのかな？

「うん、要求レベルとしては意外に低かったからいけそうなの」

「それでおいくらぐらいに……」

「んー……動物の皮で1500の麻と木綿で6000だから……これでどう？」

リーネさんは一指し指を立てて一を表現した。

「えっと……1万？」

「うん。絹の方は1・5から2ぐらいになるかなって思ってるの。でもこれは追加効果がない場合で、今後追加効果が付くような素材を使う場合は元のから上がるの」

そっか、まだ追加付加できるような素材がないから純粋な防御力とボーナスぐらいしかつかないんだ。例えばレヴィの鱗とかを使えば水系やスキルにある物理ダメージ軽減とか付くのかな？　でもそんなの使ったら絶対疑問に思われるからやめておこう……。

「私としてはそれで問題ないです」

「じゃあ前金として半分の5000G貰っておくの。完成したら報告するの」

「ありがとうございます」

「そういえばアリスちゃん防具ばっかだけど、武器はどうしてるの？」

「初期のままですけど？」

特に武器は変える必要ないから変えてなかったし……。私はリーネさんに5000Gを渡しながら答えた。

「アリスちゃん……武器もそろそろちゃんとしたのにしようなの……」

「しなきゃだめです……？」

「いつまでも初期武器じゃ恰好つかないの。ウォルターのところに行けばアリスちゃんならちゃんとしてもらえるはずなの」

「ウォルター……さん？」

「鍛冶でトップあたりにいる人なの。今は鉄が見つかったからってイジャードで武器を作ってるはずなの」

そんなこと言われてもなぁ……。イジャードも中々広いから探すの大変なんじゃ……。

「場所わからないと思うけど、聞けば教えてもらえると思うの」

「そんなに有名なんですか」

「まぁ腕は確かだし、希望通りの武器作ってくれるから人気は高いの」

「ほえぇー……」

そんなに凄い人なんだ。いきなり行って大丈夫なのかな？

「あー……あとは……」

「？」

「作って貰った後はちょっと1言言わないといけないんだけど……」

「感謝の言葉ですか？　当たり前ですよね？」

「んー……それはそうなんだけどちょっと変わったことをね……」

ん？　なんだろう？

「そのね……作って貰った武器の説明を聞いた後、『パーフェクトだウォルター』って言う必要があるの……」

……どういうこと……？

「なんかどこかのゲームだかアニメだかのロールプレイかでやってるらしくて、それをしたいがためにキャラ名もそれにしたとか……」

「まっまぁどうやるかは人の自由だし……」

「必ずしも言わないといけないってわけじゃないんだけど……言うと値引きしてくれるっていうだけで……」

値引きしてもらえるならそれぐらい言ってもいい気がするけど……。まぁリーネさんも勧めるし、お金もギルドの依頼受けたおかげで結構貯まってるから大丈夫かな？


ポータルでイジャードへ飛んだ後、近くのプレイヤーにウォルターさんがどこにいるかを聞いてみたところ、結構有名なのか直ぐ着くことができた。まぁ着けたのはいいんだけど……。

「これって……えーっと……確かたたら製鉄だっけ……？」

ウォルターさんがいると言っていた場所には、大きな炉が組み込まれた施設と何人かの職人さんが今も汗を流しながら働いている姿が見えた。すると手が空いていたのか、1人のおじさんがこちらにきづいて寄ってきた。

「おっ、お嬢ちゃんどうかしたかい？」

「えっと……ウォルターさんという異邦人を探していて……」

「大将なら今そこの店ん中にいるぜ」

「あっありがとうございますっ！」

私は教えてくれたおじさんにお礼を言い、ウォルターさんがいるというお店の中に入った。

「おや、誰ですかな？」

「あの……いきなり訪ねてしまってすいません……。うぉっウォルターさんですか？」

「いかにも。私がウォルターでございます。可憐なお嬢さん。本日はどのようなご用件で参られたのでしょうか？」

「その……リーネさんに武器を作って貰うならウォルターさんのところがいいと言われまして……」

「リーネ嬢がそのようなことを……。このウォルター、感激でございます」

話してる分には普通……というよりむしろ良いおじ……いさん……？　なんだろうけど……。なんだろう……何で……執事服なんだろう……。鍛冶屋なんだよね……？　執事服で鍛冶ってやりずらくないのかな……？

「それでお嬢さんは何を作製してほしいのでしょうか？」

「あっ私の名前はアリスです。武器は脇差をお願いしたいんですけど……」

「これはこれはご丁寧にありがとうございます。さてアリス嬢、脇差を作る上でサイズや重さはどのように致しますか？」

サイズに重さかぁ……。今使ってる初期武器がちょうどいい感じがするから同じにしてもらえばいいかなぁ？　急にサイズとか変わると動きとか崩れそうだし。

「この初期武器のと同じぐらいでお願いします」

「畏まりました。では少し調べさせていただきたいので、脇差を抜いて構えて頂けないでしょうか？」

「えっ？　わっわかりました……」

ウォルターさんに脇差を抜いて構えるように言われたので、脇差を抜いて構える。その様子をウォルターさんはじっと見つめています。

「アリス嬢、少しお手を拝借してもよろしいでしょうか？」

「はっはいっ！」

「ありがとうございます。では失礼」

ウォルターさんは私が脇差を持っている手をゆっくりと掴んでじっと見ている。なんだか服の採寸してるみたいで緊張する……。しばらくするとウォルターさんは私の手から手を離した。

「ありがとうございます。アリス嬢の持ち方は他の方に比べると少し鍔寄《つば》りですな。となりますと、鍔寄りに握るところを合わせた方がよろしいですな」

今の動作にそんな意味がっ!?　細かいところにまでこだわりを持つ……。これが……職人っ！

「どうかなさいましたかな？」

「あっすいません！　えっと！　それでお願いします！」

「畏まりました。では材質は鋼でよろしいでしょうか？」

「はっはい！　それで……お値段の方は……」

「そうですな……3万当たりで考えて頂ければ大丈夫かと。よろしいですかな？」

「だっ大丈夫です！」

「では完成しましたら連絡をしますので、よろしければフレンド登録をお願いします」

「こちらこそお願いします！」

私はウォルターさんにフレンド登録を申請した。

「完成まで大体あちらの時間で1週間掛かると思います。なにぶん予約が他にもありましてな」

「だっ大丈夫です。では楽しみに待っています」

「ありがとうございます。では、またのお越しをお待ちしております」

私はお辞儀をしてお店を出た。

ウォルターさんかぁ……。あんなお歳の人でもゲームやったりするんだね。てか外見……というか年齢って変えられたっけ……？　まぁそこまで気にしなくていいよね。

さて、武器はともかく泳ぐ用の服を作ってもらってから海で泳ぎたい。となると、リーネさんの作製待ちになるわけだが……その間にどこに行くかということとなる。

まず第一に、スキル上げのためにイジャード周辺で狩りをするという手もある。このゲームはスキルとＰＳ《プレイヤースキル》が大事なので、それを上げるということは自身を強くすることに繋がる。

しかし、私としてはそこまでガツガツと上げたいという欲求がどうやら低いらしい。おーこれしてたら上がったーという感じが今考えてみても多い気がする……。

では、その他には何をすることがあるかと言えば特に思いつかない。
海に行けるならばその海の幸を取りに行くということがあるが、現状ではそれはお預け状態だ。
となれば、やはり残っているのはスキル上げだが、今の私のスキルで早めにあげておきたいのはどれかとなる。

―ステータス―
SP：10
【刀Lv1】【ATK上昇Lv24】【AGI上昇Lv29】【DEX上昇Lv22】【察知Lv21】【忍び足Lv15】【鑑定Lv26】【収納Lv20】【解体Lv15】【切断Lv13】
特殊スキル
【狩人】
控え
【料理Lv1】【促進Lv12】【猫の目Lv19】【採取Lv23】【童謡Lv20】【刀剣Lv30】【水泳Lv17】

―装備―
服：木綿の着物　DEF＋12DEX＋4
胸：皮の胸当て　DEF＋2DEX＋1
腕：皮の籠手　DEF＋2DEX＋1

腰：皮のベルト　DEF＋1DEX＋1

あと少しで【AGI上昇】がLv30になって、レヴィのようにきっと【AGI上昇＋】となるのだろう。少し掲示板を覗いたところ、ステータス系や生産系スキル、そして一部サポートスキルに関しては、例として挙げると【AGI上昇】と【AGI上昇＋】が別々にわかれずに、強化という形でSPを払って上位を取得して元になったのは消えるような形となるらしい。まぁ同じスキルで枠を2つ使って枠を圧迫してもということなのだろう。

【猫の目】と【童謡】は歌いながら移動したこともあったので意外に上がっていた。【鑑定】についてはレヴィ関係で急激に経験値かなんかが入ったのだろう。一気にレベルが上がっててびっくりした……。そう考えると【鑑定】は低レベルのを調べるより、上のレベルのを調べた方がより経験値を手に入れられるのではないかと私は推測する。まぁただの推測なんだけどね。

とはいえ【刀】スキルがまったくレベルが上がらなかったことには驚きだった。こう直に体験すると以前の仮説が正しかったのではないかと疑ってしまう。でも【刀】スキルについては今はそこまで育てなくてもいいかなと思っている。

それよりは他のスキルの育成の方がいいかなと思っている。そして、そろそろ魔法系も取ってくころかなとも思うし。

さて、私が取る魔法は最初に決めた通り【土魔法】と【闇魔法】だ。ついでに【MP上昇】も取る。これで魔法の使える回数を増やしたいと思う。

……いや待て私よ。ここで魔法を取ってしまったら、育成するのが増えてしまって海へ行けないのではないだろうか……。そう考えると魔法はせめて海が終わってからの方が……。

となると、今優先すべきは現在取得しているスキルの内、【ATK上昇】【AGI上昇】【察知】【忍び足】【鑑定】【猫の目】【童謡】を上げきってしまえばいいのではないかな？

特に【切断】持ちの私はボス戦以外は【ATK上昇】あんまり必要性を感じないので、さっさと控えに回して他のを入れた方がいいと思ってる。

これらのスキルは森でも十分レベル上げができるし、【童謡】は歌ってれば気分が高揚してきそうだし丁度いいよね。それに森ならレヴィも出せるし一石三鳥なのだー。

ついでに薬草の種を見つけたら【MP上昇】付けて【促進】で育ててしまえば魔法を育てる時にいいのではないだろうか！　なんだか楽しくなってきた！　では【MP上昇】を取得っと！　そしてスキルを入れ替えてっと……。

では森に向けてれっつごー！


この数日……いくらフリーだからってやりすぎた気がする……。森の動物たちには悪いと思ってる。だが反省はしない。

日曜日。あれから昼と夜ご飯と休憩以外ずっと森で狩り。

月曜日。大学終わってから寝るまで森で狩り。

火曜日。リーネさんから連絡来てないのでまた夜に森で狩り。

水曜日。休講で大学が午前で終わったため気晴らしにイカグモさんのとこに遊びに行く。余った時間は森で狩り。
木曜日。まだ連絡が来ないのでこれまで狩った分を解体。
これだけ見るとただのゲーマーだね。いかんいかん……。とはいえスキルも十分上がったので今回についてはよしとしましょう。

—ステータス—

SP：9
【刀Lv1】【AGI上昇+Lv1】【DEX上昇+Lv1】【童歌Lv1】【感知Lv1】【隠密Lv1】【鑑定士Lv1】【収納Lv25】【解体Lv24】【切断Lv18】
特殊スキル
【狩人】
控え
【料理Lv1】【促進Lv20】【猫の目Lv27】【採取士Lv1】【刀剣Lv30】【MP上昇Lv10】【ATK上昇+Lv1】【童謡Lv30】【水泳Lv17】

とりあえず【童謡】と【察知】と【忍び足】の派生についてはこのように記されていた。他のスキルはまぁ……上位スキルとしか書いてなかったので……。
【童歌】：童謡の上位スキル。歌の種類によって効果が変わる。
【感知】：察知の上位スキル。感知範囲がさらに広がる。

【隠密】‥忍び足の上位スキル。移動や着地において音が消え、気配も気づかれにくくなる。
【童歌】に関しては効果がいまいちわからないので、今は歌わないようにしとこっと。他はあまり変わってないけど、もう森じゃ育てられなさそうだし育てるとしたらイジャード周りになるのかな？

それにしても初期スキルはレベルの上りがやっぱり早いなぁ。第2陣でもある程度は戦えるようにそういうふうに上げやすくなってるのかな？

そんなことを考えていると、リーネさんとウォルターさんから連絡が届いた。それにしても同時かぁ……。どっちから行くべきか……。

リーネさんとウォルターさんから同時に連絡が来てしまい、どちらから向かうか悩んだ結果、先に依頼したリーネさんから向かうことに決めた。ということで、まずはエアストに向かう。

お店に着くとリーネさんが元気に迎えてくれた。

「こんにちは、リーネさん」

「アリスちゃんいらっしゃいなの」

「ちゃんと言われた通りにウォルターさんに武器頼んできましたよ」

「ウォルターはどんな感じだったの？」

「丁寧に接してくれましたよ。それにしてもあんなにお歳の方でもゲームってやるんですね」

「話によると息子が勧めてくれて始めたそうなの。元々職人だったらしくて歳も歳だから危ないってことで引退してたんだけど、こっちなら怪我する心配がないからってことらしいの」

確かにこっちなら怪我しても現実の身体に危険はないからね。それに自由度の高いこのゲームなら好きにできるもんね。

「そうそう、話が反《そ》れちゃったけど作ったのこっちなの」

リーネさんは私に作製したタンクトップを渡してくれた。着替え後の姿を見るため、一旦着物とかの防具を外して初期装備のタンクトップとショートパンツだけになる。そして、渡してもらった水着として利用できるタンクトップを初期装備と入れ替えた。

新しいタンクトップの色は初期装備と同様に無地の白でシンプルだった。まぁ逆に色が違くても目立って嫌だったし、リーネさんが気を使ってくれたのかな？

水泳用タンクトップ（白）【装備品】
製作者：リーネ
DEF＋16
DEX＋2
追加効果：水中活動阻害無効

DEFも意外に高いことに驚いたが、追加効果がわからないのでリーネさんに聞いてみた。

「追加効果について？　それについてはイカグモの糸を使ったら付いたんだけど、どうやら水中で活動する場合は、渡したタンクトップに付いているような水中活動を阻害しない追加効果がないと【水泳】スキルを持っってても動きが少し鈍くなっちゃうようなの」

「でも【水泳】スキル持ってれば泳げるんですよね？」

「まぁただ泳ぐのと、泳ぐのに適した服を着て泳ぐのじゃ動きに違いが出るのは当たり前ということなの。でも1つあれば大丈夫なはずなの。……流石に重量は影響してくると思うけど……」

確かに【水泳】スキルを持ってるからといって、鎧装備で泳げるかと言ったらまぁ無理だ……。つまり水の中で戦う場合はそう言った装備をしないと動きが悪くなるってことかぁ……。

イカグモさん以外でそういうのあるのかな？

「これで私の仕事は終了なの。後金の5000G頂戴なの」

「本当にありがとうございます」

私は後金の5000Gを渡した後、外した防具を装備し直した。どうやら新しタンクトップは初期装備のタンクトップ同様に下着扱いらしく、そのまま上に着物を着れるようになっていた。これで私のDEFは更に上昇した！　これでイジャード周辺で戦っても大丈夫なはず！

ではリーネさんの次はウォルターさんのところだ。なので私は、エアストからイジャードへ飛んでウォルターさんのお店へ向かう。

「ウォルターさん、アリスです。武器ができたと聞いて来ました」

「おぉアリス嬢。いらっしゃいませ」

相変わらずの丁寧な対応。ホントにこの人職人だったのだろうか？　本当は執事とかをしていたんじゃないかな？

「1週間と聞いていたんですけど、まだ5日ほどですよね？　もうできたんですか？」

「可憐なお嬢様を長くお待たせするのは私としても心苦しいため頑張った結果、完成が早まっただけにすぎません」

鍛冶って頑張って日数早くなる物なのかな……？

「そして完成した品がこちらとなります」

ウォルターさんは鞘が黒を基調として、ところどころに桜の花びらの模様が付けられた脇差を私に渡す。

桜花（脇差）【装備品】
製作者：ウォルター
ＡＴＫ＋28

「アリス嬢専用脇差『桜花』。素材は日本刀として用いられる玉鋼となっております。全長54㎝、重量460g。脇差としては重い方に入りますが、アリス嬢の初期武器に近い重さということでそれに合わせました」

「えっえーっと……」

ウォルターさんは武器の説明をすると私の方をチラチラと見ている。この様子からすると、以前にリーネさんに教わった台詞を言う必要がある感じかな……。ちょっと恥ずかしいけどせっかく作って貰ったんだし……。

「んんっ！……パッ……パーフェクトだウォルター……」

「感謝の極み」

「うぅっ……」

目上の人にこんなこと言って…やばい…恥ずかしい……。

「わざわざお付き合いしていただきありがとうございます。先程のはリーネ嬢からお聞きに？」

「はい……」

「可憐なお嬢様にお付き合いしていただき、このウォルター感激でございます。ではお礼に代金の方の値引きをさせて頂きます。ではお値段の方は２４０００Ｇとなります」

「えっと……それ何割引きされた感じです……？」

「２割引きとさせていただきました」

２４０００Ｇが２割引きってことは……３００００Ｇ？　そんなに引いて大丈夫なのかな……？

私はウォルターさんに値引きしてもらった代金の２４０００Ｇを渡してお礼をした。

「あっありがとうございます…」

「また何かございましたらいらっしゃってください。お待ちしております」

そして私はハーフェンへと飛んだ。泳ぐ用の服は手に入れ、武器も新しいのを作ってもらった。そしてスキルも派生が多くなってちゃんと育っている。これも全て海で泳ぎ、そして海産物を手に入れるため！　いざ、海へ！

さて泳ぐためにまず港へ向かうとしよう。もしかしたら泳ぐのにも申請とか許可が必要かもしれないし、一応組合とかで偉い人に一声掛けといた方がいいよね。

　ということで港に着いたんだけど、まだ午前にもかかわらず船が一杯港に着いている。漁師って朝早く帰ってくるんだっけ？　その割にはなんかワイワイしてる様子がないけど……。とりあえず近くの人に聞いてみよっと。

「おじさーん、ちょっといいですか？」

「お嬢ちゃんどうかしたか？」

「いえ、なんかまだ午前中の割に賑わいがないようなのでどうしたのかなーって思いまして」

「お嬢ちゃん異邦人か？」

「そうですけど……」

「ならちょっと手伝ってもらいたいんだがいいか？」

「私にできることでしたら構いませんけど……」

　一体なんだろう？

「実は沖合にサーペントの群れが現れてな、そのせいで漁ができないんだよ」

「なっなんですとー！」

　ということは海産物が取れないということですか!?

「サーペント自体はそこまで大きくもなくて強くないんだが、それが5匹程うろついていてな……。いかんせん水の上で戦うと分が悪くてな……。そこでギルドに頼んで異邦人たちにサーペント退治をお願いしてもらおうとしてたんだ」

「それで異邦人の私にも手伝ってもらいたいと？」

「あぁ。そういうわけで手伝ってもらえるか？」

「えぇ、構いませんよ」

私はおじさんにニッコリと笑みを帰した。

「でも少し様子を見たいので、防波堤とかってあったら案内してもらえます？」

「あぁ、それぐらい構わんぞ」

私はおじさんに防波堤まで案内してもらった。

「案内してもらってありがとうございます」

「これぐらい気にするな。多分明日明後日には返事が来るだろうし、予定が合うようならこの街のギルドホールに来てくれ」

「はい、わかりました」

おじさんは気を付けなよと言ってその場を去って行った。さてと……。

私は海の様子を確認する。特に海は荒れている様子はなく、波も穏やかだった。そして私は周りを見渡して誰もいないことを確認してレヴィを召喚する。

「キュゥウ」

「レヴィ、ちょっと聞いてくれる？」

「キュゥ？」

「実はね、この港の沖合にサーペントが出たせいで海産物が食べれないの」

「キュゥ!?」

レヴィも驚いている。まぁレヴィも楽しみにしてたもんね。気持ちはわかるよ、私も楽しみにしてたし。

「だからね、そのサーペント私たちで狩ろうと思うの。レヴィも手伝ってくれる？」

「キュウゥゥ！」

「ありがと、レヴィ。じゃあ……私たちのご飯の邪魔をするサーペントたち【獲物】に教えてあげようか」

「キュゥ！」

「私たちの食事を邪魔するやつは絶対許さないということを」

そう吐き捨てて私は着物と防具を外して海へ飛び込んだ。その姿を追うようにレヴィも海へ飛び込み、【体形変更】で大きくなり、私を背に乗せて沖合に向かった。

しばらく陸から離れたのを確認してからレヴィと背に乗っている私は水面から顔を出した。流石にこの状態の私たちを見られるのは拙いと思ったための行動である。

「レヴィ、狩ったサーペントは全部食べていいよ。証拠は残したくないし」

「ギュゥゥ！」

「っと、見えてきたね」

沖合に向かってしばらく進んでいると、全長5m程の6匹のサーペントが周りをうろうろしながら魚を捕まえて食べている姿が見えた。しかもご丁寧に食べる時は頭を水中から出して伸びきった状態で食べている。

サーペントたちは食べることに夢中なのか、こちらにきづいてなく、完全に油断している状態だ。

「レヴィ！」

そんな油断しているサーペントの内の1匹を、レヴィがその鋭い牙で襲い掛かる。レヴィに襲われたサーペントはその身を暴れさせ振り払おうとするが、レヴィの牙は深く食い込んでいるためか振り払えないでいる。

私はレヴィの身体を蹴って、首を水中から出して伸ばしているサーペントに襲い掛かる。首が伸びているため、切断ポイントもちゃんと出ているのでそこを狙っての行動だ。

私は作製してもらったばかりの脇差――桜花を抜いて勢いの付いたままサーペントの首を切断した。首を切断されたサーペントは、崩れる様に水中に身体を沈めていった。

流石に私も空中で移動はできないので、そのまま海へと落ちて行った。私が海へ落ちると同じぐらいに、レヴィもサーペントを倒したのか、別の個体に襲い掛かっていた。流石レヴィ。

と言ってもあちらもただやられるだけではない。襲われていないサーペントがレヴィの身体に噛み付こうとしている。しかし、噛み付かれたにもかかわらずレヴィは平然としている様子から、【物理軽減】と【自動回復+】の2つのスキルでほとんどダメージがないのではないだろうか。レヴィ、それはずっるい。でもまぁ大海魔だから仕方ないのかな……？

さて、こっちもレヴィの援護するとしようかな。幸い私よりレヴィの方が目立ってるから私のことにきづいていないようだし、攻撃されないと油断しているその首を貰うことにしよう。

そうやってレヴィを必死で噛み続けているサーペントの首を【切断】で切断する。これで残りはレヴィが今倒そうとしてるのとその他の2体の合計3体だ。1体はまぁ時間の問題だろうし実質2体だね。

ようやく残ったサーペントが私の存在にきづいたのか、2匹の内1匹がこちらに迫ってきた。しかし、レヴィがこちらをカバーしてくれているのか、その長い尻尾で迫ってきたサーペントを締め上げた。しかも切断しやすいようにわざわざ首から上の頭だけ動かせるようにしてる。ここまでお膳立てしてもらって倒せないのはちょっと恥ずかしいから頑張ろう……。

首から上を動かして私を近づけないように威嚇するが、サーペントは身体を締め付けられて苦しそうにしているため、簡単に接近することができ、切断することに成功する。

その間にレヴィはいつの間にか残りの1匹に噛み付いていた。ちょっとレヴィ強すぎない……？

封印状態でも水中に関しては当分レヴィに勝てそうにないな……。

そうして合計6匹のサーペントを私たちは狩り終わった。死体はレヴィが全部沈んだのも含めて美味しくいただいたようだ。まぁ最初に食べていいって言ったもんね。……1匹ぐらい残しておけばよかったかな……？　でもサーペントって海蛇だったよね？　蛇肉って美味しいんだっけ？　と思っていたらレヴィが1匹身体に巻きつけて運んできてくれた。

「レヴィ、1匹くれるの？」

「ギュゥ！」

「ふふっ、ありがと」

せっかくレヴィがくれたので、ありがたく貰おう。ということで【収納】の中にサーペントの死体を入れてっと。

「じゃあレヴィ戻ろっか」

「ギュゥ！」

レヴィが首を振ったので、おそらく海産物を食べたいということなのだろう。

「そうだね。じゃあ少し獲ってからにしようか」

「ギュゥゥゥ！」

って、しまった。魚を獲るための道具がない。網とか持ってればレヴィが移動してるだけで捕まえられたけど、今使えるような物は手持ちにない……。となると、自力で魚を捕まえるしかないかな？

そんなことを考えていると、レヴィが私を背中に乗せようと身体を動かしてきた。何かアイディアがあるのかな？　そう思ってレヴィの背中にしがみ付くと、レヴィは勢いよく移動し始めた。

「(どっどうしたのっ⁉)」

【水泳】スキルがある程度育ってて助かった。育ってなかったら移動だけで水死体になっていただろう……。一応息継ぎするために少し海面に出てくれたけど、少しの間しか息継ぎできなかったからあんまり変わらなかった感じが……。

そしてレヴィは沖合にある小さな小島の砂浜に私を降ろす。するとレヴィが口を開き、何かがぼとぼとと落ちてきた。

「これって……」

そう、落ちてきたのは魚だった。おそらくレヴィは、口を開けて移動して口の射線上に入った魚を次々に捕まえていったのだろう。

私はレヴィの口から落ちてきた魚を次々に【収納】の中に入れていく。短時間だったため、30匹ぐらいの魚しかいなかったが、私とレヴィとイカグモさんのお裾分けで考えれば十分な量だろう。

私が魚を入れ終わったのを確認すると、レヴィはまた背中に乗るように身体を動かす。今度こそ港へ帰るのだろうし、私はレヴィの背中に乗る。

さて、問題は帰りも見つからないことと、手に入れた魚をどこで食べるかだよね……。いっそのこと塩と包丁とまな板だけ手に入れてイカグモさんのところで食べようかな？　あそこなら邪魔はいらないしレヴィも出せるもんね。塩焼き楽しみだなぁ～……。

というところで私たちは、特に見つかることもなく無事に必要な調味料と道具を買ってイカグモさんのところへと向かった。

【ネタ】ハーフェン雑談スレＰａｒｔ17【求む】

1：名無しプレイヤー
http://********************↑既出情報まとめ
次スレ作成　＞＞９８０

８４０：名無しプレイヤー
＞＞８３９それ単にサーペントがいなくなっただけじゃねえの？

８４１：名無しプレイヤー
＞＞８４０漁師の話によるとサーペントがそんな短期間に移動するのなんて記録にないんだってさ

８４２：名無しプレイヤー
＞＞８４１じゃあ誰かが倒したとかじゃね？

８４３：名無しプレイヤー
＞＞８４２５匹以上いたのを誰が倒したっていうんだよ　しかも船とかも誰も貸した記録はないんだとよ

８４４：名無しプレイヤー
＞＞８４３水泳もちがいったとかは？

845：名無しプレイヤー
＞＞844沖合まで何キロあると思ってんだ…それに海ん中じゃまともに武器使えないだろ
846：名無しプレイヤー
今更だがGTが昨日になるが昼間にモンスターだかなんかの悲鳴だか叫び声が海の方で聞こえたらしいぞ
847：名無しプレイヤー
＞＞846ふぁっ⁉
848：名無しプレイヤー
＞＞846っつーことは他の水生モンスターに襲われたんかねぇ？
849：名無しプレイヤー
＞＞848そこまではわからんがそんな群れのサーペント倒すやつがいる方が厄介じゃねえかよ……
850：名無しプレイヤー
＞＞849でも漁師がプレイヤーと一緒に向かった時には何もなかったんだろ？　まじで何だったんだろう……
851：名無しプレイヤー
＞＞850運営が……っていうのはねえな　となると気まぐれ幻獣がそいつらを追っ払ったっていうのが今のところの有力か
852：名無しプレイヤー

ホントマジで何が起こったんだか……

クラー湖に着いた私たちは、まずイカグモさんたちに挨拶をする。

「こんにちはー」

「――――」

私が湖の畔に近づくとイカグモさんが寄ってくる。相変わらず何か言っているんだろうけどわからないだよね……。だけど、足を上げてくるので挨拶をしてくれているんだなぁとは思ってはいる。

「今日お魚持ってきたんですけど、一緒に食べますか？」

「――――」

イカグモさんたちは一斉に足を上げる。まぁ湖の魚だけじゃ種類がそこまで変わらないもんね。たまには海のお魚も食べたいよね。

そもそもイカグモさんたちは丸ごとなのか、それとも刺身とかにした方がいいかがわからなかったので、まずは1匹刺身にしてその1切れとお魚丸ごとをそれぞれ手に持ち確認してみた。するとイカグモさんたちは全員刺身の方へ足を向けた。

ということで調理に入ろう。まずは焼くための準備としてたき火台を置いてっと……。この前キャンプ用にイジャードで色々買っといてよかった……。えーっと薪を入れた後に網を上に置いてっと……。火はえーっと確か……。

「レヴィ、あの薪に強めに火付けてくれる？」

「キュゥ！」

最小サイズになっているレヴィが薪に火を付けてくれたので、串焼きを作る。まずは魚の内臓を取ってから洗ってと。そして串を背骨を絡めるように頭から刺す。これで串を回しても回らないはずだ。

これを2匹作って塩をかけて網の上に置いていく。そして次はイカグモさんたちのために刺身作りに入る。板前さんみたいに上手くはできないけど、まぁ人並みにはできるので均一の大きさに切り揃えていく。途中魚をひっくり返すのを忘れずにやる。そして皮が焼けた感じになったので端っこに移動させ中をじっくり焼いていく。魚を何匹か刺身に切り終わると、串焼きにしていた魚も焼けたそうだ。いい匂いで食欲がそそられていく。

焼けた串焼きを片手に持ち、もう1つを私は口で咥える。残った片手で切った刺身が乗っているまな板を持ち、イカグモさんたちの方へ向かい、レヴィもその後ろから追い駆けてくる。

そして畔に刺身が乗っているまな板を置いてイカグモさんたちが食べられるようにすると、イカグモさんたちは順番に刺身を1つずつ取って食べていく。

その様子を見ながら私はレヴィに串焼きを食べさせる。レヴィには手がないため串を持てないから仕方ないね。なので私がレヴィの手の代わりに串焼きを持ってあげる。

レヴィは串焼きを必死に齧る。本当だったら丸呑みの方がいいと思うんだけど、せっかくだしこういった食べ方もいいよね。

「では私もいただきます」

口に咥えていた串焼きを空いた片手で持ち、私も串焼きを食べ始める。いい感じに焼けていて塩もいい感じなのでとっても美味しい。

イカグモさんたちも何週かして食べ終えているのですが、譲り合っている部分が見えるのでまだ食べたりないようだ。レヴィの方も見てみるとまだ足りなさそうだから作りますか。まだまだ魚はあるんだからね。

レヴィが獲った魚も全部使い終わって皆満足したそうなので、使い終わったたき火台等をしまう。

そのため画面を開くと何やら通知が来ていた。

「何かな?」

通知を見てみると、オープンからそろそろ1ヶ月が経ち、第2陣が入って来れるようになるためそれに合わせた闘技イベントの開催に関するお知らせだった。イベントは大体2週間後かな?

「闘技イベントかぁ……」

参加者には1万、本選出場者には10万、ベスト4には50万、優勝、準優勝にはそれぞれ100万と75万が配られるらしい。まぁ参加するだけでお金貰えるなら参加してもいいかなと私は思っている。

そんな時、再び連絡が来た。ルカからだ。

「えーっと……」

どうやら闘技イベントについて少し相談したいことがあるとのことで、話したいとの連絡だった。

私としても相談できる相手が欲しかったのでちょうどよかったのだが、いかんせんここから移動すると時間がかかるため、GTで次の日にエアストに集合して話すこととなった。

ということで、イカグモさんたちにバイバイしてレヴィを召喚石に戻してエアストへと向かった。

「アリス」

「ルカ、お待たせ」

「だいじょぶ。少し前に着いた」

「じゃあどこか落ち着いて話せる場所に行こうか」

「んっ」

とは言ったものの、どこがいいかな？　あまり人がいないところと言えば……。

「マールさん、少しお話で席使っても大丈夫ですか？」

「そうねぇ。パン買ってくれたらいいよ」

「じゃあハニートースト2つで」

「あいよ。じゃあ席に座っておいで。できたら持っていってあげるからね」

「ありがと、マールさん」

「ありがと」

私とルカは窓際の席へ向い合わせで座った。

「それでルカは何の相談？」

「闘技イベントだけど、アリス出る？」

「まぁ出てもいいかなーって思ってるけど……それがどうかしたの？」

「んっ。知り合いいるなら安心、と思っただけ」

ルカ人見知りだもんね。そういう意味で確認したかったのかな？

「それで、アリスはＰＶＰしたこと、ある？」

「オンラインゲームをしたことなかったからないかな？　ＮＷＯ始めてから色々調べてはいるんだけどね」

　そもそもこっちじゃ対人するようなことないしなぁ……。

「それで、掲示板見て考えた」

「何を？」

「戦い方」

　戦い方かぁ……。

「アリスは戦い方、考えてる？」

「んー私って近接だから接近しないと戦えないしなぁ……」

「アリス」

「ん？」

「ＰＶＰは、自分の土俵で戦う」

「自分の……土俵……」

　私の土俵かぁ……。と言われてもなぁ……。

「アリスの得意なフィールドは、どこ？」

「しいて言えば……水の中か……森……？」

「少なくとも水中のフィールドは、ないと思う。片方が有利になるのは、たぶんない」

「そっかぁ……。となると……森かなぁ……？」

　とは言っても森でどう戦えば……。

「私も、障害物があった方が戦いやすい。だからそれだけに特化する」

「森の戦いだけに……特化……」

「それにアリスには、一つ武器がある」

「武器？」

「【切断】スキル。あれを生かせば1撃で倒せるずるい技」

「あー……。でもあれだけ強いなら皆取ってないのかな？」

「情報は出てた。でもあんなにうまく当てれないとのこと。判定シビアすぎ」

情報が出てるっていうことは【狩人】と【解体】を取ったんだよね？ でもその様子だと【解体】と【切断】を一緒にスロットに入れてなかったんだな……。

ということは【切断】スキルの対処法とかもできてないって感じなのかな？ とは言え……どうすればいいかな……。私は自分のスキルを見て考える。

「アリスがどう戦うかは、私もわからない。スキルと相談」

「んー……」

「私は、どんなフィールドでも戦おうとしない方がいい、と思う」

「うん……」

んー……自分のスキルと相談かぁ……。難しい……。

「はい、ハニートーストだよ」

「あっありがと、マールさん」

「美味しそう」

「とりあえず食べよっか」

「うん」

「「いただきます」」

とは言ったものの、闘技イベントのことが気になって味に集中できない……。その後、ルカと別れて1人でスキルと睨めっこをして考えることとなった。これでどう戦えばいいかなぁ……。

―ステータス―
SP：9
【刀Lv1】【AGI上昇+Lv3】【DEX上昇+Lv2】【水泳Lv23】【感知Lv2】【隠密Lv2】【鑑定士Lv2】【収納Lv27】【解体Lv28】【切断Lv19】
特殊スキル
【狩人】
控え
【料理Lv7】【促進Lv20】【猫の目Lv29】【採取士Lv1】【刀剣Lv30】【MP上昇Lv10】【ATK上昇+Lv1】【童謡Lv30】【童歌Lv1】

さて困った……。私の戦闘方法と言っても【切断】スキルに頼り切っている部分がある……。まぁそれについては当てるのも技術だからいいとは思うんだけど、それ以外に武器がないということだ……。PVPとなると相手も色々考えてくるし、そんな簡単に当てることができないだろう。

さてどうするか……。これから新しいスキルを取って育てるべきか……。まぁ魔法は取っておいても別に構わないだろうしそこはいいとして……。

「どうしよう……」

そんな調子で悩みながらうろうろしていると、後ろから声が掛かった。

「あっ！　この前のおねーちゃんだ！」

「おねーちゃん！　またあそぼーよ！」

「あそぼー！」

振り向いてみると、何人かの子供たちが私に遊ぼうと声を掛けてきていた。彼らは以前一緒に遊んだ子供たちで、【童謡】スキルがより上がる要因にもなったのである意味感謝してる。それにずーっと考えっぱなしじゃ気も滅入るし、気分転換にもいいかもね。

「せっかく誘ってもらえたし遊ぼっか」

「わーいわーい！」

「あそぼあそぼー！」

さてと、子供たちと遊ぶことだし、【水泳】スキルと【童歌】スキルを入れ替えてっと。さてどんぐらい上がるかな？

「それで何して遊ぶの？」

「おにごっこー！」

「かくれんぼー！」

「かごめかごめー！」

「おうたー」

……私……倒れないかな……？　頑張ろう……。

「ふぅ……」

「おねーちゃん見つけたからあと1人だー」

「頑張ってね」

「うんー！」

いやぁ……ステータス的に鬼ごっこは大変だった……。あっさり捕まると怒られちゃうし、あんまり捕まらないと泣いちゃうし……。ステータスが子供たちに比べて高すぎるっていうのも問題だね……。スキル交換しとけばよかった……。というか……。

「ちょっと皆重いんだけど……」

「たかいたかーい！」

「おねーちゃんの着物きれー！」

「ふわふわー！」

「いいなー！　あたしもきたーい！」

とまぁこんな感じで、座っている私の頭の上に乗ってきたりしがみ付いたりしてきてるんだよね……。子供が苦手っていうわけじゃないけど、この無邪気さが少し大変……。

そんなこんなで子供たちに構っていると、鬼の子が最後の1人を見つけてきた。

「じゃあ次かごめかごめー！」

「あたし鬼やるー！」

「ぼくも鬼したいー！」

「鬼やりたい人はジャンケンしようね。喧嘩はダメだよ」

「「「はーい！」」」

とまぁ喧嘩になる前にジャンケンで決めさせることに成功した。よかった……。

「じゃあ始めるよ。準備はいい？」

「いいよー！」

「おねーちゃんもいくよー！　せーっの！」

「「「かーごめかーごめー♪　かーごのなーかのとーりーはー♪　いーついーつ出ーやーる♪　よーあーけーのばーんに♪　つーるとかーめがすーべったー♪」」」

「後ろの正面だーあれ……♪？」

そう私が歌った瞬間、子供たち全員が私の方へ顔を向けた。

「え？」

「「「あれ……？」」」

「皆どうしたの？　いきなりこっち向いて？」

「んー……わかんない」

「なんかおねーちゃんの方につい向いちゃったー」

「なんでだろー？」

「なんかおねーさんに呼ばれたような気がしたー」

「ぼくもぼくもー」

どういうことだろ？　何か私が変なことしたのかな？　スキルも特に変なのは……。

「あっ！」

もしかして派生スキルの内に影響したのがあるかもしれない。私はスキルを確認してみると1つレベルが上がっているスキルを見つけた。

【童歌Lv2】

でもこれは子供たちと遊んでいたから上がったということもある。なので今度はこの【童歌】スキルを【水泳】と入れ替えてもう1度かごめかごめを歌ってみた。もちろん私は歌う側だ。

すると今度は子供たちは私の方を向くことはなかった。これで確信した。【童歌】スキルは歌を歌うことで効果を発揮するタイプのスキルなんだと。

でもよかった……。もしこれが攻撃系のスキルとして発動してたら子供たちが危なかったんだよね……？　そう考えると不用意に【童歌】をセットするのはやめた方がいいかな……？　ルカにお願いして手伝ってもらおうかな……？　リンやショーゴに言うとまた何か言われそうだし……。

でも【童歌】スキルに反応する歌の基準って何だろ？　おそらく何にでも反応するわけじゃないと思うんだよね。今のところ反応したのがかごめかごめだけだから判断つかないけど……。かくれんぼも私が鬼になったわけじゃないから効果があったかわからないし……。

そういえば人に効くってことはモンスターにも効くのかな？　それも確認しないと……。【鑑定士】スキルになったから少し詳しくステータスを確認できるようになったらしいし、その確認もするからちょうどいいかな？

ルカにお願いするのはその後にしよう。

子供たちには「用事ができたからごめんね」と断って抜けてきた。ということでさっさと森に向かった。

森に入る前に【水泳】スキルと【隠密】スキルを【童歌】スキルと【促進】スキルに入れ替える。

【促進】スキルも派生にすることで何か変化するのではないかと思って入れ替えてみた。

では早速モンスターを探すことにしよう。私は木の上に登ってモンスターを探すことにした。すると狼が1匹でうろついていたので早速実験開始だ。今度は別の歌を歌ってみることにしよう。

「『通りゃんせ通りゃんせ♪　こーこはどこの細道じゃ♪　天神さーまの細道じゃ♪　ちっと通して下《くだ》しゃんせ♪　御用のないもの通しゃせぬ♪　この子の七つのお祝いに♪　お札を納めにまいります♪　行きはよいよい帰りはこわい♪　こわいながらも通りゃんせ通りゃんせ……♪』」

狼は歌っている私を見つけたのか、登っている木に向かってきて吼《ほ》え始めた。私はその狼を【鑑定士】で調べてみた。

名前：エアストウルフ
―ステータス―
【牙Lv3】【爪Lv2】【AGI上昇Lv1】【嗅覚Lv1】【集団行動Lv1】
状態：位置把握不能

ん？　位置把握不能？　どういった効果なのか調べてみた。

位置把握不能：自身の位置がわからなくなり、位置情報が取得できなくなる。

ようは場所がわからなくなるってことかな？　歌の長さの割に微妙な効果だなぁ……。でもまぁこれで【童歌】スキルはモンスターにも効くことがわかった。

とは言ったものの……【切断】スキルと【童歌】スキルをどう併用しろと……。


その後、知っている歌をいくつか試した結果ある程度歌の効果がわかってきた。『雪やこんこ』では周辺に雪が降り始めて、『あめふり』では雨が降り始め、『てるてる坊主』では晴れになった。そして【童謡】スキル取得のきっかけとなった『ハートの女王』は何故か恐怖付与だった。試したらモンスターが急に逃げ出したからびっくりしたよ……。まぁ追いついて倒したんだけどね。

恐怖の状態異常についてはは調べたけど、詳しく載ってなかったから推測するしかなかった……。少なくとも相手が逃げ出すような感じの状態異常ってことなんだろう。まぁ『ハートの女王』は使えるかなと思ったからよしとしよう。

でも少なくとも歌が聞こえてないと効果がないと思うので、何かいいスキルないかなーっと思って取得可能スキルを探してたら面白いのも見つけた。

【山彦】：山や森などで声を発すると反響し遅れて声が返ってくる。

所謂ネタスキルなんだろうけど、こういった声を届かせるのが必要な私にとっては結構使えるかもしれない。とは言ったものの、まだ他にも使えるスキルがあるかもしれないから保留だけどね。

そして地道に【促進】スキルを育てた結果、やっとLv30になった。これで派生が出てきます。出てきた派生は2つで、【成長促進】と【急激成長】だった。

【成長促進】：【促進】の上位。更に成長が早くなる。

【急激成長】：ＭＰを込めることで自身で植えた種や苗木等が急激に成長する。ただし、収穫や伐採する場合３日経った後の物ではないと消滅する。

【成長促進】はまぁそのまんま上位として、【急激成長】は一気に成長させる分日数を置かないといけないのか。それに多分品質とかも下がってるんだろうな……。んー……ＰＶＰでは使えそうにないかな？　そもそも急激に成長させたところで何に使え……と……。

「いや待って……苗木を成長……私の得意なフィールド……自分の土俵で戦う……」

私はブツブツと考え始める。段々と私の戦い方が固まってきた感じがする。

「ふふっ……」

きっと今私は結構悪い顔をしているのだろう。なんだか少し楽しくなってきちゃった。でも今のままではきっとまだ足りない。色々と探さないといけない物が出てきたからね。

でもそうするともう少し手札がほしいなぁ。なのでこの際魔法を取ることにしよう。取るのは以前から決めていた【土魔法】と【闇魔法】だ。それと一緒に【山彦】と【急激成長】と【ＳＴＲ上昇】も取ってしまおう。これであとはうまく派生魔法が出てくれるのを祈るばかりだ。

そして【ＳＴＲ上昇】も取ったのは【急激成長】に関連するのと、今後一杯荷物が増えそうだからそれも含めてのＳＴＲ強化だ。

「さてと……」

とりあえずスキルレベル上げないといけないし、ＰＶＰに備えて色々試したいこともあるし、ここのモンスターさんたちに手伝ってもらわないとね。

さぁ待っててね狼さんや熊さんたち。私と一緒に遊びましょうねー。

とりあえず安心したのは、初期魔法にはよくある○○ボールとかそういった類の攻撃魔法があったのでよかった。さすがに攻撃魔法がないと癖が出て初撃でつい首を狩ってしまいそうだったし……。私も中々必殺仕事人みたいになってるな……。リンなんかはカッコイーとか言いそうだけどね。

とりあえず【土魔法】と【闇魔法】が派生になったらイジャード辺りで派生スキルのレベル上げしないと……。あと条件に合う『アレ』も探さないといけないしね。

ここのも悪くはないんだけど、他にもいいのがあるかもしれないし、行くついでに探すのも悪くないもんね。

っと、そんなこと考えているうちにまた見つけた。今度も狼だね。

「『アースショット！』」

私が唱えると、土の弾が狼へと向かっていきうまく横っ腹に命中した。怒った狼がこちらに向かってくるので今度はこっちを使いますか。

「『アースシールド！』」

更に私が唱えると目の前に土の壁が出現した。意外にこれが硬いので、狼はその硬い壁にぶつかって更にHPを減らす。よし止めだ。

「『ダークショット！』」

土の壁の前で倒れ込んだ狼に闇魔法で追撃をする。HPがなくなり狼が動かなくなったので、さっさと【収納】の中に入れちゃおう。

この調子ならGTで3日ほどあれば派生に行けそう。ホント初期スキルの上がりやすさに感謝だね。もし上昇率が低かったらPVPまでに間に合わないかもしれなかったし……。

その後、日曜日が終わる前になんとか【土魔法】と【闇魔法】をＬｖ30にすることができて、ちゃんとそれぞれの派生スキルが出て、【大地魔法】と【漆黒魔法】を取得した。それともう1つ、相性が良かったのか派生魔法が出てくれた。さてと、寝る前にこっちも使ってみようかな。


「はぁ……」

私は大学へ向かっている最中にため息をついた。まさかの新スキルで危うく自滅するところだった……。あれは安全なところでやるべきだね……。

「アリサ～どうしたの～？」

「んー……ちょっとね……」

「悩み事があるなら相談してもいいのよ～？」

んー……ＰＶＰ前だから相談できないんだよなぁ……。

「ＮＷＯのことだから内緒ー」

「あら～。ってことはＰＶＰ関係かしら～？」

「そうだよー」

「ふふっ、じゃあ楽しみにしてるわね～」

「鈴はＰＶＰの支度とかできてるの～？」

「やることとって言ってもスキル上げと装備を整えるぐらいだからね～。あとマナポーションの素材が見つかったからある程度は捗ってるけどね～」

マナポーションかぁ……。私も確保しとかないといけないかな？

「それどこで売ってるの？」

「イジャードで露店販売してるわよ～。やっぱり売れてるから皆作ってるわね～。あとはポーションの上位のレッドポーションっていうのが売り始めたわね～」

「レッドポーション？」

「ポーションより回復量が多くて35％なのと派生スキル20個まで回復量が減少しないの～」

「ほえ？」

「あ～……アリサは知らなかったと思うけど、派生スキルの数によってポーションの回復量が下がってくるのよ～。派生スキルが10個を超すとポーションの回復量が10％下がるのよ～？」

まったく知らなかった……。そもそもここ最近ポーションを使った試しがレヴィの時ぐらいのような……。

「アリサは戦い方が特殊だからね～……。攻撃食らう前に倒しちゃうでしょ～？」

「はい……」

「これも【切断】スキルの弊害かしらねぇ～……」

鈴の発言にまったく反論できない……。

「PVPだとそんなうまく【切断】当てれないだろうから、ちゃんとレッドポーションも買っておくのよ～。わかった～？」

「うん……」

「……そんなに落ち込まないの～。知らなかったんなら今度から気を付ければいいのよ～」

鈴は空いている左手で私の頭を撫でる。ちなみにもう片方の右手には……。

「………」

ぼーっとしながら引っ張られている正悟に使われていた。これは絶対またオールレベルでやってたな。とは言え、私も早いところ色々やらないと……！　絶対2人やルカたちを驚かせてやるんだ。でもきっと驚くんだろうなぁー。皆がどんな風に驚くのか楽しみ。

「あぁアリサ～急に笑顔になってどうしたの～？」

「ふふっ、なんでもないよ～。ほら早くしないと講義の時間になっちゃうよ～」

「なんか気になるわね～。ってアリサ待って～。ほら、正悟しっかりしなさい～」

「んっ……」

こんな風に私は日常を過ごしつつ、PVPのための準備を着々と進めていく。そして、闘技イベント開始までの2週間があっという間に過ぎて行った。

- - - - - - - - - -

【参加者】闘技イベントPart7【出てこいや！】

1：名無しプレイヤー
http://****************** ←既出情報まとめ
次スレ作成　>>980

109：名無しプレイヤー
ギリギリまでスキルレベルあげたがいけっかなぁ……

110：名無しプレイヤー
＞＞109まずはステータスを晒すんだ　話はそれからだ

111：名無しプレイヤー
ステータスは
【刀剣Lv30】【剣Lv6】【HP上昇＋Lv3】【急所狙いLv13】【ATK上昇＋Lv5】【STR上昇＋Lv2】【DEF上昇＋Lv1】【AGI上昇＋Lv2】【鎧Lv25】【感知Lv3】
控え
【MP上昇Lv13】【MGR上昇Lv1】【毒耐性Lv1】

112：名無しプレイヤー
＞＞111おう……おう……なんというか……一般的な剣士だな

113：名無しプレイヤー
＞＞111まぁ相手によるが頑張れば本選いけんじゃね？　他も同じようなステータスだとは思うが

114：名無しプレイヤー
まぁ物理系だと大抵こうなるよな　魔法系もこれと違って魔法主体なだけで

115：名無しプレイヤー
なんかこう……一芸プレイヤーはおらんのかのぉ？

116：名無しプレイヤー
＞＞115お前が一芸プレイヤーになってもええんやで？

１１７：名無しプレイヤー
＞＞１１６いやです　誰が好き好んでネタプレイせにゃならんのや
１１８：名無しプレイヤー
とりあえず今のところの優勝候補もう1度上げるか
・バルド：皆も知っている銀翼の団長。安定な防御と重い1撃が特徴。シンプルだがそのシンプルさ故に崩しにくい。ＰＳも高い。
・エクレール：銀翼の副団長。高火力の魔法が脅威。接近戦にも棒術で対応できる大人のお姉さん。
・アルト：その剣技から【高速剣】とも呼ばれている。二つ名の通り重い1撃というより素早い剣技が特徴。機動力もある為距離を取ったとしてもすぐ接近される。
・リン：【暴風】とも呼ばれている魔法火力職【アタッカー】。リングアウト方式ならば彼女が優勝ではとも言われるほど。
相性で言うと、バルド＞リン＞アルト＞エクレール＞バルド　って感じか
１１９：名無しプレイヤー
＞＞１１８ちょっと気になるんだがその構図は何でだ？　バルドがエクレール姉さんに弱いってのは魔法でわかるんだが、そしたらリンもじゃないのか？
１２０：名無しプレイヤー
＞＞１１９まぁあくまで相性だからな。バルドは装備が重いし貫通系が効きにくい盾持ってるから風と雷のリンだと相性悪いと思っただけだ。アルトについてはリンには近づけないんじゃないと思ってな。

121：名無しプレイヤー
＞＞119＞＞120まぁあくまで予想だからそこまで気にする必要ないだろ。てか団体戦とかないんだな。それだったら銀翼かウロボロスのどっちかかと思ったんだがな

122：名無しプレイヤー
ウロボロスかぁ……

123：名無しプレイヤー
あいつらはなぁ……

124：名無しプレイヤー
暇人すぎんご……

125：名無しプレイヤー
なんで1日の9割近くログインしてるんですかねぇ……

126：名無しプレイヤー
＞＞125おいやめろそれ以上は言うな

127：名無しプレイヤー
＞＞125廃じ……うっ……頭が……

128：名無しプレイヤー
＞＞127お前は疲れているんだ　もう休め

129：名無しプレイヤー
でも実際ウロボロスって数と時間だけでPSはそこまで……

130：名無しプレイヤー
>>129たっ戦いは数だよアニキィ！

131：名無しプレイヤー
ともかく何人ぐらい参加するんだろうねぇ

132：名無しプレイヤー
まぁ多くて3割ぐらいじゃないか？　お金より第4の街探してるやつらもいるし

133：名無しプレイヤー
スキルの上がりやすさと言いどんどん厳しくなる感じなんかねぇ

134：名無しプレイヤー
>>133プレイヤーを飽きさせないためのやり方だと思うけどな。最初から無理ゲーとか上昇率が低いとモチベも続かんしな

135：名無しプレイヤー
そういう考えとかあんのか　運営って色々考えてんだな

136：名無しプレイヤー
さて新たに二つ名が付くようなプレイヤーはいるのかな？　今のところ生産系と戦闘系の一部しか付いてないからな

［転用ダメ絶対］ＮＷＯ不可思議現象Ｐａｒｔ２［転用禁止］

1：名無しプレイヤー
http://******************←既出情報まとめ

次スレ作成　＞＞980

627：名無しプレイヤー

＞＞626とりあえずフィールドに血が残ってるのは【狩人】持ちの仕業ってことでおｋ？

628：名無しプレイヤー

＞＞627おｋ　知らなかったからびびったわ　そこらへん血だまりで怖かったわ

629：名無しプレイヤー

そういやそういう血の跡があるのって森が多いよな

630：名無しプレイヤー

森と言えばこの前変なことが起きてたな……

631：名無しプレイヤー

＞＞630何があったんだ？

632：名無しプレイヤー

＞＞631なんか急に雪が降ったり雨が降ったり晴れたりしてた

633：名無しプレイヤー

＞＞632は？

634：名無しプレイヤー

＞＞633なんか急に雪が降ったり雨が降ったり晴れたりしてた　大事なことなので2回（ry

635：名無しプレイヤー

＞＞634雪って……まだゲーム内夏前だぞ！　なんで雪降るんだよ！

636：名無しプレイヤー
＞＞635　だからそれが不思議だなって思ってな　一応GMにメールしたが特に問題ありませんって返ってきた

637：名無しプレイヤー
＞＞636　どこぞの霧出す鯨とかそんな感じの幻獣でもいるんかねぇ？

638：名無しプレイヤー
＞＞637　天候を操る幻獣……そんなんいたっけか……？

639：名無しプレイヤー
＞＞638確かフルフルって幻獣が天候操るとかあったな　でもあんなんが初期拠点の側に現れるとか怖すぎだろ……

640：名無しプレイヤー
＞＞639そういや幻獣って結局誰が見つけたんだろうな

641：名無しプレイヤー
＞＞640情報がねえってことはたまたまって感じが濃厚だけどな

642：名無しプレイヤー
この世界ホント不可思議なことが起こるよな　港町のサーペントの消息不明にしかり、森の謎の天候にしかり　闘技イベント以外のイベントの前触れとか？

643：名無しプレイヤー
＞＞642あるとしたら第2陣巻き込んだイベントだろ　夏だしキャンプとかが濃厚そうだけどな

６４４：名無しプレイヤー
＞＞６４３女性の水着見たいですお願いします
６４５：名無しプレイヤー
＞＞６４４お前当日不参加な

闘技イベント当日。予選開始がお昼の12時からなので、遅くとも30分前には到着したいところだ。なので私は11時40分ころにログインする。これで1時間は余裕が持てるので大丈夫だろう。

大会場所はエアストから特設ポータルが設置されたので、そこから飛ぶようだ。しかも住人も飛べるようにもなっているようだ。システム的に平気なのだろうか……？

私はログイン後にリンとショーゴと特設ポータル前で待ち合わせしているので、まずは合流する。まぁ予想通りというか……。私とリンはほとんど一緒に来たんだけど、ショーゴが10分ほど遅れて来た。

「わりぃわりぃ、遅れちまった」

「遅いー」

「時間厳守って言ったのにね～……」

「だからすまんって言ってるだろ」

「はいはい～、じゃあアリス行きましょうね～」

「うんー」

「おいっ!?　待てってって！」

全然悪びれてないのはいつも通りなので、少し呆れながら私とリンは特設ポータルに乗って移動するとショーゴは後ろから追いかけてくる。そして、移動した先で私たちが目にしたものは……。

「これってえーっと……闘技場？」

「まぁ闘技イベントって言うものね～……」

「それにしてもでっけーなぁー……」

「とりあえず受付しましょうか～」

そうだよ。受付しないと参加できないんだからさっさとしてこないと……。そう思って私たち３人は受付を探していると、私にとって懐かしい人がいた。私はそんな彼の元へ向かいながら手を振った。

「タウロスくーんっ」

そう。私のチュートリアルの時に担当してくれた黄道12星座のおうし座の少年だ。相変わらずの褐色肌に身長は特に変わっていないように見えた。その隣は……誰だろ？　綺麗な女性だなー。

「これはこれはアリス様。ようこそいらっしゃいました」

「タウロス君。隣の人は？」

「彼女はヴァルゴ。黄道12星座のおとめ座を司っている女性です」

「ほぇ～……」

私がヴァルゴさんを見つめていると、彼女が口を開いた。

「なんじゃ小娘……妾に何の用じゃ」

「え？」

なんだろう……突然怒られたような感じが……。

「まったく……創造主様は何故妾たちにこのようなことを……」

「ヴァルゴ。異邦人の方々に失礼のないようにしろと創造主にも言われたでしょう」

「じゃが何故妾がこのような者たちに礼を尽くさねばならぬのじゃ！　邂逅の時も妾がどんなに大変だったか……」

「それについては様々な方がいると最初に創造主から言われていたじゃないですか。それを考慮して臨むようにと説明を受けたでしょう？　それをちゃんと聞いていなかったあなたの責任です」

「うぐっ……」

タウロス君がヴァルゴさんを論破しているようで彼女の口数が段々と減っていっている。あんまり責めさせちゃうと可哀想だし止めてあげた方がいいかな？

「たっタウロス君、私そんなに気にしてないから強く言わないで上げて……？」

「……アリス様がよろしいというのであれば私からは何も申しません。ですが……ヴァルゴ。アリス様に謝罪を」

「うっ……その……すまなかったのじゃ……」

「いえ、こちらこそ他の異邦人がご迷惑を掛けたようでごめんなさい」

実際、私たちプレイヤーが迷惑を掛けたんだろうし私も謝罪しておく。これで後腐れがなくなるといいなぁ。

「それでアリス様。闘技イベントの参加ですか？」

「うん。後ろの２人も参加だよ」

そう言って私はリンとショーゴをタウロス君に紹介した。

「アリス様のご友人でいらっしゃいましたか。私はタウロスと申します。以後お見知りおきを」

「私はリンよ～。へぇ～あなたがアリスの担当だったのね～。私の時はかに座だったわ～」

「俺はショーゴ。よろしくな。そういや俺の時はしし座だったな」

「キャンサーとレオですね。お2人は失礼を致しませんでしたか？」

「大丈夫よ～。丁寧に対応してくれたわ～」

「俺の方は最初っから友達的な感じで接してきたなぁ……」

へぇ～。2人はかに座としし座だったんだ。他の星座の人たちにも会えるのかな？　そんなことを考えている内にタウロス君とヴァルゴさんは私たちの手続きを既に終えていた。

「では登録完了いたしましたので、こちらのカードをお取りください」

そう言ってタウロス君は私たちに白紙のカードを渡した。

「これは……？」

「それは予選のブロックを決めるためのカードです。……っと、浮かび上がってきましたね」

私が手に持ったカードには「E」の文字が浮かんできた。これが私の予選のブロックなのだろう。

2人はどうだったのかな？

「あら、私はEブロックね～」

「俺はBブロックだな」

「私もEブロックー」

「じゃあアリスと一緒なのね～。頑張りましょうね～」

「なんだよ俺だけハブかよ……」

まぁ同じブロックじゃない方が潰しあわないしいいんじゃないかな？　ということはリンと戦う感じなのかな？　勝てるかなぁ……。

「では中へどうぞ。予選はそれぞれ別のフィールドに飛ばされますので、それぞれ対応したポータルへ向かってください」

「じゃあ私たちはEブロックだからまた後でね～」

「ショーゴまたね」

「おうよ。じゃあ本選でな」

私とリンはEブロックのポータルへ移動した。さっそくポータルで移動すると、準備室であろう大きな空間が広がっていて何人ものプレイヤーが既に待機していた。空間の中にはちゃんと選手用の椅子がいくつも置かれており、私とリンは空いている椅子に座ってリラックスをする。

「結構多いんだねー」

「まぁ参加するだけで1万もらえるもの～」

「リンは優勝目指してる感じ？」

「まぁやるからにはね～。アリスは～？」

「んー……私は優勝とかは考えてないかなぁ」

「じゃあお試しで参加なの～？」

「うん」

リンは不思議そうに私の顔を覗く。まぁそうだよね。何のために参加するのかっていう感じだもんね。

「リンとショーゴを驚かせたいから参加するのー」

「あら～……ってことはしばらく会わなかったことが関係してるのかしら～？」

「秘密ー」

「ほら～白状しちゃいなさい～」

「やー」

リンは私に抱き着いてほっぺをつついてくる。そんなことぐらいじゃ喋らないよーだ。っと、そんなことをしている場合じゃない。最後にアイテムとスキルを最終確認しないと。

「リンー、ちょっとアイテムとスキル確認するから離して──」

「しょうがないわね～……。でも終わったらまたするからね～」

「やーだー」

まったくリンは……。えーっとアイテムは……回復よし……使う物もよしっ……。あとスキルは……予選は乱戦っぽいから少し変えとこっと。

私はスキルを少し入れ替えて準備を完了させた。すると、私が準備が終わった様子を見てリンがまた抱き着いてきた。周りもなんかヒソヒソと話してて注目されている気がする……。もうっ……。

「おい……あれ暴風だろ……？」

「くっそっ……同じブロックとか運がねぇ……」

「これも日ころの行いのせいか……」

「それにしても暴風が抱き着いてる子は誰だ？」

「見たことねぇなぁ……」

「でも可愛いなぁ……」

なんかちょろっとしか聞こえないけど、暴風っていうのがリンなのかな？　少なくとも私風魔法なんて持ってないし……。

「ねぇリンー」

「なぁに～？　アリス～」

「リンって暴風って呼ばれてるの？」

「あ～……そのことね～……」

どうやらリンはなんか不満そうだ。

「なんかいつの間にかその二つ名が定着しちゃったようなのよ～。私としてはもっと可愛らしい方がよかったんだけどね～……」

二つ名ねぇ……。でも二つ名が付くってことはそれだけ有名ってことなんだよね？　そんなリンの近くにいる私も見られるってことなの……？　あう……。ひっそりとしたい……。

しばらくすると、そろそろ予選の開始時間なのかアナウンスが聞こえる。どうやらここにいればそのまま転送されるそうだ。咄嗟に私はリンにしがみ付いてしまうが、リンは気にしていない様子なのでこのままもしがみついたままでいる。

そして時間となり、眩い光とともに私たちは広いフィールドに転移させられていた。私はリンにしがみついていたからか、リンとくっついた状態でフィールドに運ばれた。

『では、これからEブロックの予選を開始します。審判は私キャンサーが行わせて頂きます。本選出場者はEブロック200人から10名までです。戦闘不能かリングアウトで失格となります。ではあと10秒で開始です』

「じゃありン、そろそろ離れるね」

しかし、私が離れようとするとリンが私をぎゅっと抱きしめて逃がさないようにする。

「大丈夫よアリス～。私たちを驚かせたいんでしょ～？　なら手札は隠したままじゃないと～」

「でも～……」

「それに10人が本選出られるんだし別に問題ないわ～。てことでアリス～ちゃんとしがみ付いててね～」

いやいや……問題あると思うんだけどなぁ……。でもまぁ言われた通りにしておこう……。この状態のリンは絶対動かないから……。

「でもまぁとりあえず～……」

開始の合図とともに数人が私たちの方へ向かってくる。

「お掃除しなくちゃね～」

そう言ってリンは私から手を離して両手を広げた。

「『シュトゥルム！』」

リンが魔法を唱えると、物凄い風が向かってきたプレイヤーに当たったのか彼らを場外まで吹き飛ばしていった。辛うじて重装備のプレイヤーが飛ばされずに済んだが、隙だらけであったため他のプレイヤーに狙われてHPを全損させリタイアしていった。

その後もリンは近づこうとするプレイヤーを吹き飛ばしつつ、こちらを魔法や遠距離武器で狙ってくるプレイヤーに対して迎撃を行っていった。嵐のような攻撃技の応酬……これが暴風と呼ばれる所以なのかなと、私はリンを見上げながら思った。

そしてプレイヤーはいつの間にか10人だけとなり、私は何もしないまま本選へ出場となった。

「きっと掲示板とかで何か言われるんだろうなぁ……」

「もし何か言ってきたら私がちゃんと書いてあげるから大丈夫よ～」

大丈夫の基準がわからないんだけど……。そしてまた私たちは眩い光とともに円形の広い空間へと運ばれた。声がする上の方を見てみると、観客席があり多くの人たちが私たちを見ていた。それに周りには私たち以外のプレイヤーが何人も見られた。どうやらここに本選出場者が運ばれているようだ。私が知っているので銀翼の団長さんやエクレールさん、それに今ショーゴが運ばれてきた。

「ショーゴー」

「おっ、アリスも予選通過したのか」

「えーっと……」

リンにしがみついてたら終わってたなんて言えない……。

「アリスは本選で隠してるもの見せてくれるって言うから私が全部倒してたの～」

「それっていいのか……？」

「別に戦わないといけないとは審判はいってなかったわ～？」

いや……それは屁理屈って言うんじゃ……。ショーゴもなんか唖然としてるし……。

私たちが話している内に全てのブロックの本選出場者が集まったようで、四方に付いているモニターが光り、モニター画面に社長が映った。

『本選出場のプレイヤーたち。まずは予選突破おめでとう。ではこれから本選のトーナメント表を発表する。各々の試合会場を確認してくれ。試合会場は４つあるため、間違いのないように注意するように。では発表する』

モニターの画面が変わり、本選のトーナメント表が映し出された。えーっと私の名前は……。

「あら～……」

「どうしたの？」

「どうやら私とアリスはB会場で、そのまま進めば3回戦で戦うそうよ～」

「えー……」

「それにアリスの方が先に始まる感じだから楽しみねぇ～」

Bってことは……左かな？　えーっとアリスアリス……。

私は自分の名前を試合が始まる左から見ていくと、確かに私の名前があった。そして3回戦目ってことでそれを辿っていくと……。

「なんでリンはシードなの……？」

「なんででしょうねぇ～……」

「あっ、俺は会場Cでシードだ」

3人中2人がシードだった。解せぬ……。

「たぶんシードは各予選で活躍順ってことじゃねぇか？　リンは活躍したって言うし」

確かに私は活躍してないけどさ！　むしろ何もしてないけどさ！

ともかく私の対戦相手は……ケンヤ？　たぶん男の人かな？

『では各自観客席に戻るもよし、準備室で集中するもよし、自由にしてくれ。出場者には開始のお知らせが来るのでそれが来たら10分以内に来てくれ。時間を過ぎると失格になるので注意してくれ。以上だ！　皆の戦いを期待している！』

そう言ってモニターがまた対戦表に変わった。私は会場Bの4試合目かぁ……。移動して準備しないと……。

私とリンは一旦ショーゴとわかれてB会場に向かった。B会場に着くと最初にいたA会場同様に、もう観客席は結構埋まっているように見えた。

「リンー空いてるとこどこかないかなー？」

「ん～……回って探すしかないわねぇ～」

「アリス、リン。こっち」

どこかから聞き覚えのある声がしたので周りをキョロキョロと見渡してみると、ルカが近くの席に座っていた。

「ルカも来てたんだね」

「んっ。でも予選負け」

「そっかぁー……」

「アリス予選突破すごい」

「それについてはリンのおかげだから何とも……」

「？」

私はルカに予選突破できた理由を説明すると、ルカは納得するように頷いた。

「アリス集団戦苦手そう。よく突破できたと思った。納得」

「ルカも私と一緒のブロックだったら突破させれたのにね～」

「だいじょぶ。最初からお試しのつもり」

まぁルカも目立つの苦手そうだもんね。とりあえず自分の実力を試してみたかったって感じかな？

っと、どうやら1試合目が始まるようだ。

『B会場にお越しの皆様、本会場の審判及び解説を担当させて頂きますタウロスとヴァルゴです。よろしくお願いします』

あっタウロス君とヴァルゴさんだー。とりあえず気付かないと思うけど手を振ってみる。

『ではまずはルール説明に移りたいと思います。ルールは至ってシンプル。この直径100m程のシンプルな土でできた平らなフィールドでリングアウトなしのデスマッチです。もちろん降参は可能です』

デスマッチってことはHPが無くなるまでってことだよね？　ある意味ボコボコにされるまで終わらない可能性もあるのか……。

『アイテムの持ち込みについては特に指定はありませんが、回復アイテムに関してのみ1試合にHP、MP含めた合計20個のみとさせていただきます。それぞれ回復アイテムを合計20個以上使用しようとしてもシステム的にブロックが掛かりますので、選手の皆様は計画的にご利用ください』

合計20個までは使えるということはHPとMPの回復アイテムをバランスよく使わないといけないのかぁ……。私としてはMPが多めになりそうだから合計でありがたかったかな？

『これで説明は以上となります。では1試合目を開始しますので選手の方は準備をお願いします』

タウロス君は説明を終えて解説に移るそうだ。ヴァルゴさんは……まだ少しいじけているっぽいけどちゃんとタウロス君の隣で一緒に解説を行っているので大丈夫かな？

そんなこんなであっという間に私の出番である第4試合が目前となった。

「あうあう……」

「アリス～そんなに緊張しなくていいのよ～」

「アリス、だいじょぶ」

やっぱりこういう順番待ちって緊張するよー……。始まれば大丈夫なんだけどなぁ……。

『第3試合決着です！　では次の第4試合の選手は準備してください』

おおぅっ!?　私の番だっ！

「じゃっじゃあ行ってくるっ！」

「頑張ってね～」

「ファイト」

私は2人に手を振って闘技場の中央のフィールドに向かった。距離的にはそこまで離れてないので2分もあれば中央のフィールドに出ることができた。

中に入ると既に対戦相手がいてこちらを見ていた。あれが対戦相手のケンヤって人かな？　見た感じ騎士っぽい装備だから近接タイプっぽいけど……。

『では選手が揃ったようなので選手の紹介をします。アリス選手とケンヤ選手です。皆様大きな拍手をお願いします。そして今回、ローテーションで各会場を回っている創造主が解説としていらっしゃいます』

『ははは。ですが私がいるからといって緊張する必要はないですので、選手の皆様頑張ってください』

この紹介は前の試合でもやっていたので、きっとこれは全試合でやるんだろう。てか社長さんもいるのか……。注目とかされない……よね……？　すると対戦相手がこちらに近づいて来た。

「初めまして。僕は青竜騎士団所属のケンヤだ。よろしく頼む」

「アリスです。こちらこそよろしくお願いします」

「それにしても君も可哀想なことをされたものだね」

「え？」

「君と同じEブロックのギルドメンバーに聞いたんだけど、暴風に庇われてそのまま本選に出場したそうじゃないか」

「そうですけど……」

「まったく……暴風もこんな可憐な少女を無理矢理激戦となる本選に進ませるとは……暴風もなんて酷いことをするんだ……」

なんかちょっとカチンと来た。何も知らないくせにリンの悪口言うなんて……。

「そんな君を一方的に攻撃するのは僕としても心苦しい。だから初撃は君に譲るとしよう」

「アリガトウゴザイマス」

「ではいい試合をしよう、アリスちゃん」

「ソウデスネ」

うん、そっちがそのつもりならこっちも全力で行くね。

『では選手同士も挨拶が済んだようなので試合を開始したいと思います。それでは……試合開始っ！』

私はアイテムボックスから苗木を取り出しフィールドに植えていく。対戦相手は剣を抜いてこちらを不思議そうに伺っているが、こちらを舐めて攻撃しないと言っているので思う存分植えさせてもらおう。

苗木を植えた数ももう既に30を超え、彼の近くにも植えていった。観客も不思議そうに私の様子を見ているが、今のところ野次もないようで助かっている。

大体5分ぐらいでフィールドの各地に苗木を植え終わったので、私は手を叩いて手に付いた土を落とす。

「アリスちゃん、そろそろいいかな？　観客を待たせるのもあれだし攻撃しにおいで」

彼はまだ舐めたことを言っているので私も宣言してあげる。

「大丈夫です。もう攻撃はしてますよ」

「え？」

「……【急激成長】」

私が唱えると、植えた苗木たちがMPを吸い一気に成長し大木へと変化していった。そしてフィールド一面が森へと変化した。私は成長しようとした苗木の頭を掴んでそのままてっぺんへと上った。

「なっ⁉」

「私のフィールド【狩場】へようこそ。歓迎します」

じゃあ、これから狩りを始めよっか。

『これは驚いたなぁ……』

『創造主様……アリスが使ったのは一体……』

『あれは【促進】の派生スキルの【急激成長】だね。伐採や採取、栽培系を取っているプレイヤーが取るものだと思っていたんだが……まさか大会で見れるとは思わなかったよ』

やっぱり社長さんは知っていた感じだね。ってことは私が次にやるスキルもわかるんだよね。……

まぁいっか。今は少し遠くで驚いている彼だ。私は1度深呼吸をして歌を歌う。

「通りゃんせ通りゃんせ♪　こーこはどこの細道じゃ♪　天神さーまの細道じゃ♪　ちっと通して下しゃんせ♪　御用のないもの通しゃせぬ♪　この子の七つのお祝いに♪　お札を納めにまいります♪　行きはよいよい帰りはこわい♪　こわいながらも通りゃんせ通りゃんせ……♪」

少し恥ずかしかったけど、歌わないと効果が発揮しないから仕方ないよね。歌っている最中彼を見たけど聞き入ってたようだし、ちゃんと効果が発動しているでしょう。

では次の段階に移るとしよう。私はMPポーションを飲んでMPを回復させ、手を上に翳して魔法を唱える。

「『ブラックカーテン』」

私が唱えると周囲が少し薄暗くなる。これは【漆黒魔法】の魔法で、周囲を暗くする効果があるが、日中や光があたっている場所で使うと薄暗くなる程度なんだけど、密閉空間で使うと真っ暗となって、暗視効果があるスキルを持ってないと見えなくなってしまうのだ。もちろん展開中は少しずつMPを使うけど……。

今は日中で日があたっているので薄暗い程度だけど大木の根っこの方までは日の光は届いてないようで、ちゃんと暗くなっているのでよしとしよう。

「暗くして攻撃するつもりだねっ！　掛かってきたまえ！」

まだ見当違いなことを言っているから追い打ちを掛けるとしよう。

「『ハートの女王、タルトつくった……♪』」

「え？」

「『夏の日、一日中かけて……♪　ハートのジャック、タルト盗んだ……タルトを全部もってった……♪』」

「なっ何をっ⁉」

「『Off with his head《この者の首を刎ねろ》……♪　Off with his head《この者の首を刎ねろ》……♪』」

さて、これで後は詰めるだけだね……♪　リンを馬鹿にしたこと許さないんだからね……。


一体何が起こっているのかわからない。僕を遠くから見下ろしている少女が、不思議な国のアリスに出てくる歌を歌った瞬間、急に寒気を感じた。本当に何が起こっているんだ……。

すると彼女は急に移動をし始めた。それも僕に近付くんではなく遠ざかって行った。

「まっ待てっ！」

僕は彼女を追いかけるために、擬似的に作られた森の中を走った。

しかし、少し走ったところで彼女を見失った。こんな限られた広さのフィールドで見失うなんておかしい……。しかし、探さないことには近接武器しかない僕にはどうしようもないため彼女を探すために森の中を歩く。

グシャッ。

「ん？」

何か踏んだのかな？　僕はアイテムボックスにある松明で足元を照らす。

「ひっ⁉」

そこにあったのは頭だけで切断面から血を流している狼の死体だった。僕は狼の頭を踏みつけていたのだ。僕はその足を咄嗟に退かす。

「ふふっ……」

すると彼女の声が森の中に山彦のように響いた。僕は周りを見渡すが彼女の姿は見えない。

ポタッポタッ。

今度は右側から何かが垂れる音がしたので、その音の元へと近づいて松明を翳して僕は驚愕した。

「なっなんだよこれ……」

今度は木に逆さに吊るされた首のない狼の死体だった。もう意味がわからない。そしてまた彼女の笑い声が森に響く。

「うぁああああああああああっ⁉」

そして僕は遂に我を忘れて叫びだしてしまった。そして僕はがむしゃらで森の中を走った。少し走ると壁際に着いたので、僕は土壁を背に武器を構えた。

「どっどこからでもかかっ掛かってこいっ！」

膝がガクガクと笑っているが、こんな意味がわからない戦闘なんて初めてなんだからしょうがないと僕は自分に言い聞かせた。しかし、彼女は現れることなくただ笑い声が響いてくるのみだった。

そしてまた彼女の歌が聞こえ始めた。

「『かーごめかーごめ……♪』」

今度はかごめかごめかよっ……。

「『籠の中の鳥は……♪』」

僕は一気に警戒を高める。冷や汗が止まらず、心臓も張りきれんばかりになっているだろう。

「『いーつーいーつー出ーやる……♪』」

その瞬間、左側にあった大木から彼女の声が聞こえた。僕は咄嗟に右側の木へと背中を預けて左側の大木周辺を警戒する。

「『夜明けの晩に鶴と亀がすーべったー……♪』」

依然として左側の大木方向から声が響いている。僕は武器を構えたまま、いつでも対応できるように警戒を続ける。そして……。

「『後ろの正面だぁーあれ……♪？』」

その声は突然、僕が背中を預けている真後ろの大木から囁くように聞こえた。咄嗟に僕は後ろに振り返ってそのまま刀を横に振った。

「なっ⁉」

しかし、そこには誰もいなかった。その瞬間、僕の視界がゆっくりと回転していることに気が付く。そして頭が回転して後ろを向いた僕の目が最後にみたのは、刀を抜いて冷たい目をしてこちらを見下ろしている着物を着た少女の姿だった。


「ふぅ……」

私は刀に着いた血を払い落として刀を鞘にしまった。彼の死体は【狩人】スキルの影響で残ったままだけど、まぁ運営がたぶん死体は消してくれるでしょ。でも問題は苗木を予想以上に使っちゃったことだなぁ……。フィールドリセットされたら2回戦足りるかなぁ……。

『……ッ』

『タウロス、試合終了の宣言を』

『はっはいっ！　しっ試合終了！　勝者！　アリス選手！』

あれ？　第3試合まではあった拍手がない？　どうかしたのかな？　まぁいいや、戻ろっと。

私はさっさと観客席へ戻るためにフィールドの入り口に向かった。

『いやぁ、なかなか衝撃的だったねぇ』

『さすがの私もびっくりしましたよ……アリス様があんな戦闘をするとは……』

『アリス怖いアリス怖い……』

『まぁヴァルゴは置いといて……創造主、今の試合の解説をよかったらお願いします』

『そうだねー……。まずアリス選手が使ったスキルについてはわかったかい？』

『辛うじて【童謡】の派生スキルである【童歌】ということまではわかりましたが……』

『そうだね。でも私も最後のアクションについてはわからなかったよ』

『創造主でもわからないのですか？』

『スキルを全て私が管理しているわけではないからね。知らないのだってあるさ。さて、この試合だけの解説をしててもいけないから次の試合に移ろうか』

『そっそうですね。では第5試合に移りたいと思います。ですが……フィールドについてはこのように変化するとは私たちも思ってなかったため、地面の損傷を直す程度しかできません。申し訳ありませんが試合はそのまま擬似的な森で試合を行います……。では第5試合の選手は準備してください』

【暴風】闘技イベントB会場Part1【一強か?】

1：名無しプレイヤー
次スレ作成　＞＞980

85：名無しプレイヤー
暴風はシードかぁ……

86：名無しプレイヤー
他に知っているような連中おるかぁー？

87：名無しプレイヤー
＞＞86まぁ青竜騎士団や銀翼のメンツもちょろちょろ混じってるからそこらへんが対抗馬じゃないか？

88：名無しプレイヤー
それに比べてAブロックはバルドとアルトが同じブロックだから熱いな

89：名無しプレイヤー
＞＞88ここはB会場スレだぞ　それはスレチだぞ

90：名無しプレイヤー
でもまぁ第3試合も無難に終わったな　やっぱりギルドで動き方勉強しているところは安定してるな

91：**名無しプレイヤー**
第4試合は誰だっけ？
92：**名無しプレイヤー**
>>91えーっと……青竜騎士団のケンヤと……アリス？　知らない子だな
93：**名無しプレイヤー**
わいアリスちゃん応援するで　名前からしてきっと可愛い子や
94：**名無しプレイヤー**
>>92俺予選Eブロックだったんだが、確かその子暴風が庇ってそのまま本選行った子だったはずだぞ
95：**名無しプレイヤー**
>>94そういうのいいのか？
96：**名無しプレイヤー**
ルールとしては戦わないといけないってなかったし、運営も何も言ってないからいいんじゃね？
97：**名無しプレイヤー**
それでも本選で初戦が青竜騎士団だろ？　ちょっと可哀想になってくるな
98：**名無しプレイヤー**
>>97　ここはアリスちゃんを応援するべきだな
99：**名無しプレイヤー**
>>98激しく同意

１００：名無しプレイヤー
おっそのアリスちゃんが現れたぞ
１０１：名無しプレイヤー
きっ着物美少女……！
１０２：名無しプレイヤー
なんかお姫様っぽい感じだな　本選出場の10万のために手伝ってもらったんかね？
１０３：名無しプレイヤー
ケンヤ手加減しろよ　つか手加減しろ（威圧
１０４：名無しプレイヤー
さてアリスちゃんはどんな感じで戦うのかな？　やっぱり可愛く武器振るのかな？
１０５：名無しプレイヤー
おっ始まったな　ってアリスちゃん何してるんだ？
１０６：名無しプレイヤー
＞＞１０５最前列の俺には何か植えているように見えるけど……
１０７：名無しプレイヤー
まぁ何かあるんだろ　野次飛ばさないで見てようぜ
１０８：名無しプレイヤー
せやな　温かく見守ろうぜ
１０９：名無しプレイヤー

>>108お前が言うと何か犯罪臭いな
110：名無しプレイヤー
いつまで植えてるんだろうか……
111：名無しプレイヤー
終わったぽいな　手を叩いてるし
112：名無しプレイヤー
ふぁっ!?
113：名無しプレイヤー
なん……だと……
114：名無しプレイヤー
(ﾟДﾟ)
115：名無しプレイヤー
なんだよあれ……
116：名無しプレイヤー
【促進】スキルなんて取ろうとすら思わなかったぞ……つか知らなかったぞ……
117：名無しプレイヤー
そしてお次は……歌……？
118：名無しプレイヤー
>>117でも綺麗な声んご

１１９：名無しプレイヤー
＞＞１１８姫は姫でも歌姫だった説
１２０：名無しプレイヤー
＞＞１１９ファンクラブ待ったなし
１２１：名無しプレイヤー
っていきなり暗くなった⁉
１２２：名無しプレイヤー
＞＞１２１あれは確か【漆黒魔法】のブラックカーテンだった気がする　詳しくはスキルスレで
１２３：名無しプレイヤー
歌姫で栽培者で闇魔法ってこれもうわかんねえなぁ
１２４：名無しプレイヤー
アリスちゃんの取っているスキルが謎すぎて予想がつかないんごｗｗｗ　でもこれはこれでワクワクして楽しいんごｗｗｗ
１２５：名無しプレイヤー
おっ今度は不思議の国のアリスか
１２６：名無しプレイヤー
あの歌もスキルの一つなんかな？
１２７：名無しプレイヤー
すまん……なんかあの歌聞いてから寒気が止まらなくなってきた……

128：名無しプレイヤー
＞＞127奇遇だな……俺もだ
～～～～～～～～～～～～～～～～～～～

152：名無しプレイヤー
うへぇ……

153：名無しプレイヤー
ちょっと気分が……

154：名無しプレイヤー
ケンヤ……強く生きろ……

155：名無しプレイヤー
試合開始時の俺ら「アリスちゃん可哀想だし応援するんご！」
現在の俺ら「アリスちゃんこわっ……ケンヤドンマイ……」

156：名無しプレイヤー
＞＞155ほんとそれ　本選出場してなくてよかったわ……

157：名無しプレイヤー
俺だったら発狂してる自信はある　観戦ですら既にSAN値がやばい

158：名無しプレイヤー
ケンヤも可哀想に……

159：名無しプレイヤー

負けたところをナンパしようと考えていたワイ　この試合を見て彼女に声を掛けるのをやめることを決意

160：名無しプレイヤー
＞＞159　それが正解だ　それに暴風もいるんだぞ　やめといた方がいい

161：名無しプレイヤー
でもアリスちゃんどうやって攻撃するんだろう？　少なくとも腰に刀っぽいのがあるしそれで攻撃するんかな？

162：名無しプレイヤー
これまでの経験からそんな単純じゃないと俺は思っている……ってさっそく動いたな

163：名無しプレイヤー
ケンヤ完全にびびってるじゃねえか……まぁ無理もねえが

164：名無しプレイヤー
＞＞163あいつは十分頑張っている……そう言ってやんな……

165：名無しプレイヤー
え……？

166：名無しプレイヤー
うそだろ……

167：名無しプレイヤー
わりぃ限界いったん落ちる

１６８：名無しプレイヤー
俺も少しログアウトして気分転換してくる
１６９：名無しプレイヤー
意味がわからねえ……
１７０：名無しプレイヤー
首って斬れるもんなの……？
１７１：名無しプレイヤー
少なくとも、俺らが知らない情報を彼女は持っているということだな　ということで誰か聞いてきてくれマジでお願いします怖くて俺は聞きに行けないです
１７２：名無しプレイヤー
俺だって嫌だわ！　誰が好き好んで首を斬って冷静に立っている子に聞きに行くんだよ！
１７３：名無しプレイヤー
これは色んな意味で盛り上がるぞ……
【何を】闘技イベント総合Ｐａｒｔ３【賭ける】
１：名無しプレイヤー
次スレ作成　＞＞９８０
３１３：名無しプレイヤー
早くバルドＶＳアルトがみたいんじゃぁ～
３１４：名無しプレイヤー

＞＞313しばらくすれば見れるから待ってろ

315：名無しプレイヤー
とりあえず目立ったプレイヤーよろ

316：名無しプレイヤー
＞＞315まだ1回戦だから上げきれないな　2、3回戦ぐらいで結構上がるんじゃないか？

317：名無しプレイヤー
俺は今B会場を見ているんだが……ありのまま……今の試合で起こったことを話すぜ……
とは言ってもこれを見てもらった方が早いな……
PVPの勉強のために各試合を撮ったのだが、問題はこの4試合目だぜ……頭がどうかしちまうかと思ったぜ……

http://******************

318：名無しプレイヤー
＞＞317これってマジ？

319：名無しプレイヤー
＞＞318冗談抜きでマジだ

320：名無しプレイヤー
これは一芸って終わらせられねえなぁ……

321：名無しプレイヤー
これは久々に二つ名が付きそうなプレイヤーの登場だな

322：名無しプレイヤー
それ以前に首切断ってなんだよ……
323：名無しプレイヤー
＞＞322俺B会場で生で見て気になったから掲示板漁って調べたら小さく書かれているのを見つけたぞ
324：名無しプレイヤー
＞＞323ＧＪそれでその原因はなんだった？
325：名無しプレイヤー
＞＞324切断したのはそのままの通りで【切断】スキルというスキルの影響と思われる　入手条件は【狩人】スキルと【解体】スキルを手に入れるとのことだ　しかし、書かれていたことによると【切断】スキルは判定がシビアで実戦は使い物にならない屑スキルとされているようだ　だからスキル掲示板にも上がってなかった
326：名無しプレイヤー
＞＞325あざす　ってことはそのプレイヤーはシビアな判定をクリアーできるだけの技術を持っているということか……
327：名無しプレイヤー
それで俺らB会場組も二つ名付けた方がいいと思ったんだけど、これだっていうのがなくてな
328：名無しプレイヤー
＞＞327とりあえず候補いってみ

３２９：名無しプレイヤー
歌姫　夜叉姫　鮮血姫　死神姫　闇姫　首切り姫　ともかく姫っぽい感じは確かだったから姫はつけたいと思っている
３３０：名無しプレイヤー
確かに動画を見せてもらったが→の候補ではなんかピンとこないな……辛うじて首切り姫が引っかかったが……
３３１：名無しプレイヤー
首切り……首断ち……首なし……首……首……
３３２：名無しプレイヤー
なんか声が小さいけど森を狩場って言ってんのか……怖いな……
３３３：名無しプレイヤー
確かにＰＶＰは自分の優位なことをするっていうのがあるけどさ！　森が得意ってどういうことだよ！　しかも狩りってなんだよこええよ！
３３４：名無しプレイヤー
……なぁ　そのプレイヤーって「首を狩ったお姫様」なんだろ？
３３５：名無しプレイヤー
＞＞３３４まぁ……そうだな
３３６：名無しプレイヤー
「首狩り姫」じゃだめなん？

337：名無しプレイヤー
……なんだろう……

338：名無しプレイヤー
＞＞337おう、言いたいことはわかる　だが思いつかなかった俺らにも問題はある

339：名無しプレイヤー
言われてみれば「首狩り姫」……か……なんかしっくりきたな……

340：名無しプレイヤー
異議なし

341：名無しプレイヤー
俺もその2つ名案に賛成する

342：名無しプレイヤー
俺も賛成だ

343：名無しプレイヤー
では彼女の二つ名は「首狩り姫」ってことで二つ名スレに報告してくるわ

344：名無しプレイヤー
＞＞343頼むでー　ちなみにプレイヤー名はアリスやで

345：名無しプレイヤー
＞＞344はいよー

「ただいまー」

私が観客席に戻ってくると、ルカがリンにしがみ付いていた。

「ルカどうしたの？」

「アリス～……そこは自覚してないのね～……」

「アリス怖い……」

何故かルカが怯えているけど、私……何かしただろうか……。

「アリスさっきの試合で歌ったわよね～？」

「そうだけど……」

「それが会場の観客にも歌の影響が出たのよ～」

「えっ？」

そういえば気にしてなかったけど、よく考えたら歌が聞こえた相手に影響が出るのか……。ということは今ルカが怯えている原因は恐怖付加の影響ってことなのか……。私はルカの隣に座って彼女に謝る。

「ごめんねルカ……そこまで気づいてなくて……」

「試合が大事。気にしてない。でも怖かった……」

ルカがリンから離れて、隣に座った私の裾を少し掴んだ。

「それにしてもホントにアリスには驚かされたわ～……」

「なら作戦成功ー」

「ショーゴがこれを知ったらどうなるかしらね～……」

「リンが驚いたなら驚くんじゃないの？」

「そんな単純なものならいいわね～……」

えぇ……。単純じゃないの……？　それはめんどくさそうだなぁ……。

「それに掲示板も大騒ぎよぉ～？　大丈夫～？」

「そんなに騒ぐことだったかなぁ……？」

「誰も見たことないようなスキルばっかり使ってればそうなるわよぉ～……」

「でも【漆黒魔法】や【急激成長】は見たことあるんじゃないの？」

【漆黒魔法】ならともかく、【急激成長】や【童歌】なんて私も知らなかったもの～……。そう考えると補助スキル系はほとんど知られてないって思った方がいいわよ～」

あれ？　じゃあメインスキルは色々わかってるのかな？

「じゃあリンー、相性の良い魔法で派生ができたのって何があるのー？」

「あら～やっぱりアリスも気になるの～？」

「まぁ一応魔法使ってるし」

「私も知りたい」

「そうね～まず私が使ってる雷と風で【嵐魔法】かしらね～。他には風と水で【氷魔法】ぐらいかしらね～。あとはたまたま見つけられたので、アリスと一緒で土と闇で【重力魔法】かしらねぇ～。でも重力はやめといた方がいいらしいわよ～？」

「それはなんで？」

「漫画とかだと重力を敵に加えるとかあるけど、初期スキルが自分にだけ重力を掛けるっていうものらしいのよ～。だから取った人もほとんど上げないで他の魔法に移ったのよ～」

へー重力って使われてないんだー。それにしても水とか風って結構派生出るんだね。やっぱり汎用性が高いのかな？

「そういえばルカは何か魔法取ってるの？」

「まだ何も取ってない。掲示板でいいのあったら取るつもり」

「そうそう相性と言えば、別に魔法を複数取ってもちゃんと派生が出るらしいのよ～。だから試してみたいのとかあったらやってみるのも手よ～？」

「んっ、考えとく」

まぁすぐ決めるような物じゃないもんね。ゆっくり決めればいいよね。

「んっ……。アリスどうしたの？」

「あっごめんね」

「だいじょぶ」

ついルカの頭を撫でてしまっていた……。恐るべしルカの小動物感……。

「あら～？」

「どうしたの？」

突然リンが困ったような声を上げたので何があったのか尋ねてみる。

「アリス～、さっきの試合の影響でアリスに二つ名が付いたわよ～？」

……ん？　一体何の話……？　二つ名？　えっ？

「アリスの二つ名、何？」

「えーっと……【首狩り姫】だって～」

「納得」

いやっ！　そこは納得するところじゃないでしょルカっ！

「いやいやっ！　なんでそんな二つ名になったの⁉」

「でもアリスお姫様っぽい。それに首狩ってた」

「うっ……」

それを言われると反論が……。首を狩ってたのは事実だし……。

「でっても姫っていうのが……」

「話に聞くと、リンに守ってもらってた」

「別にお姫様でもいいじゃない～。アリス姫ってのもかわいいと思うわよ～」

「あうぅ……」

やめてよぉ……お世辞でもちょっと嬉しくなっちゃうじゃん……。

「それにしてもアリス次の試合どうするの～？」

「えっ？　何が？」

「今第5試合終わったけど、相手フル装備よ～？」

「【切断】使えない」

んー……まぁそういうの相手に対しての対策は一応考えてるけど……。

「えーっとなんて人なの？」

「銀翼所属のランクスっていう盾持ちね～」

「相性悪そう」

「んーそっかぁー」

「あらぁ～。なんか問題に思ってなさそうね～」

「自信ある？」

「まぁなんとかなるかなーって……」

その発言に2人は少し驚くが、実際大丈夫そうだしそこまで気にしなくて平気かな？　ちゃんと方法は考えてるし。


あっという間に2回戦になって私の出番となったため、私はフィールドに来たんだけど……。

「なんでこんなに観客増えてるの……？」

1試合目に比べて2倍以上観客が増えている気がする……。やっぱり銀翼が試合するから増えたのかな……？

すると対戦相手のランクスさんが声を掛けてきた。

「久しぶりだな」

「えっと……」

「南の街道の解放作戦時に、君の所属したＰＴの盾持ちのリーダーだ」

あー……言われれば何か見覚えがあると思ったらあの時の人かぁ……。

「すっすいません……」

「いや、きみとはあれっきりだったからな。忘れていても仕方がない。とは言え、あの時から比べて随分成長したな」

「あっありがとうございます……」

「それに君を見るために随分観客が増えているな」

「えっ？」

私を見るために来てたの？　いやいや、そんなことないでしょー。

「ランクスさんを見るために来たのでは？」

「私程度では観客は増えんよ。しいて言えばこの後にある暴風の試合を見るために来てるかもしれないな」

あー……。リン結構有名っぽいしなぁ……。

「だが試合ではそんなことはどうでもいい。しかし、首が鎧で隠れている私に【切断】スキルは効かない。君がどうするか見せてもらおう」

「おっお願いします」

話したいことを言い終わったのか、ランクスさんは開始位置に戻っていき盾と剣を構えた。

私も手の内を知られているので、不自然がないように刀を抜いて構える。

『それでは、試合開始っ！』

審判のタウロス君が宣言すると、ランクスさんは盾を前にして突っ込んできた。

「歌を歌わせる時間など与えん！　うぉぉぉぉぉぉぉ！」

ランクスさんはＡＧＩも上げているのか、思ったよりも動きが早かった。森を突っ切って私との距離をどんどん詰めてくる。

私は地面に手を付けて準備をする。何故私が分の悪い重武装の相手に対しても落ち着いていられたのか。確かに私の武器が刀と童歌、そして切断だけならば分が悪く、ジリ貧になっていただろう。

しかし、私にはまだ手札がある。そして運がいいことにここの地形は土だ。

「何もしないでやられるだけかっ！　ならばそのまま大人しくしていろっ！」

もう私との距離は10ｍを切っている。そして数秒後には５ｍを切るだろう。しかし、私はその瞬間を狙う。

9……8……7……6……今だっ！

「『地形操作―穴《ホール》！』」

私は前方５ｍにおよそ深さ５ｍ程の深めの穴を作った。そしてランクスさんは勢いを止められないまま、私が作った穴へ落ちていく。

「うぁぁぁぁぁ！」

深さ自体はそこまで深くはないため、落下死することはないだろう。私はその穴を覗きこんで様子を見る。

「生きてますかー？」

「くっ……まさか落とし穴に引っかかるとは……」

「それでどうします？　降参します？」

「っふ……穴に落ちたぐらいで降参などせんよ」

「そうですか……」

私はついため息を付いてしまう。私としては降参してもらいたかったからだ。

「さぁどうする！　このまま見ているだけか！」

「では……この穴の上から土被せて生き埋めにして窒息させますがいいですか？」

「はっ……？」

「ですから、この穴を埋めるために土を乗せるんですよ」

「いやっちょっと……」

まぁこっちの方法で納得してもらわないともう一つの方法を使わないといけないし、私としても目立ちそうで嫌だからできればこっちで納得してもらいたい。

「しかし……銀翼に所属している私の身としてはここで降参など……」

「あと10秒で決めてください。じゅー……」

「まっ待てっ！　せめて30秒っ！」

「きゅー……はちー……なな――……」

「くっ……私はどうすれば……」

「ろくー……ごー……よーん……」

「団長……すみません……」

「さーん……にー……いー」「降参する！」……わかりました」

私はタウロス君の方を見る。タウロス君もランクスさんが偽りで降参したことではないと判断して宣言する。

『ランクス選手の降参により、アリス選手の勝利！』

宣言が出たので、地形操作で土を少しずつ落としていきランクスさんを穴から出させる。さすがに試合が終わったので、鎧を外してくれたおかげで引き揚げやすかった。

「服が少し汚れてしまってないか？」

「んー……そこまで気にならないので叩けば平気です」

「そうか……。しかしあのような手で来るとは思わなかった……」

「ランクスさんからしたら不満かもしれませんが……」

「いや、搦め手に対応できなかった私の実力不足が原因だ。この結果はきちんと受け止める」

「団長さんみたいですね」

「あの人ならもっとうまくやっただろう。私が未熟なだけだ。おそらく次は暴風だろうが頑張りたまえ」

「ありがとうございます」

こうして私の第2回戦は終了した。とりあえずあんな勝ち方だったけどブーイングがなくてよかった……。


私がフィールドから出よう通路に向かうと、リンが通路の反対側から近付いて来た。そういえば私の次が試合って言ったもんね。

「リン頑張ってね」

「ふふっ、もちろんよ～。私も本気のアリスと戦ってみたいものね～」

「リン、私と戦ってみたかったの？」

ちょっと意外。リンのことだから私とは戦いたくないとか言うかと思っていたから。

「喧嘩……とは言わないけど、アリスと本気で戦うなんて機会そうそうないものね～」

確かにリンと喧嘩なんてほとんどしたことがない。

「それにアリスにも強い私を見てほしいもの。やる気だって出ちゃうわよ～」

おぉ、珍しくリンがやる気だ。なら私もそれに答えないと。

「リン」

「なぁに～？」

「私、リンに勝つよ」

「あらあら～」

「むぅー……。冗談だと思ってる？」

「そんなことないわよ～。でも、私だって負けないわよぉ～。全力でアリスに勝つわよ～」

「私だって全力で斬ってやるんだからー」

「ならやることは1つね」

「うん。どちらが勝者で」

「どちらが敗者か」

「「ただそれだけを決め（よう／ましょう）」」

「……うふふっ～」

「……ふふっ」

私たちは2人して意気ごみを宣言したが、その後つい笑い合ってしまう。

「じゃあ次で待ってるね」

「えぇ、待っててね～」

私たちはお互い手を叩きあってそれぞれ向かう場所へ歩き出した。

「ただいまー」

「アリスお帰り」

私は観客席に戻ってルカの隣に座る。すると他にも数人いつの間にか近くに座っていた。

「アリス、お疲れ様」

「アリスちゃんお疲れ様～」

「アリスさん御疲れ様です！」

「アリスちゃんおっつー」

座っていたのはガウルやレオーネたちの4人組だった。

「あれ？　ショーゴの応援は？」

「あいつならまぁ大丈夫だろう。ああ見えて意外に上手いからな」

「それよりお姉さんはリンとアリスちゃんの戦いが気になっちゃってね～」

「そもそも私たちなんか予選落ちですよ……」

「それより、アリスちゃんの動画見たけどあれってどういうことなの⁉」

動画？　一体話だろうか？　運営がダイジェストとかそんな感じで各試合上げてるのかな？

「【切断】の力はわかっていたがまさかあれほどとは思わなかったぞ……一体あれはなんだったん

だ？」

「お姉さんびっくりしちゃったわよ～」

「歌もそうですけどもう何が何だかわかりませんでしたよ…」

「アリスちゃん一体何したのか俺すっげー気になってんだけど！」

おぅ……質問攻めタイムが来てしまった……。とは言ってもスキルのおかげとしか言えないし……それで納得するかの問題が……。

とりあえず、歌は【童歌】スキル、木を一気に成長させたのは【急激成長】、暗くしたのは【漆黒魔法】で、最後のは秘密ということにした。

シュウがちょっと不満そうだけど、言えないもんは言えないって言ったら大人しく引き下がった。珍しい……。

「そういえばあんまり前線でアリスちゃん見ないけど、やっぱりそのスキルの練習とかで来なかったのかしら～？」

「んー……まぁ私としては森での戦い方に慣れたところがあったから、そこで練習してたっていう感じかな？」

「でもまだ明るいからいいですけど、暗い中とおりゃんせとか歌われたら怖いですよ……」

「私暗視効果あるスキル持ってるから別に問題ないけど？」

「いや、アリス……そういうことじゃなくてだな……」

「??」

別に暗視もあるし、周りの敵も感知できるから怖くないと思うけどなぁ？

「アリス。クルルが言ってる、アリス視点じゃない」

「えっ？　ルカ、それってどういうこと？」

「夜の森でアリスに会ったら怖いってこと」

「そんな怖いかなぁ？」

「「「「100人が100人怖いって（言う／言うわよ～／言います）」」」」

「あぅ……」

その言い方だとまるで私がお化けみたいじゃない……。着物だってこんなに可愛いのに……。私は自分の着物を改めて見るが、特に怖い要素は感じない。

「今おそらくアリスが思っていることだが、普通は夜の森で着物を着て刀を抜いている女なんぞ見かけたら全力で逃げるからな」

「まぁ普通にホラーよねぇ～」

「下手したらトラウマものですよ……」

「いくらアリスちゃんが天使だとしてもガウルの発言には同意してしまう……」

「普通、逃げる」

そっそんな……!?　やはり暗い色より明るい色の方がよかったのかな……？

「ちなみに次は明るい色の方がよかったかなとかと思っているだろうが、そっちもあんま変わらん……というか余計怖くなる気がするから怖いという点は変わらんぞ」

ガウルは私をいじめたいのかな……？　あんまりいじめると泣いちゃうぞぉ……。私が泣いたらレオーネやクルルが叱っちゃうぞぉ……。私はじろっとガウルを睨みつける。

「うっ……とっとりあえずリンの試合が始まるぞっ！」

あっ逃げた……。でもリンの試合見たいから見逃してあげよう。

私がフィールドを覗くと、既に開始の合図が出ていた。フィールドは森のままなので、対戦相手はリンの攻撃を受けないように森に隠れ始めた。

「なんか……対戦相手ビビってませんか？」

「リンが相手だからね～。隠れたくなる気持ちはわかるわよ～」

「でもリンの魔法は風と雷だろ？　あんまり隠れても意味ないと思うが……」

「近接職の俺からしたらあんまり魔法職とは戦いたくねえけどなぁ……」

と言ってもまだ森だから隠れられる場所多いだけ戦いやすいよね。私も隠れて接近する感じしかないかなぁ……。するとリンが魔法を唱え、その瞬間周りの木々が吹き飛んでいった。

あれって予選時にリンが使ってた【嵐魔法】の『シュトゥルム』!?　【嵐魔法】ってもしかして雷みたいに設置物とかそういうの破壊できる感じなの……？　ちょっと待ってそれ聞いてない！　って!?　私のアドバンテージの森がどんどん壊されてるっ!?

その後、リンは数分に渡って私がせっかく作った森を破壊尽くしていった。うぅ～……鬼！　悪魔！　リン！

対戦相手がどうなったかと言えば、隠れる場所を失った相手は一か八かの特攻を仕掛けるも、【嵐魔法】で吹き飛んだところに【雷魔法】の派生である【迅雷魔法】でビリビリにされてそのまま戦闘不能になっていた。南無……。

破壊された木々は既に設置物として判断されずに全て消えて、一試合目の時と同じように平らなフイールドとなっていた。これによって私の戦略が一気に崩れることとなった。

そんな私の悩みなどお構いなく、リンが観客席に戻ってきた。

「ただいま～」

「お疲れさん」

「リン～お疲れ様～」

「リンさんお疲れ様です」

「お疲れさーん」

「おつ」

「うぅー……お疲れ様ぁー……」

リンはニコニコして私の隣に座ってきた。そしてとってもいい笑顔で私に話しかけてきた。

「あらぁ～？　アリスどうかしたのかしら～？」

「うぅー……」

「何か困らせるようなことしたかしら～？」

「リンの鬼！　悪魔！」

「あらぁ～そんなに褒めなくてもいいのよ～？」

「褒めてないっ！」

もうプンプンだ。それにしてもホントにどうしよう……。多分また木を植えてもすぐ壊されるだろうし……。うーむ……。

「それでアリスは何でそんなに怒ってるのかしら～？」

「……わかってる癖に……」

「まぁ厄介そうだったもの～。それぐらい警戒してるっていうことよ～」

「警戒？」

「そうよ～？　それだけアリスに注目してるってことなのよ～」

まぁそれぐらい私のことをちゃんと意識していてくれるっていうのは嬉しいけどさ……。もうっ……。

「別にもういいよ」

「あらぁ～随分とあっさり引き下がったわね～」

「どちらにしろ奇襲で倒せるようなら苦労しないし、リンがそんな簡単に行くわけないっていうのはわかってたから」

おそらく森で戦ったとしてもなんだかんだ不利なままだろう。遠距離武器がほとんどない私にとって、接近することが唯一の攻撃方法だし……。リンもそこを警戒しての森の破壊だろうし……。

「じゃあアリスが森以外でどう来るのか楽しみにさせてもらうわね～」

うぅー！　リンの言ってた全力で戦うってこういうことかー！　絶対見返してやるー！

- - -

さて、試合前に見返してやるとは言ったものの……実際どうしよう……。森というアドバンテージが無くなってしまった今、私に残ってるのは速度だけだ。リンがＭＰ切れになるまで回避し続けるっていうのもあるけど、そんな隙は絶対作らないと思うからなぁ……。

そして、戦略が固まらないまま3回戦となって私とリンの試合の順番となった。

「じゃあアリス～よろしくね～」

「むぅー……よろしく……」

戦略が固まってない様子を察しているのか、リンは楽しそうに私に声を掛ける。しかし、今更うだうだ言ってても仕方ないので切り替えて試合に臨まないと。

『それでは選手互いに挨拶が終わったようなので試合を始めたいと思います。両選手は所定の位置に戻ってください』

タウロス君に言われたので、私は指示に従って所定の位置に戻る。

『両選手、準備はよろしいですね？　では、試合開始！』

開始の合図と同時にリンは風の弾を展開させて私に飛ばした。

「っく！」

遮蔽物がないまっ平らなフィールドでは、発生が早く弾の速度も速い【風魔法】系統は相性がいい。とは言っても初期魔法の風弾であるため、私のＡＧＩならば十分避けられる速度だ。

しかし、リンはその直後に今度は速度が劣るが威力が高めの大きめの風弾を飛ばしてくる。速度は速いが威力が低い風弾と速度は遅いが威力が高い風弾の弾幕攻撃。

普通なら避けきれないと考えた場合には威力の低い方を受けるのだが、きっとリンはそれを狙ってきているのだろう。

しかし、回復アイテムの制限が決まっている試合でこんな序盤にダメージを食らうのは勘弁したい。だから私の取る手は……。

「『アースシールド！』」

私は土壁を前方に複数展開させて風弾を防ぐ。【風魔法】系統は発生が早い分遮蔽物に弱く、アースシールドのような土壁でも十分防ぐことができる。私はそうやって身を隠しつつ、威力の低い風弾を防いで一息つく。

しかし、リンは私に一息などつかせようとせず、リンのいる方向がビリビリと光っている。ということは今度は貫通力の高い【迅雷魔法】で攻撃し始めようとしている。さすがに相性の悪い【迅雷魔法】をこの低いランクの土壁では防ぎきれない。しかし、遠距離からしか撃ってこないリンにだからこそ通用する手もある。

私はリンの魔法が完成する前に土壁を壁にするように前方に複数設置する。リンはきっと目くらましだと思っているだろうけど狙いは別にある。


あらぁ～？　アースシールドで目隠しかしら～？　でも展開はそこまで離れた距離にはできないから次に展開した辺りに打ち込めばいいわよね～。

私が今使える【迅雷魔法】の中でも貫通力と威力の高いライトニングスピアを展開させると同時にアースシールドで土壁が出現した。

「そこね～？　『ライトニングスピア！』」

私はアリスがいるであろうおおよその位置に向かって魔法を放つと私の魔法は土壁を簡単にぶち破った。

「あらぁ～？」

しかし、アリスに直撃した気配はなかった。外したかなぁと思って今度は貫通力だけあるライトニングをその周囲に放つ。

「？」

何かがおかしい。ライトニングスピアを撃ったあたりから土壁が展開されなくなった。先に作った土壁に方に隠れている？　でもそれじゃあ貫通力のある【迅雷魔法】を持っている私に対して意味はほとんどない。

それに私に攻撃するつもりなら、土壁を徐々に前に展開して近づいてこないといけない。

一体狙いは何かしら……。

「!?」

私が周囲を警戒していると、アリス陣営方面の土壁を展開していない左側に突然大木が数本現れた。いつの間にそんなところに！

私は咄嗟にライトニングスピアを展開させようとした瞬間、何か違和感を覚えた。

いくらアリスのＡＧＩが高いと言っても、見失うほどの早さのＡＧＩになれるはずはない。ということは何か仕掛けがあるはず……。

その瞬間、私の【感知】スキルに反応が現れた。

私は周囲を見渡すが、アリスの姿は見られない。しかし、スキルが反応しているということは近くにいるということだ。でもこの周囲に身を隠すような場所は一つもない。

もしや大木にした時にそのまま打ち上げてきたかと思って空を見上げたが、そのような姿は見られなかった。

ではどこだと思い考える。姿を消すようなスキルがあるのだとしても、移動した跡が残るはず。しかし、周囲にはそのような動きも見えない。

落ち着きなさいリン。きっと私が見落としているだけ。そもそもアリスの取っている魔法スキルは【大地魔法】と【漆黒魔法】のはず。その2つで姿を消せるようなことが可能なのだろうか。

しかし、もしそうだったら掲示板にもその情報が上がっているはず。ということは別の方法で私に近づいているということだ。

アリスが使った魔法はこれまでアースシールドとブラックカーテン、それに地形操作……。

地形……操作……？　そういえばアリスは2回戦目に穴を掘って相手を降参させていた……。

「まさかっ⁉」

その瞬間、私の後ろに大きな穴が突然現れ、そこから脇差を抜いたアリスが飛び出てきた。

狙うはリンの首ただ1つっ！

リンの首に届くまであと数m！　ここで決めないと私に勝機はないっ！

「はぁぁぁぁっ！」

よしっ！　リンは反応しきれてない！　殺《と》った！

「『シュトゥルム！』」

その瞬間、リンの周囲に風が展開されて私の刃は届かず、私は後方へ飛ばされてしまった。

まさか直前できづいたっていうのっ⁉

「ふぅ～……ヒヤヒヤしたわぁ～……。今のは惜しかったわね～……」

リンは少し冷や汗を流してこちらを見ている。あの言い方だと本当に惜しかったようだ。

しかし、ここで動きを止めてはリンの魔法の集中砲火に晒されてしまう。一旦距離を置かないといけないと思い、移動しようと足に力を入れた瞬間、追い打ちで風が来て更に後方に吹き飛ばされる。

やばいっ！　これ以上飛ばされるとっ⁉

しかし、リンのシュトゥルムは容赦なく私を後方へ吹き飛ばす。そしてついにフィールドを囲んでいる硬い壁に思いっきり打ちつけられる。

「あぐっ⁉」

私は硬い壁に打ちつけられて『打撲』状態になった。これはやばいと思って塗り薬を出そうとするが、リンが普段と違って手を構えている姿がチラっと見えた。

「その状態じゃあ逃げられないよねぇ～？　それに～私をヒヤっとさせたご褒美にとっておき見せてあげるわ～」

リンの構えている杖を中心に小さい風が竜巻のように集まり回転し始め、その風に雷が帯電し始める。しかも、その帯電している風が徐々に大きくなっていく。

やばいやばいやばいっ！　あれ絶対やばいやつだっ！　早く塗り薬を塗って逃げなきゃっ⁉

私は急いで塗り薬を取り出そうとするが、焦りと『打撲』状態の影響でうまく塗れない。

そんな私の状態などお構いなく、リンの魔法はどんどん大きくなっていき、ついに直径１ｍ程の大きさになっていった。そしてリンはその魔法の説明を私にする。おそらく説明が終わった時が完成の証なのだろう。

「これは【迅雷魔法】と【嵐魔法】の複合魔法よ～。発動までに時間がかかるし実戦じゃあんまり使えないんだけど、今のアリスみたいに相手が動けない状態ならできるってことなのよ～」

「あがっ……」

「それじゃあ終わりにしましょうか～」

そしてリンが完成した複合魔法の名前を唱える。

「【迅雷・嵐複合魔法】『テンペストレールガン！』」

その瞬間、帯電した竜巻状態の弾が私に向かってくる。塗り薬を塗り終わっていない私はまだ逃げることができない。だけど、このまま何もしないわけにはいかない！

「『グランドシールド！』」

私はアースシールドの上位の壁のグランドシールドを前方に複数展開する。

しかし、リンの放った魔法はそのような壁など些細な物だと言わんばかりに簡単に貫通していき、私の作った防壁はあっさりと崩されて私に複合魔法が直撃する。

「あぉぉぉぉぉぉぉ!!」

グランドシールドで少しは威力が下がったとは言え、貫通力のある【迅雷魔法】と人1人簡単に吹き飛ばすほどの威力を持つ【嵐魔法】の複合魔法だ。私は壁に押さえつけられた状態でHPがどんどん減っていく。

そして魔法が止んだことによって、壁に押さえつけられていた私は地面に倒れる。グランドシールドのおかげでなんとかHPを1割ほどは残すことができたが、しばらく動けそうにはない。

「あがっ……ぐっ……『────ゾーン──倍』……」

私は小さく魔法を唱える。

そして魔法を放ち終わって、私が倒れ込むまでその場に立っていたリンが歩き始めた。

距離にして約数10m。リンは時間をかけてゆっくりと私に近付いてくる。

そして距離にしておよそ6m程。私の【大地魔法】の射程に入らないためにわざわざ1m程距離を置いたのだろう。

「まさか私の複合魔法を耐えるとは思ってなかったわ～……」

「……」

「さすがのアリスもその状態じゃぁ喋れないかしらね～」

「……」

「でもアリスは十分頑張ったわ～。私にとっておきまで使わせるぐらいさせたんだからね～」

「……」

「さて、さすがにこの状況からの逆転は無理でしょうし……アリス、降参してもらえないかしら～？」

「……だ……」

「え？」

「い……や……だ……」

私は必死に顔を上げてリンを見上げる。

「ま……だ……負け……て……な……い……」

「……アリス、その動けない状態でどうやって私に勝つつもりかしら～？」

「私……は……リ……ン……なら……きっと……近付いて……くる……って……信じて……た……」

「あら～それは嬉しいわね～。でも近づいてもアリスは何もできないでしょ～？」

その発言を聞いて私はくすっと小さく笑みを浮かべる。

「……何か面白かったかしら～？」

「リ……ン……チェック……メイト……だ……よ……」

「……その状態になっても私にまだ勝てるって思っているのね。ならこれで終わらせてあげるわ！」

そうしてリンは魔法を展開させようとする。そして私は逆転の一手を打つ。

「はぁ……はぁ……『チェンジグラビティ』……」

「なっ⁉」

その瞬間、リンは地面に勢いよく倒れ込み、展開しようとしていた魔法が霧散する。

「いっ一体何がっ⁉」

リンは身体に力を入れようとするが、うまく起き上がることができない。それどころか、力を入れても身体が動かないようだ。

「アリスっ！　あなた何をっ⁉」

「はぁ……はぁ……簡単な……ことだよ……私と……リンの……重力を……入れ替えた……だけ……」

「重力の入れ替えですって⁉」

そう、私がリンの複合魔法でやられて地面に倒れ込んだ時に使った魔法。【重力魔法】の『グラビティゾーン』。これは使用者に掛かる重力を1倍以上に変化させて掛けることができる。一見使い道がないように見えるが、これは【重力魔法】のスキルレベルが上がることで使えるようになる『チェンジグラビティ』を使うための布石だった。

『チェンジグラビティ』は使用者に掛かっている重力と周囲の対象の重力を入れ替える魔法で、範囲は10m程で持続時間は『グラビティゾーン』に比例する。

もし、あの時リンが近付かずに私を遠距離から仕留めていたらそのまま負けていただろう。

だが、リンなら近づいて来ると信じていた。そして私はその賭けに勝った。

私はゆっくりと立ち上がり、リンに近づいていく。実を言うと塗り薬を背中に塗れるほどの余裕はないのだ。今も『打撲』から『全身打撲』、更に『裂傷』『出血』になったため手を動くのすら辛い。

でも今リンの首を刎ねないと、『チェンジグラビティ』の効果が解けたリンにやられてしまう。私は、脇差を杖のように地面に刺してゆっくりリンに近付いていく。

そしてようやく倒れ込んだリンに近づくことができた。

「はぁ……はぁ……」

「まさかこんな奥の手があったなんてね……」

「奥の手は……最後まで……取っておく……もの……」

「そうね……結局私は口では対等に見てるって言いながらアリスを格下って見下していたのね……だから油断してこの様ってことね……」

「格下……なのは……確か……」

「ほら……早くしないと効果切れちゃうわよ……。それにまさか【疾風魔法】と【嵐魔法】が倒れていると魔法が発動しないなんて知らなかったわよ……」

「はぁ……はぁ……【迅雷魔法】は……やっぱり……視認……？」

「そうね。大抵は相手を視認……というよりは撃つ方角を見ていないと使えないわね。これなら地面に手が付いていたら使える【大地魔法】でも取っておけばよかったわ」

リンが敗因を言ってるけど、私としてはあんまり答える余裕はない。今でもなんだか意識とびそうだし……。

私は脇差を構えてリンの首に当てる。

「はぁ……はぁ……はぁ……はぁ……」

これで……私の……か……ち……。


アリスの脇差ずっと首に当たったままで冷たいんだけどねぇ……。さっさとするならしてほしいんだけど……。

そう思ってたら、私に掛かっていた重力が無くなった。

「もうっ何してるのかしらアリスは～」

せっかく仕留められる敵を放置するなんて甘い子なんだから……。そう思って身体を起こすとアリスは顔を俯いていた。

「アリス？」

不思議に思った私は、アリスの肩を掴んで前後に揺らそうとした瞬間、アリスがこちらに倒れ込んできた。

何かと思った私はアリスのところどころ血で赤くなっている銀髪を掻き分けると、目を開いたまま意識を失っているアリスの顔が映った。

「……限界だったのね……」

それに私の複合魔法を喰らった時のアリスの様子……あの様子だと恐らく痛覚軽減を……。

私はそんなアリスをぎゅっと抱きしめてあげる。ＨＰはまだ少しだけ残っているが、『出血』状態では時間の問題だろう。私は審判にジャッジを求めた。

『……アリス選手、試合続行不可能のため、勝者、リン選手！』

こうしてアリスと私の試合は終了した。この結末に不満を持つプレイヤーもいるでしょうけど、私はアリスがこうなるまで私に勝とうとしたことが嬉しかった。それだけ勝ちたい相手というふうに思われていたことが嬉しかった。

私ももっと強くなりたい。アリスの目標に成れるぐらいに強く……。そのためにはまずこの大会を優勝するところからかしら？　優勝したらアリスはなんて言ってくれるかしら。おめでとうと言ってくれるのかしら。

とりあえずこの大会終わったら何か美味しい物買ってこないといけないわね、色々な意味で。


「んっ……」

なんだか柔らかくて温かいものの上にいるような……。でも瞼が重くてうまく開けない……。とりあえず頑張って目を開けよう。

「んぅっ……？」

目を開けたら目の前は真っ暗だった。

「んぅ？」

「アリス、起きた？」

上の方からルカの声がする気がする。ということは……。

私は寝ぼけているであろう頭をフル回転させて今の状況を考えた。

とりあえずごろんと上を向くと、真っ暗な視界から少し眩しく光る太陽とルカの顔が映った。

「……おはよ……」

「おはよ」

私はゆっくりと身体を起こす。どうやら私はルカの膝の上で寝ていたようだ。

「あれ……？　私……試合は……？」

「もしかしてアリス、覚えてない？」

「何が？」

んーリンの複合魔法食らってからの記憶が……。【重力魔法】を使ったところまではなんとか覚えてる……。そこからどうしたんだっけ……？

「アリス、リン追い詰めたところで、意識失ってそのまま倒れた」

「えっ!?」

ということはあと少しで勝てたのか……。あぅぅ……悔しぃ……。そういえばそのリンはどこにいるの？

するど今度はガウルたち4人組が私が起きたことにきづいてこちらに寄ってきた。

「おっアリス起きたか」

「アリスちゃんかっこよかったわよ〜」

「アリスちゃん惜しかったね！」

またもやこのラッシュか……。そろそろ慣れないと……。あれ？　クルル、そんなに心配そうな顔してどうしたの？

「あの……アリスさん……」

「ん？」

「えっと……リンさんの複合魔法食らった時もそうですけど、結構痛そうにしているのが見えたんですけど……痛覚軽減って……どれぐらいにしているんですか……？」

痛覚軽減って登録時に決めたやつでしょ？　えーっと……。

「確か最低値にしてたから……50％だっけ？」

「ごっ50っ⁉」

「いやいや嘘でしょアリスちゃん……」

「ちょっとお姉さんびっくりしちゃったわよ〜……」

「アリス……お前ってMなのか……？」

いやなんの話してるかわからないけど……。とりあえずMではない……と思う……。

「痛覚だからもしかしたら辛味とかも軽減されるのかなーっと思って最低値にしたんだけど……」

もしかして辛すぎると痛いっていう分類に入るかもと思ってつい……。

「アリス……悪いことは言わん……今からでも遅くないから運営に連絡して痛覚軽減を90％ぐらいにしてもらえ……」

「んー……」

痛覚軽減に関してはある程度年齢によって上限値が定められているため、18歳……高校卒業以上で痛覚軽減が50％まで設定できる。ちなみに変更する場合は運営に連絡する必要がある。

これは例えば、ＰＫとかに脅されて無理矢理痛覚軽減を最低値にされたりすることを防ぐために運営が変更管理をしているらしい。

まぁ度胸試しとかそんなので問題になると困るもんね。

でも噂では20歳以上では強制的に痛覚軽減を限界まで無くすスキルを持つモンスターがいるらしい……。それはそれで嫌だなぁ……。

「でももうこの痛覚軽減で慣れちゃってるから、今変えちゃうとなんか調子が変になりそう」

「むっ……だがな……あのような悲痛な声を聞く側からするとな……」

「それに……今はこの世界がリアルっていうことを感じたいっていうのもあるから……」

私の我儘……というか自分勝手な考えだけど、少しでもこの世界を現実だと思いたいから痛覚軽減を最大値から変えようということは考えなかった。

確かに痛い思いもしたこともあるけど、それはそれでこの世界を感じられるってことなのかなって私は思ってる。

「だから変えるっていう考えはないかなーって……」

「やっぱりアリス、変わってる」

ずっと口を挿まなかったルカが口を開いた。

「やっぱり変わってる……？」

「うん」

そんなきっぱり言わなくても……。

「でもそこが、アリスのいいところ。だから、街の人とうまくやってる」

「確かに、アリスさんが最初の時の危険性を知らせてくれましたからね」

「そこまでの思いがあるなら俺はもう何も言わん」

「でも辛かったらすぐ変えてもらうのよ～？」

「アリスちゃんがM……アリスちゃんがM……アリスちゃんがぇ……ぐあっ⁉」

なんかシュウがクルルにタコ殴りにされてるけど放っておこう。とりあえず納得してもらえたのかな？

「そういえばリンは？」

「あぁ、そういえばアリスは寝続けてたから知らんのか。もうB会場の決勝が……今終わったようだな」

「えっ⁉」

『試合終了！　勝者！　リン選手！』

タウロス君の声が聞こえたということはそういうことなのだろう……。えっと……私が3回戦目だから……大体今は5回戦目ぐらいなのかな？　私はそんぐらい寝ていたのか……。

するとリンが観客席に戻ってきた。リンは私の姿を見て少しほっとした表情をする。

「アリス、起きたのね～」

「うっうん。あっBブロック決勝突破おめでとう」

「えぇ、ありがとね」

何故だかリンはどこだか不安そうに見えたため、私はリンに横に座るように言う。

「リン、横に座って？」

「どうしたの？」

「いいから」

「はいはい、仕方ないわね～」

私に言われてリンは隣にゆっくり座った。

「なんか不安そうだけどどうしたの？」

「あー……そのことね。私の複合魔法喰らった時、アリス凄い痛そうにしてたじゃない？　それでアリスの痛覚軽減の設定について気付いたんだけど……」

さっきも皆に言われたけど、やっぱり痛覚軽減を最大値にする人ってあんまりいないのかな？

「もしかして私がMWOを怖くなって辞めちゃうんじゃないかなって思ったの？」

「……そうね。アリスが嫌になっちゃった原因になったのかもしれなくてちょっと不安だったのかもね……」

そんな不安そうな表情をしているリンに私はぎゅっと抱き着く。

「リン、そんなに気にしなくて大丈夫だよ。この痛みも私がこの世界で生きているっていう証だし、その痛みも含めてNWOを楽しみたいの。むしろリンが悲しそうにしているのを見る方が嫌かも」

「アリス……」

「だからそんなに重く考えないでいいからね。それよりもこの後の試合頑張ってね！」

「……えぇ！　アリスが応援してくれてるもの！　頑張るわ！　アリス、応援よろしくね～」

そしてその後、A、B、C、D会場の決勝突破者でランダムに対戦相手が決められ、リンはC会場でまさかの準決勝まで進んだショーゴに勝った相手と戦うこととなった。しかし、相手も魔法職であったのだが、私の応援で不安を拭い去り、絶好調となったリンの前に伏していった。

そしてAとD会場の決勝突破者は団長さんとエクレールさんだった。まさかの銀翼の団長副団長対決であり、激戦の末、当初不利とされていた団長さんが勝利した。

そして決勝戦、リンと団長さんが戦うこととなった。この試合も団長さんとエクレールさんとの試合同様に激しい試合だったが、予想以上にエクレールさんとの試合で団長さんの盾の耐久度が下がっていたのか、攻撃を防いでいる最中に耐久度が0となってしまい、リン相手に優位に進めることができていた付加効果がなくなってしまった。

武器防具は耐久度がなくなってしまうと壊れることはないが、付加効果が無くなり、威力や耐性なども下がってしまうらしい。

そしてそれが決定打となり、団長さんはリンの魔法を防ぎきれなくなってそのまま倒されてしまった。これによって、闘技イベントの優勝者はリンとなった。

最後に本選出場者がフィールドに集められ、表彰式のようなことをして闘技イベントは幕を閉じた。賞金は後日メッセージに付属されて送られてくるとのことだ。

そして1週間後にはついに第2陣が合流するため、色々やるべきことをやっておかないと……。

番外編　女子会

Nostalgia world online

KUBIKARI HIME no
Totugeki!
Anata wo BANGOHAN!

「と、いうことでかんぱーい～」

「かんぱーい」

「かんぱーい……」

闘技イベント後、リンの優勝記念ということでマールさんのお店で打ち上げを始めていた。

まぁ今いるのは私とリンとルカだけなんだけど。

最初はショーゴも来ようとしていたのだが、ルカが参加するということで女だけでやるのもいいだろってことで遠慮した。

実際私たち3人は現実でも打ち上げができるし、ルカに遠慮したんだろう。

「でもまさかリンが優勝するなんてね」

「銀翼の団長倒したのは凄い」

「あれは運もあるわよ～。盾の耐久が無くならなかったらこっちが押されてたもの～」

確かに団長さんの気迫もそうだけど技術とかも凄いからなぁ。

私だったら押されちゃうだろうし。

「それにしても決勝進出した4人の内3人が魔法使いだったけど、やっぱり魔法って強いんだね」

「んー……そうとも言えないわねぇ。今はまだステータスやスキルの差が無いし、単純にリーチの差ができやすい部分があるわね」

「私みたいに弓使いも何人かいたけど、大体が最初のふるい落としで弾かれてた」

「あれについては範囲攻撃ができる魔法使いが有利だっただけね。弓使いって正直自分のテリトリーで戦うものだしね～」

そういえばルカもそんな事言ってたなぁ。

やっぱりそういうテリトリー系で戦う人ってああいう闘技イベントは苦手なんだね。

「で、アリスはどこからあんな戦い方思いついたのよ～」

「えっ？　闘技イベントがあるって告知が来た時にルカがそういうアドバイスしてくれたの。自分の土俵で戦うのが大事って」

「正直あそこまでなるとは思ってなかった。反省はしている」

「これに関してはアリスが全面的に悪いからルカも落ち込まなくていいわよ～。ホントアリスったら突拍子ないことをたまにやるけどまさかこのタイミングとは思わなかったわ～……」

なんで2人揃って呆れた顔してるの？　私アドバイス通りにしただけだよね？　悪くないよね？

「まぁアリスが変な事をやるのはいつものこととして」

「リン⁉」

「アリスってそんなやんちゃしてるんだ」

「してないからね⁉」

2人は私を何だと思っているの⁉

「戦い方って言えば【童歌】ってスキルについても驚いたわねぇ」

「そもそもそんなスキルある事すら知らなかった」

「そんなに驚くスキルだった？」

「驚くスキルというよりは未知のスキルだったたって印象ね。まずそもそも歌関係のスキルなんて誰も持ってなかったでしょうし、それを使って戦うなんて想像もつかないわ」

「オンゲでも歌スキルはあるけど、ほとんどがPTでの補助的面での使用。ソロではまず使わない」

「でも【童歌】スキル便利だよ？」

色んなデバフだったり地形効果を発生させたりできるもんね。

だが2人は私の発言を聞いて更に困惑した表情を見せる。

「アリス……1回戦目のもそうだけど、【童歌】スキルって範囲効果よね？」

「まぁ歌が聞こえる範囲が有効射程っぽいしそうだと思う」

「そんなデバフを味方に撒くスキル、普通はPTじゃ使えない」

「あっ」

確かにルカの言う通りだ。【童歌】スキルは範囲効果のスキルである。つまり敵味方関係なく効果を付与してしまう。

「アリスも気付いたようだからPT組んでいる時は気を付けてね？」

「わかった……」

くれぐれもショーゴたちと組んだ時に使わないようにしないと……。

「はいよ、ハニートースト3つね」

「わーい」

マールさんが注文していたハニートーストをテーブルに置く。

相変わらず美味しそうな匂いを漂わせていて食欲が……じゅるり……。

「じゃあ冷める前に頂きましょうか」

「そうしよう」

皆も早く食べたいのか少しそわそわしている気がする。

いや気持ちはわかる。

私もすぐに食べたいもん。

「ではさっそく。いただきます！」

「「いただきます」」

ハムっ！……んんーっ！　相変わらずの美味しさぁ……幸せぇ……。

「この前にも食べたけどやっぱり美味しい」

「ホントねぇ。やっぱり食べ物の事を頼むならアリスよねぇ」

「えへへーそうでしょー」

「アリス、凄い顔が緩んでる」

だって美味しいんだもん。

顔が緩むのも仕方ないよね。

「他にも美味しいお店見つけたらお願いね〜」

「実績のあるアリスのオススメなら安心」

「私だけじゃなくて2人も探してね？」

何で私だけに任せようとするのだろうか……。

それにしても……。

「ルカの弓は自作って聞いたけど、リンの杖ってどこで手に入れたの？　ドロップアイテム？」

「言われてみれば見たことないデザイン。掲示板でもそんなの見たことない」

「私の杖のこと？」

リンはそう言うと椅子に掛けていた杖を持つ。

「んー……ちょっと説明してもいいのか迷うんだけど……まぁアリスたちならいいかしらね」

「もしかして内緒なこと？　それなら無理に言わなくてもいいよ？」

「んっ。そういう約束があるなら尚更」

「別にそういう約束事があるわけじゃないんだけど、ちょっと相手の方がね。あんまり有名になりたくないっていうのがあるから知り合い程度ならいいけど公けにはしないで欲しいって言ってるのよ」

あーそういうのなら言いにくいよね。

それにその人の気持ち、私も良くわかるよ。

有名になんてなりたくないもんね。

「じゃあプレイヤーって事はオーダーメイド？　でも杖ってことは【木工】っぽいけど、素材が金属のようにも見えるから【鍛冶】？」

「んー惜しいわねルカ。ただ【木工】と【鍛冶】っていうのは正しいわ。それ以外にも使ってるっていう方がいいわね」

「となると……【石工】？　でも石を加工して杖なんて聞いた事ない」

「あんまり焦らすのも悪いから正解を言うわね。正解は【鍛冶】【木工】【石工】そして【装飾】と【合成】と【錬金】よ」

「6つも使ってるの⁉」

どれだけ手間掛かってるのその杖⁉

「そんなたくさんのスキルを使ってやる生産職なんて聞いた事ない。精々が2～3種類で取りすぎで4種類。そんな6つも扱って作製するなんておかしい」

「まぁ本人もできちゃったっていうんだから仕方ないわよねぇ……。私も最初聞いた時何言っているんだろうって思ったもの」

いや、普通そんな何個も生産スキル使ってやらないよね？

例えばだけどリーネさんが服作る時にくさび帷子を入れるために金属を扱うとかならまぁわかるけど、一般的な装備を作るためにそんな何種類も使うなんて余程の腕がないと扱いきれないだろう。

「それができる腕だけど有名になりたくない。名前を隠したくなるのも納得」

「本人も趣味でやってることなだけってのもあるから有名にはなりたくないし、そういった技術が元で嫌味かと思われるのが気になるらしいのよ」

「確かに。こういう手先の器用さとかが影響されるゲームだとそういうセンスも一種の才能。怨む人もいる」

「まともな生産職だけってわけじゃないからねぇ～……」

えーっと……リンとルカの2人はわかってるようだけど、私は全然わかってないんだけど……。

「アリス、ようは嫉妬ってこと。自分ができないのに相手はできる。それは羨望という目もあるけど恨みの対象になりやすい。しかもスキルじゃなくてリアルセンスなら余計」

「まぁ自分はできない、で済むぐらいならいいんだけど、何であいつができて自分にはできないんだって憤慨して在らぬ噂だったり風評被害を出すプレイヤーがいないわけじゃないからねぇ」

「オンゲなら特にそれがある。いくら有料だからってそういうのがいない保証もない」

要は相手ができることで恨みつらみがあるってことね。

生産職も大変だ。

「ま、そういうわけで名前とかは伏せてるってこと。まぁ私の武器の説明はこれぐらいにしましょう。

ショーゴとかだったら武器とかの話で盛り上がれそうだけど、私はあんまりね～……」

「私もロボットとか工作は好きだけど武器だけで語れるほど深くはない」

「私もそうかなー」

「アリスはまず武器の選択段階からよくわかってなかったのはわかってるから平気よ～」

「うっ……」

いやまぁ確かにそうだったけど！

包丁使うから【剣】取る的な事も言ったけどさ！

うぅ……今思い出すと恥ずかしい……。

「まぁ何はともあれ」

「えぇそうね、ちゃんとお祝いしないとね」

「お祝い？　これってリンの優勝祝いだよね？」

「それもあるけどもう1つある」

するとルカがとあるアイテムを実体化させる。

「なっ……」

「アリス～二つ名襲名おめでと～」

「おめでとー」

ルカが用意したのはミニタオルサイズぐらいの小さな横断幕だった。

だがそこに書いてある文字が物騒の一言である。

その横断幕にはこう書かれていた。

【首狩り姫】襲名おめでとう。と
「何これぇ⁉」

「アリスが二つ名付いた時にリーネさんに頼んだのよ～」

「割と向こうも乗り気で助かった」

何やっちゃってくれたのリーネさん！

しかもノリノリとかどういうこと⁉

「まぁ向こうからしたら有名人物に自分の店を使ってもらえてるってのはアピールになるし、渡りに船だったかしらね？」

「現実でも有名人が使った店とかだと客増えるのもよくある」

「ってことでアリスも一緒に名前載せるのどうかしら～？」

「それって私に拒否権ある⁉」

「勿論あるわよ～。アリスもあんまり目立ちたくないでしょうしね～。……まぁ無駄でしょうけどね」

「リン今ぼそって何言ったの⁉」

絶対怖い事言ったでしょ！

そんな興奮している私の服の裾をルカがちょんちょんと引っ張る。

「ルカ、どうしたの？」

「アリス、アリスは嫌でも有名になる」

「えっと……何で……？」

「まず【首狩り姫】っていう二つ名が付いた事。これでまず一般プレイヤーとは隔絶した存在。次にこれ」

ルカがメニューを開いて何かをした後こちらに画面を見せてきた。

えーっと何々？

「第2陣向けの注意点についての投稿内容相談？」

「私たちも含めて最初で苦労した点、注意しないといけない点とかある。他にも情報を公開するべき内容だったりしない方がいい内容もあったりする。その精査と相談のスレ」

へー色々やってるんだなぁ。

んでそれと私に何の関りが？

「見るポイントはここ」

「んっ？」

ルカは画面のある部分を指差す。

「……注意すべきプレイヤー編……？」

そこには銀翼の団長さんの名前だったりエクレールさんだったりリンの名前だったりが候補として載っていた。

更にはその中に私の名前も含まれていた。

「どういうこと⁉」

「あらあら……でも中身の文は割と真面目に書かれているわね。ほらここ、皆のトラウマ少女ってところだったり、絶対に森では彼女と戦うなっていうアリスに対する評価が正しく載っているわ」

「どこが正しく載ってるの⁉　私ってそんな評価されてたの⁉」

「「アリス、あんな戦い方しといて今更何を言ってるの？」」

2人が真顔のまま息ぴったりで言ってくる。

そこまで変な事はしてないはずなんだけどなぁ……。

「それにしても二つ名持ちは全員載ってるわね」

「プレイヤーによってはすぐ喧嘩を吹っ掛ける。ある程度の有名勢は書かれてないと売った側が詰む」

「そうねぇ……個人ならともかくギルド単位で喧嘩を売ったら今後まともに遊べないものねぇ……。まぁもしアリスに手を出したら容赦なく潰すけど」

あのーリンさん？

ブラックな雰囲気醸し出すのやめてもらえませんか？

ちょっと顔が怖くなってるしルカもリンの表情見てビビってるし……。

「っと、話が逸れちゃったわね。まぁアリスにもわかりやすく言えばこういった注意文ってのは2陣だけじゃなくて私たち1陣への確認みたいな意味も含まれてるのよ。所謂初心を忘れるなってことね」

なるほど。

てっきり2陣へのこういうことするなよーってものだと思ってたけどそれだけじゃないんだね。

となると私も何かアドバイス的なのをルカに書いてもらった方がいいのかな？

んー……私がやってて感じたこと……。

そうだ！

「【狩人】スキルがとっても良いスキルってことを書こう！」

「えーっとアリス……？　その理由は……？」

「死体が残るからお肉とか一杯食べれるし素材も一杯取れるよ！　良い事尽くめ！」

「「……」」

えっ？　何で2人して苦笑いしてるの？

「あのね……？　【狩人】スキルは確かに良いスキルよ？　死体も残るから一杯素材もお肉も手に入るし……」

「でしょでしょ！」

「でもその死体を解体するのは本人なのよ……？　皆が皆アリスみたいに生き物を解体できるわけじゃないし……それに……」

「初心者が取ったとして解体のハードさのあまり引退者続出。そしてこんなスキルを勧めるのはアリスぐらい。つまり」

「【首狩り姫】の名が余計に広まるわけだけど……アリスは平気……？」

「……すいませんでした……」

てか【狩人】スキル勧めるの私だけってどういうこと⁉

皆私の事どう思ってるの⁉

ショックを受けている私の側に苦笑いを浮かべているマールさんが寄ってきて口を開く。

「アリスちゃん、打ち上げで食べにきてくれるのはいいんだけどあんまり血生臭い話はやめておくれね？　アリスちゃんが良い子なのはよーくわかってるんだけど、その……アリスちゃんの可愛い見た目とそのギャップにおばちゃんついていけなくて……」

「マールさん⁉　私そんな怖い事してないから！」

「うんうんわかってるよ。ナンサさんもアリスちゃんは良い子って言ってるからね」

「その可哀想な子を見る目はやめてぇぇぇぇ！」

何とか必死な説明によりマールさんへの誤解は解けたが、二つ名が付いた事による評判が今後私のＮＷＯ生活にどう影響してくるのか今の私にはまだわからなかった。

あとがき

初めまして、naginagiです。

この度、「Nostalgia world online ～首狩り姫の突撃！　あなたを晩ご飯！～」を御手にとって頂き有難うございます。

ゲーム小説を書いてみようというところから始まり約四年、この度TOブックス様より出版となりました。この手のゲーム小説において重要となる主人公のプレイスタイルですが、容姿は私が好きな銀髪で問題のプレイスタイルをどうするかということに悩んでいましたが、設定を考えている同時期にドリフターズのアニメ化の話題が飛び込んできました。HELLSINGが好きでドリフターズにも興味を持ち単行本を読んだところ来ましたね。来てしまいましたね。「首狩り」これがアリスというキャラのプレイスタイルの切っ掛けとなったことには間違いありません。そこからはもうノンストップです。元々MMORPG系のゲームでもトップを走る攻略組でもなく好きな事をして遊ぶタイプだった私からはアリスのプレイスタイルは正にやりたいことをやる、この一点に限りました。キャラが決まれば後は内容となりますが、そこは私の長年のオンラインゲームのプレイ経験で何とかしました。大抵だとレベル制かスキル制かの二択となりますが、この作品ではスキル制を採用しました。これも単純にレベル制よりスキル制の方が作者に合っていたという理由で、ＭｏＥにはまっていたのもこの気質のせいでしょう。そのような要素が含まれこの本ができたと思っております。

そしてキャラクターデザイン及び挿絵に関しまして素晴らしいイラストを描いてくださった夜ノみつき様に深く感謝しております。というのも、私のキャラクター設定資料が大雑把すぎるためデザインを起こすのが大変なご負担になったかと思います。そのような多大な苦労があった中、魅力的なデザインを描き起こしてくださいましてありがとうございます。

最後にこの本の出版に携わってくださいましたＴＯブックスの皆様、各関係者の皆様に感謝いたします。皆様の御協力のおかげで無事にこの本を世に送り出す事が出来ました。心から御礼を申し上げます。

最後にこの本を手に取って読んで下さった方に心から感謝いたします。

またお会い出来る事を楽しみにしています。

二〇二〇年十一月　naginagi

Nostalgia world online
～首狩り姫の突撃！　あなたを晩ご飯！～

2021年1月1日　第1刷発行

著　者　naginagi

発行者　本田武市

発行所　TOブックス
〒150-0002
東京都渋谷区渋谷三丁目1番1号　PMO渋谷Ⅱ　11階
TEL 0120-933-772（営業フリーダイヤル）
FAX 050-3156-0508

印刷·製本　中央精版印刷株式会社

ISBN978-4-86699-102-3